で
JN027516
僕
で
遊ぶ
★よねちょ
イラスト★雪島もも

「ただいま」
★ルカ★
★エドワード★

「おあえり、にいたん、とうたん！」
★ソニア★
★アリーチェ★

「今度、私のためにも
やってほしいなぁ」
★レナエル★

いつの間にか、
おねむになって
ウトウトしていたので、
みんなでお昼寝
することになった。

なんだかわからないけど、
ビー玉が出来た

辺境の農村で
僕は魔法で遊ぶ
よねちょ
イラスト 雪島もも

CONTENTS

第二章　色づき素晴らしき世界

第三章　三者三様の想い

プロローグ　辺境の農家の一日

「よし、ルカ。日も暮れるし、ここまでにするぞ」

そう言って父であるエドワードが僕に作業終わりを告げてきた。

父さんは金髪碧眼で、鍛え上げられた肉体を持つ、ワイルド系のイケメンという、あまり農作業が似合うような見た目ではない。

父さんは開拓地を耕すために使っていた、自己強化を止めた。

「わかったよ、父さん。帰ろうか」

「おう」と筋肉質な腕と無骨な掌で、がしがしといった感じに頭をなでてくる。

雑なそれはなでるというか、かき回されてる感じだ。

今まで振るっていた鍬を肩に乗せて、僕も自己強化を切る。朝から続く開拓作業のため、もう汗と泥でぐちゃぐちゃだ。

「ねぇ父さん、今日もお風呂入れていい？」

「ああ、もちろんいいぞ」

最近はだめだと言われることはないけど、一応確認はとっておく。

以前は少量のお湯を作るのにも「魔力を無駄に使うな」とか、「開拓作業の身体強化に使え」と言われた。魔力なら余裕があるから大丈夫と言っても認めてもらえず、お風呂に入れないままだった。

「うつろな目で妹のためだとか言って、魔法でいきなり風呂を作ってお湯ためだした時は大丈夫か？　と思ったが、お前に無理やり入れられてからは、もうこれ無しじゃ生きられねぇよ」

ガハハと笑いながら、その時の話を父さんはよく話す。

最初は父さんが認めてくれないと、自分勝手なことは出来ないので我慢し、おとなしく従っていた。

その時のことは僕はあんまり覚えていないけど、ある日、僕の我慢の限界が来たらしく、いきなりお風呂場を作り、いいから入ってみろとばかりに父を無理やり風呂に沈めたみたいだった。

今までは少ないお湯で体を拭うだけだったからか、湯船に浸かり、疲れと汗がお湯に溶け出していくという快楽には父さんも勝てなかった。

その場でぶん殴られても仕方ないことをしたけど、まあ結果オーライというやつだ。

そうこう言っている間に我が家に着いた。

辺境にある農家だが僕の家は狭くない。

玄関、リビング、台所、両親の寝室、そして僕の部屋も狭いながらあるくらいだ。あ、あと一部屋潰して作ったお風呂があるね。

こんな所の農家の家なんてボロっちいものだと思うんだけど、結構立派なものだ。村の家々だけは開拓が始まる前に、貴族が雇った魔術師数十名が訪れ、魔法であっという間に作っていったんだと、父さんから聞いている。そんな事を考えてたら父さんに頭を軽く叩かれる。

「家に着いたってのに、ぼーっとしやがって。また、変な事でも思いついたのか?」

「ち、違うよ。父さん、ちょっと考え事してただけ」

「だったら早く家に入れ、そして飯と風呂だ」

はーいと返事をして玄関の扉を父さんのあとにくぐると、いつものように母が夕飯を作っていて、その匂いが漂ってくる。

「おかえりなさい。エド、ルカ」

「おあえり、にいたん、とうたん」

ふわふわな緑が入った金髪と、薄い緑色の目を持った、舌っ足らずな幼い妹がとてとてと駆け寄り、その小さな腕を大きく開いて僕に抱きつこうとする。

野良仕事で汚れた体に抱きついては妹が汚れるから止めたい、という気持ちと、止めたら悲しい顔をするから止めたくないという気持ちとで、葛藤するが後者が勝ち、僕は抱きしめかえす。

「ただいまアリーチェ、ただいま母さん」

「ただいまソニア、アリーチェ。……ルカはなんで俺の天使ちゃんに先に呼ばれて、しかもそんな汚い体なのに抱きつかれているのかな?」

後半の台詞は僕を睨んで言ってくる。

それだけでわかると思うけど、父は二歳になる妹にひどく甘い、それはもうドロドロに甘い。

自分が先に呼ばれなかっただけでも、こんな風に僕を睨んでくる。

今回は僕に抱きついてきたからなおさらだ。

そんな大人げないことをしていると、父さんは母さんにパシリと軽く叩かれた。

「そんな怖い顔をしながらルカを睨むから嫌われるのよ」

「……は？　えっ？　俺嫌われてるの？」

これはもちろん母さんの冗談だけど、そんな軽口でも妹が絡むだけでこの世の終わりが来たかのような表情をし、父は絶望する。ぶっちゃけみっともない。

父さんのことは母さんに任せて、僕に抱きついたせいで少し汚れてしまったアリーチェを連れて、僕は風呂場に向かった。

さて、とつぶやいて魔力を励起させながら今までのことを思い出す。

さっきから魔力とか魔法とかを話に出しているけれど、この世界には魔法がある。

この世界では魔法は身近にあるもので、みんなが生活の一部として便利に使っている。

水魔法で飲み水を作ったり、火魔法で種火を出したり、魔力で身体を強化したりと色々だ。

体の中にある魔力を理解し利用するのは誰でもでき、水を出したり火を出したりなどの簡単なことは呪文の詠唱もいらない。

誰にでも簡単に使えるし、主に生活のため使う魔法だから生活魔法と言うらしい。

攻撃魔法や強化魔法なんかは、この村の建物を作っていった魔術師たちのように、魔法の学校に通って勉強と実践を繰り返さないと使えない、村の神父様からそう聴いた。

その神父様が言うには、神に愛されて神を愛していれば回復魔法も使えるとのことで、神父様は若いうちにこういった辺境の村々に赴任して、徳を積んでいくのだそうだ。

だからか、僕みたいな子供にも優しく、よく話を聞かせてくれる。

この世界の宗教はとても優しいものかもしれない。

この世界とさっきから言っているが、確かに僕はこの世界で生まれたけれど、前世の世界の記憶というのがある。

この世界で前世の記憶が戻った赤ちゃんの時だ。

母さんが水魔法で湿らせた布で僕の顔などを拭いてくれたり、暑い時に風魔法で涼ませてくれた。その時に魔法があると気付き、異世界に転生したのだとわかった。

前世で何が起きてここに来ることになったのかは非常に曖昧だが、ひどく身勝手な人間が起こした不幸が降りかかったということだけ漠然（ばくぜん）と理解している。

その他の個人的なことは靄（もや）がかかったみたいに思い出せない。

知識や常識など前世で知ったことは、はっきりとそれこそ映像のように再生出来るが実感が伴わない。

更に深く思い出そうとしながら、体内の励起させた魔力と外の魔力を吸収しつつ、一緒に回転させるように混ぜ合わせ、一体にしていく。

赤ちゃんの頃に母さんに抱かれていると、母さんが魔法を使った時に、体内の何かが動くのがわかり、魔力なのだなと漠然と理解した。

この世界の赤ちゃんは母親に抱かれながら魔力が動くのを感じるのかな？　そうやって魔力の使い方を覚えるのかも、でも、それだったら捨て子だったら使えなくなっちゃうな、どうなんだろ。

おっと、考えがそれちゃったな。こうやって考え込んで更には脇道にそれてしまう、妄想癖とも言える変な癖は赤ちゃんの時についたものだ。

なにせ赤子は暇だ。飲むか、出すか、寝るしかないのだから。

暇な奴が魔法なんて知ったらどうする？　そう、もちろん使ってみる。

母がしていたのは魔力を掌に集め「水よ」と唱えていただけだ。

同じように魔力を集めることができたので「水よ」とつぶやいた。もっとも赤ちゃんの喉では「いうお」としか言えなかったが、それでも魔法は成功した。

掌を湿らせる程度だったので、母さんには粗相したものを触ったのだと勘違いをされたりもした。

初めて魔法を使った時は何かが体の中から抜けていく感覚があった。疲れたわけではないけど、何か大切なものが抜けていく、不思議な感覚だった。

それは当たり前に魔力だったわけだけど。頭では理解していたけど、その時、感覚として理解が追いついた。

そこで一旦回想を止め、魔法を使用する。

誰に聞いたわけでもないけれど、使った経験で生活魔法の水魔法は、量は魔力量で温度はイメージで変化出来ることがわかった。最適な量、最適な温度をイメージしながら起動させると、そのイメージ通りに風呂釜ギリギリまでのお湯がたまる。

ギリギリまで貯めるのは、父さんと僕は結構汚れているので、汚れを落とすため多めに使うのと、夕飯の食器洗い用をお風呂に入る前にここから取るためだ。

最近は僕の魔力に余裕があるとわかっているから、みんないっぱい使ってくれるので、出してる身としては嬉しい限りだ。

ちなみに僕は転生の時に神様に会った記憶はないし声も聞いていないし、チート的なスキルや魔法などはこれっぽっちもない。

魔力に余裕があるのは、生まれてからずっと地道に鍛えてきた成果だ。動機は暇つぶしだったけど。

生活魔法と魔力量なら結構な自信があるが、父さんとかとの比較なので大したことはないだろう。

この家を作ったとかいう魔術師みたいに、建物なんて作れないし。

木桶でお湯をすくい、手洗いとうがいだけをして、アリーチェを同じように洗ってあげる。

後は、夕飯をみんなで食べ、お風呂に入って寝るだけとなる。

これが、異世界転生したけど、チートもテンプレ的展開もなく、魔法というのがありながらも、辺境の農家で平々凡々とした毎日を過ごす、十歳になった僕の一日だ。

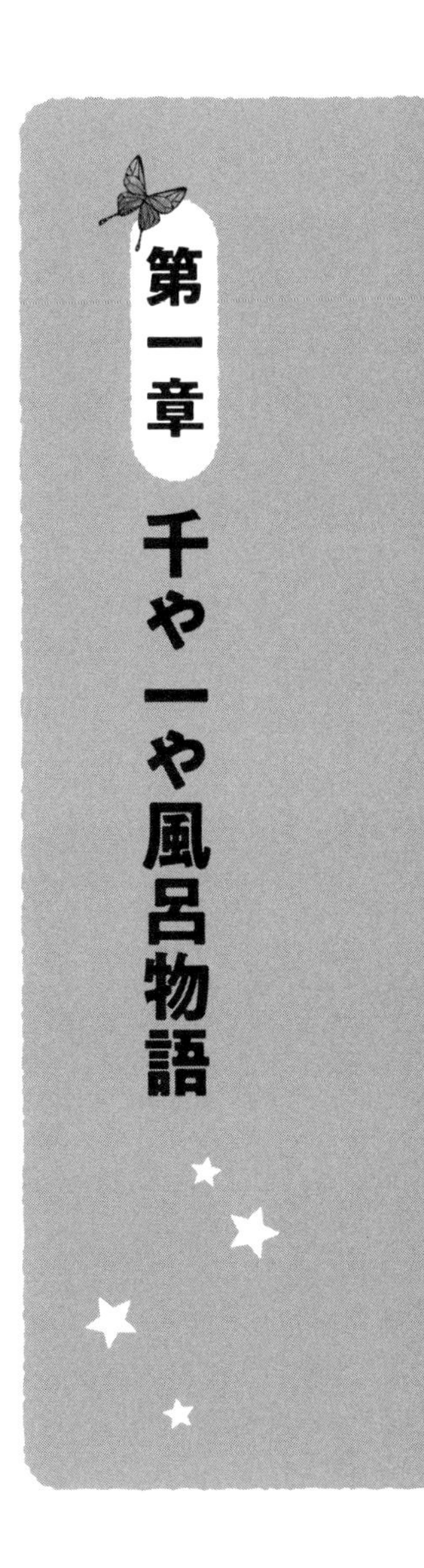

第一話　魔力とお風呂と妹

夕飯も終わり、父と母がお風呂から上がってきたので次は僕と妹で入る。

「おっふろー、おっふろー、にいたんとおっふろー」

アリーチェが僕の手を握りブンブンと振りながら、とても楽しそうにアリーチェ命名の「にいたんとおふろ」の歌を歌っている。

前に家族全員で入っていた時には、たまに、同じ音程の別バージョンとして「かあたんとおふろ」を歌っていた。

すれちがいざま父が恨めしそうな目で見てくるが、こればっかりは仕方がない。なにせ父は色々と雑なので妹が嫌がるのだ。

一応ある「とうたんとおふろ」の歌はかなしいメロディだ。

お風呂は結構大きく、日本の一般的な家庭の湯船の一・五倍はある。

土魔法で作ったと思われる石造りで大理石みたいにつやつやしている、床も同じく大理石もどきでタイル状に作られている。

自分で作ったはずだけど、その時の記憶はない。

家の一部屋を潰して作ってあるこのお風呂は、家族みんなを清潔にしなきゃという思いとお風呂に入りたい欲が極限まで来て、無意識で魔法を使って作った一品だ。

多分、場所はここ、湯船はでっかく、排水はここからって、考えていたことがそのまま反映されたのだろう。

僕の暴走がいい方向に動いたよね、うんうん。

でも、それから、何回も土魔法を使って作ろうとしても、形こそ同じようには出来るけど、どうやったって大理石みたいにはならない。なので人間追い詰められるとものすごい力が出るあれだと僕は思っている。

「やっぱり、汚いなぁ」

「きちゃないなぁ」

父さんが入ったあとの湯船を見てつぶやく、アリーチェは僕の真似をしてるのかもしれないけど。

父さんのあとのお風呂は汚い、泥や垢などを洗い場で流すんだけど、雑で、その後湯船でも落とすからだ。

これが、僕が魔法でお湯を出せないなら我慢して入るしかないんだけど……まあ、我慢って言っても、そもそもお風呂自体が僕の家か村長の家以外にはないし、この村で入ること自体が贅沢なんだけどね。

ともかく、可愛い妹をこんな親父汁につからせるわけにはいかない。

汚れているということは入る前から予想は出来ていたので、お湯を捨てたあと、魔力励起し内外循環させていた魔力で浴槽を掃除し、お湯を張り替える。

アリーチェに合わせて座った時、ちょうど肩までつかるくらいで止めておく。


この魔力励起と、自分の魔力と外の魔力を回転させて循環させる内外循環は暇を持て余しすぎていた赤ちゃんの時に僕が発見したものだ。

魔力を増やすため、最初は異世界転生ものでよくある限界まで使って回復させるという方法を試してみたんだけど、感覚的には残り五%くらいまで減った時、体がストップを訴えた。

それで止めて回復するまで待ち、また使うを十数日繰り返したけれども、魔力量はピクリともしない。

そこで、一度ギリギリまで使ってみようと、無理やり、残り一%あたりまで使用した時点で――死が見えた。あと少しでも使えば確実な死が訪れると僕の本能が懸命に訴える。

すぐそばまで死が近づいたことで、恐怖のあまりに心臓は痛いくらいに脈打ち脂汗をダラダラと流し、もちろん下も大決壊が訪れた。

そして目の前が真っ暗になりながらも、これで魔力が増えるんだと考えた。

次の日の結果、魔力量ちょっと減る。

死ぬ思いまでしてこれはひどい……でも、これじゃだめということがわかったから一歩前進ということにしておく。ぶっちゃけあれを繰り返したら精神を病む。

大決壊したおしめもいつの間に替えてもらってるから新たな気分でスタート出来る。

よくあるパターンで次はと考えたら、『魔獣を倒す』が頭に浮かんだけどもちろん却下した。

父と母がそんな話をしていたのを聞いたから魔獣や魔物はいるっぽいけど赤ちゃんだしね、僕。

テンプレ以外の方法はないかと目をつぶって、アニメや漫画とかで使われている魔力に近いものを妄想していく。魔力、ＭＰ、マナ、気、霊力、波動、エーテル、プラーナ、チャクラ……チャクラか、記憶の中にある一定の時期にかかる病気の時、衝動にかられてチャクラの場所を調べたことがあるのを思い出したので、よしチャクラでも開いてみるかと適当に始めて見たら、これが大当たり。

チャクラと言っても某忍者漫画の方ではなくインドとかヨガとかのあれだ。

あぐらは赤ちゃんの僕にはかけないから、寝たまんま姿勢で目を瞑る、正しい瞑想のやり方までは調べてなかったから、七箇所あるとか、九箇所あるとかいう、チャクラの場所だと言われている場所に、魔力と精神を集中するようにした。

すると、じんわりとその部分に魔力が集まり、なんとなく高まってるような手応えを感じる。

一箇所に集中しては次の日、別の一箇所に集中しては次の日を繰り返した。

それから同時に集中する箇所を増やしていって七箇所同時までいったら悟りが開けた。

いや、実際には開いたかどうかはわからないけどそんな気分だった。

外の魔力が感じられ一体化し、自分がどこまでも広がっていく感覚と言ったらいいのか、ふわふわとした気持ちで穏やかなのに全能感が半端なかった。

長いとも短いともいえる時間のあとに、感覚が引き戻されるように終わり、ゆっくりと目を開けると神父様は来てるし母は泣いてるしで結構な騒ぎになっていた。

これは後で聞いた話だけど、どうやら僕はあの状態のまま七日ほど過ごしていたらしく、お乳も飲むし、出すものも出してたらしいけど、泣きもわめきもせず、ずっと穏やかな表情を浮かべっぱなしだったそうだ。

父さんは、見た感じ健康そのものだから大丈夫だと楽観視していたが、それでも不安になった母さんが神父様を呼び見てもらうと、なんでも魔力との親和が高くなりすぎて、魔力が外へと繋がり、それと共に意識も希薄になりそのまま神の下へと帰ってしまう、ということだった。特に赤ん坊の時になると危険だとか。

それから神父様が何かしたのか自然に目が覚めたのかは僕にはわからなかったけど、とにかく、神父様が来てから元に戻ったわけだ。

この状態も、一度起きると体が覚えてしまうので次に起こっても平気ですよと神父様は言っていたそうだ。

もしかしたら、この子は神に愛され回復魔法が使えるかもしれませんね、と帰り際に言った時の神父様の目は獲物を狙うようで少し怖かったと母が言っていた。

つまり、悟りと思ったのは自我が薄くなって死にかけてただけでした。

色々あったけれどもう一度やって、チャクラに魔力を回すと魔力の質が上がり、同時に開くと外の魔力を取り込むことが出来るようになった。意識も希薄になるまでにはならない。

自分の魔力を核に外の魔力を使っているので、無限になったというわけじゃないし、使用するにも集中と時間が結構掛かる。けれども、自分の魔力の数十倍ほど使えるようになったと思う。

名前を変えたのは、こんな適当にやったのをチャクラって言ってたら関係者からぶん殴られそうだから魔力励起と内外循環と名付けたわけだ。

これがあるからお湯も好き放題作れるし、無意識状態でバカ力を出して風呂場も作れたのだと思う。

石鹸はないのでお湯で優しく髪と体を洗ってあげた後、自己強化を使って安全性を上げてアリーチェを持ち上げ、湯船に入れる。

「はい、ざぶーん」

「きゃー、じゃぶーん！」

妹はこれが好きらしく毎回喜んでくれる。

「もっかい！　じゃぶーん！」

「はいはい、もっかいだけだよ？」

「うん！」

好きすぎて何度もやってと、求めてくる。きりがないので二回までにしてるが更に要求してくる時もある。

その時は心を鬼にして、もう一回だけやってあげる。それ以上追加はなしだ。たぶん。

でも今日は久しぶりに二回だけでよかったみたいだ。

アリーチェはお風呂に入るとテンションが上がるらしく、おとなしく出来ない。

強く言うわけにもいかず、捕まえて抱っこしても足をバシャバシャやるので落ち着かない。

そこでサブカルチャー大国の日本生まれだった僕が、「むかしむかしある所に」で始まる話や童話などを異世界辺境ナイズさせて聞かせたところ、おとなしくしてくれることがわかり、お風呂に入る度に聞かせていた。

「あのね、にいたん。あーちぇ、きょうもおはなしききたいの」

「うんいいよ。じゃあ、今日はどんなお話にしようかな？」

早く聞きたいとワクワクしてこちらを見ているアリーチェに微笑みながら、お話を決めた。

「むかし、むかし、ある所に」それを枕詞に、僕の指を人に見立てたジェスチャーを交えつつ今日も物語を語っていくのだった。

今日のお風呂も終わり、自室のベッドへ転がって日課の魔力励起と循環をやりながらお風呂での妹の様子を思い出す。

　ここ最近、気がついたが、確かにアリーチェは僕の話を楽しそうに聞いているけれど、物語を語り始めた当初とは食いつき度が違う。

「甘く考えていたな、前の世界の幼児なんて同じ話のアニメでも食い入るように見るのにな」

　妹がつまらないと思ってるということではなく、言葉と拙いジェスチャーだけの物語に慣れてきているのだと思う。

　何かブレイクスルーを起こさないといけない、そう思う。

「やっぱりまずは視覚からかな、簡単に形を作るなら水魔法かな？」

　つぶやくように言って魔法を起動させ、どう表現しようかと思考する。


　あれから数日経って、いつものお風呂の時間がやってきた。

　アリーチェの「にいたんとおふろ」の歌を聞きつつ、僕は緊張していた。この程度のもので感動してくれるのか？　もうちょっと完成度を上げてからがいいんじゃないか？　と。

　でも、その考えは投げ捨てた。まずはやってみる。

　だめだったとしても、やることに意味があると思った。

　失敗しても、素直に妹に感想を聞いて直せばいい。

「にいたん、きょうのおはなしは？」

「今日はね……」

　桃から生まれたあの話をこの世界にあるという世界樹の実から生まれたことにして、魔物を倒す話にした題名を上げる。

　ずっとお話を聞いていて、それに合わせて同じように話しているせいかアリーチェの舌っ足らずさがなくなってるような気がする。うん、妹は天才なんだろう。

「えー、そのおはなし、あーちぇなんどもきいたよ？」

　今日はこの物語の気分ではないらしく、少し不満げだ。

　だけど、今日やることにはこの話が最適だと思う。

「そうだね、でも今日は面白いことをやるから、アリーチェも一緒にお話ししてくれるかな？」

「……あい」

　やっぱり少し不満げなアリーチェと一緒にむかしむかしある所にと語ったあとに、自然に起動出来るようになってきた励起と循環を使い、水魔法で形作られた丸を頭に、四角二つを上半身と腰に、そして棒二つで肘や膝関節だけある手足を四つ、くっつけた。

　そして、そのセットを二体生み出す。

　いわゆる棒人間というやつだ。身長は十分の一スケールにして、これをおじいさんとおばあさんに見立てた。

　見せる前に悩んでいたところはここだ。何度試しても人そのものの形に出来なかった。

　水魔法を使って丸や四角の単純な形なら、いくら出しても余裕で浮かべることは出来る。だけど、単純な形から複雑な形に変えることが出来なかった。

　僕の魔力量や質の問題ではなく【何か】が足りないと魔法が訴えかけてきているように感じる。

そういった理由で、僕が創れる形を組み合わせて棒人間を作ったのだった。

アリーチェの反応が気になり、覗き見てみるとポカンとした表情をしている。やはり失敗したか？　と思ったところで、

「にいたん、何これ？」

棒立ちの棒人間たちを指差して聞いてきた。

――なるほど、目の前に浮かんだこれを人形（ひとがた）だとは認識出来なかったのか。

「これはね、アリーチェ……」

口で説明しようとしたがやめる。

代わりにおじいさんの棒人間を歩かせる仕草をしてみる。おじいさんと分かりやすいように腰を曲げ手を腰の後ろに当て大げさに表現しながら歩かせる。

「じいじ！」

確かに、数年に一回訪ねてくる、父さんの父親。その人をイメージして動かしたけどすぐに分かるなんて感受性が豊かすぎるだろ。すごい、僕の妹は流石だ。

「じゃあこっちは？」

その隣に、二回りくらい小さい棒人間を持っていき、体はまっすぐなまま、下腹部に手を添えるポーズを取らせる。

「ばあば！」

改めてアリーチェの顔を見ると目をキラキラとさせながら食い入るように見ている。どうやら

気に入ってくれたようだ。

　棒人間が人を表現していると理解してくれたところで、物語を始める。

　それから僕とアリーチェの語りに合わせて棒人間を動かし、物語を進めていく。

　背景も世界樹の実の表現も、お供の動物たちもかなり雑になってしまったが、それでもアリーチェは大興奮だった。

　この題材を選んだのはアリーチェが最初から知っていて、見る物と話す物を繋げやすいというのが一つ、アリーチェも参加させて没入感を高めるのが一つ、それと最大の理由が一つある。

　物語は魔物の本拠地に乗り込んで退治するシーンまで来ている。ここからだ、ここから出来るだけ対峙する魔物の数を増やしたい。

　でも人形に出来なかったと同様の理由で、数を増やすことは余裕なんだけど、それを全部動かそうとすると、やはり【何か】が足りないと訴えかけてくる。

　でも僕は、最後の本拠地の戦いの時に数と殺陣で盛り上げる演出にしたいと思っていた。

　ネットで棒人間が派手にグリグリと動く動画を見て、すごく感激した記憶があるからだ。

　そうこれが最後の一つだ。

　動かすのはただの棒人間でも、情熱を持って動かし演出すればあれだけすごいものが出来ると知った。だから僕も手を抜きたくない。限界まで動かしたい。

　目の前にはただの棒を剣に見立て構えている主人公がお風呂の縁を舞台に、大量の敵を相手に仲間の援護を受けながら切り結び、飛び、囲まれながらも大群を切り抜けていく。

その先にはひときわ大きいボスがいる。主人公はボスに辿り着く、仲間は後ろからくる魔物を通さない——。

クライマックスを盛り上げるため、【何か】も足らず、目の前の処理で脳が焼けそうになりながら、それでも僕は——。

物語は棒人間がこれまた雑な宝物を運んで、家に帰るシーンになっている。疲労困憊だけど、僕の胸にはやり遂げたという思いでいっぱいだ。

あそこをこうした方が良かった、ここの動きは失敗だったとかの反省はあるけど、僕はやり遂げた。

そして、アリーチェが気に入ったかどうかなんて顔を見ればすぐに分かる。

お話を始めた時と同じ、——いや、それ以上の感動をその表情で表しているのだから。

僕は心地良い疲労感と共に、アリーチェの笑顔を見て思う。今までは意味もなく魔力を鍛えていたけれど、物語が進む度に変わるアリーチェの表情が忘れられず、僕が前世で見ていた素晴らしいエンターテイメントの数々を魔法で表現していきたいというのが、今の僕の目標になった。

第二話　関節の動作の練習

今日は休養日で開拓作業もないし、そろそろこの開拓地のことを説明しておこう。

ここ、トレイム村は三方はほぼ山と森に囲まれ、一方は地平線が見えるほどの平野がある農村だ。

村長はいるけれど、この開拓地そのものの責任者はなんと父らしい、これは僕も最近知った。

開けた平野を開拓して麦をメインに色々な作物を育てるわけだ。僕も四歳くらいから少し前まではそちらを手伝っていた。

最近は父さんの開拓作業を手伝っていて、実はこの村はこれが最重要らしい。

山や森から村の距離は結構離れているが、獣が下りてくることもあり、魔獣が出る可能性もあるので、少し危険な場所だ。そして、その山森と村の間を開拓するのが父の仕事だ。

この仕事は朝から夕方まで自己強化をかけ続け、開拓作業が終了しても、下りてきた獣と全力で戦える、もしくは逃げきれるだけの魔力を持ってないと従事出来ない。

そして、この仕事に従事することが村人にとっては自慢だそうだ。

魔力を無駄にするな、余裕を残せと父さんに言われて、お風呂場が作れなかった理由はここにある。魔力は資源だし生命線だという意識を父さんは常に大事にしているのだ。

「……い」

それで、開拓する理由なのだけど村の位置から山森の間のみ魔力草が育つ土壌になっているらしい。

魔力草は価値が高く、育成出来るまで開拓された畑は非常に大切らしい。

もし、干ばつなどが起きて麦や作物が全滅しても、この魔力草と畑さえ無事ならば税はそれだけで良いということになっている。

「……おい」

開拓と言えば大事なのは水もだけど、川は流れているけど水量も多くないので、全て作物に使っている。もちろん魔力草優先だ。

生活で使う飲水などは村に残る女性や子供たちの水魔法でまかなっていて、一日に家庭のノルマがあり、水を補充し一回で足らない場合は、回復してまた補充する。

そうやって、村の中央にある水の出ない井戸の中に貯めるのも重要な仕事だ。

水という生命線の確保のため、この村は魔力の量が多めの人たちを募集して作られたんだとか。

魔法薬を作る材料となる魔力草を栽培出来るこの土地の開拓には、ここの持ち主である辺境伯様がすごく期待されているのだとか。

この村に来たことはないから、どんな人か僕は全く知らないんだけどね。

「おい、ルカ！」

あとはそうだなぁ、この村の住民は二百人ほどで殆どが農民。鍛冶屋、酒場、教会従事者が数名ずつと、父さんが言ってたかな。

ああ、あと牛に似た家畜も飼っている。肉ではなくて乳を取るためだとか、出なくなったら肉だけど。

地位は大体みんな一緒で、村長と父さんが少し偉いくらい？　仕事の時以外はみんな気にしてないけど。あ、神父様たちは別だよ、みんなも仲間だとは思っているけど一応教会本部からの派遣という立場だし。教会では休養日に神父様がこの世界の常識や物事を教えてくれるから、物語の世界観を作る時にすごく役に立っている。

最近はアリーチェと一緒に参加してる、そして「にいたんのおはなしのほうがおもしろいね」と嬉しいことも言ってくれる。

「うわ、きめぇ、急ににやけ顔しやがった、って呼んでるだろうがっ！」

ごいんっとした音が頭から響いて、目の前にチカチカと火花が散る。隣ではぐしゃっと何かが崩れ落ちる音もする。

「いたぁい、何するの？　父さん」

「いたぁい、じゃねーんだよ。呼ばれたらちゃんと返事しろ」

父のげんこつに対して不満を言った僕に、ちょっと僕の真似をしながら父が返してきた。子供の真似をするいい年したおっさん気持ち悪いな、とじっと見つめると考えてることに気付いたのか、父が拳を見せてくる。

「も一発必要か？　ん？」

「いや、いらない。……それで何か用なの？」

「お前が聞いてないだけでさっきから言ってるだろ、そいつは何なんだって聞いてるんだよ！」

父が崩れ落ちた音の発生源へ指を向ける。そこには鍬と、バラバラの棒と丸で出来た何かが積み重なっていた。

ああ、父にげんこつを食らったショックで制御から外れたみたいだと、元に戻して僕の側に立たせる。

僕と同じ身長のそれは、棒人間だ。

だけど先日作った棒人形とは違い、今回のはおおまかな関節を再現して創った人形だ。

名前を棒人間から骨人間とした。ボーからボーンだ。

モーションキャプチャーの際に、取り込んだ動きを見るための線で構成された骨格モデルを想像してもらえばいいのかな。

僕が手を挙げると骨人間も同じように手を挙げる。その場で腿上げをしたら腿上げをする。これは僕の動きに追従させてるのではなく、その都度、僕が制御している。

僕の動きを真似るのが目的ではないからだ。

まあ、そもそも、追従なんて出来なかったけどさ。

こいつは別のことをやりながらも魔法制御を外さず、更に人間と同じ関節を作ることでより自然な動きをさせることが目的だ。

もちろん、その制御の練習といった意味合いもある。

父さんに殴られるまでは関節を動かす練習、全体の力の入れ具合の練習、手に持った道具を僕が扱ったのと同じように使用出来るのかを試していた。

　さっきも何度か試したけど、まずは僕が鍬を振り上げ地面を耕す、同じように骨人間が地面に鍬を振り下ろすが、ぐるんと鍬が回転しうまく地面に刺さらない。

「どう？　父さん何が悪いと思う？」

「そうだな、右と左の力と関節の動きが整ってないな。だから鍬が回るんだ。……って、そうじゃねーよ。こいつはなんなんだよ⁉」

　真面目な顔をして、だめだったところを教えてくれる父だったが、本来の目的を思い出して説明しろと言ってくるので僕は簡単に説明した。

「棒人間てあれか？　お前が姑息にもアリーチェの気を引くために見せて、卑怯にもアリーチェの楽しみになってるあれか？」

　相変わらずアリーチェが関わると、息子にも棘のある言葉を容赦なくぶつけてくる。

「そうだよ、アリーチェがせっかく父さんと母さんにも見てほしいって言ったから見せたのに、棒人間を出した瞬間『なんだそりゃ、くそだせぇ』って爆笑してバカにしてきたやつだよ」

「やめろ、それ以上――」

　嫌な予感を感じたのか、父さんが真っ青になって止めようとしてくるけど構わずに続ける。

「自分が好きになったものをバカにされたアリーチェが怒って『とうたん、きらい！』って言って、それから七日ばかり口も聞いてくれなかった時に見せたやつだよ」

「あああああ！　――おもい、だした――」

叫んだあと糸が切れたように父が膝から崩れ落ちた。

そう、父はアリーチェにきらいと言われたこと無視されたことがショックすぎて、そこら辺だけ綺麗に記憶の奥に封じ込めていたのだ。

思い出させたのは、僕も爆笑されたことを根に持ってるからちょっとした仕返しだ。

「……分かった……アリーチェのため……がんばれよ」

大した説明もしてないけど、もうどうでもいいらしくフラフラと立ち上がり、とぼとぼと外に向かって歩いていった。やけ酒でもするのだろう。

「……あと……ご近所さんから……変な目で見られてるから……ほどほどにな……」

「えっ？」

背中を丸めて遠ざかる父をよそ目に周りを見渡すと、確かに遠巻きにご近所さんたちがこちらを見ていた。目を合わせようとするとサッとそらされる。

その中にはピンク色の髪で、村娘というには顔の整いすぎている、幼馴染のレナエルちゃんもいた。

「や、やあ、レナエルちゃん。おはよう」

「おはよう、ルカ。おじさんの叫び声が聞こえたけど、何してたの？　それにそれ――」

レナエルちゃんは今来たばかりみたいで状況をつかめないみたいだけど、それでも骨人形が気になるらしく聞いてくる。

「ああ、これはね――」

棒人間の進化系で骨人間で今自然に見せられるよう練習中だということを教えた。

レナエルちゃんは母親が亡くなっているため、レナエル父と僕たちが開拓に出かける最中は僕の家で手伝いをしている。

唯一僕の家にお風呂があることを知っている家庭だ。口止め料としてではないが、レナエルちゃんにはお昼に、レナエル父には休養日にお風呂を貸している。

そのためアリーチェもなついており、棒人間のこともアリーチェから聞いていた。

お風呂を貸した理由だけど、レナエルちゃんは妹に敵わないとはいえ、十歳にして美少女になる片鱗を見せている。村一番の美少女というやつね。

でもさ、ほら、いくら美少女でもさ、お風呂入らないで体だけ拭いてたらさ、――臭いじゃない。

見た目とのギャップで僕が耐えられなかったけど、正直に臭いとは言えないからなんとかごまかして入ってもらうようにしたわけだ。

「聞いていたけどこんなに複雑なんだ、すごいね」

「いや、これは次のステップのための骨人間という奴で、前に妹に見せたのはこれだよ」

また変な目で見られないよう周りの人から隠すようにしながら、掌をすくうような形にした。

その上に水魔法で二体の棒人間を出す。

そうして、剣に見立てた棒を持たせ、ちゃんばらをさせる。

上段と中段で構えて対峙させ、ジャンプ急降下攻撃や高速連続突きをしたり、派手さを優先して戦わせてから、棒人間たちを消した。

「どうだった？　レナエルちゃん」

「す、すごい！　すごいよルカ！　アリーチェちゃんはいつもこんなすごいの見せてもらえてるの⁉」

軽くだけだったけどレナエルちゃんも気に入ってくれて大はしゃぎしている。いつものおとなしい彼女とは大違いだ。

うんうん、これで十歳くらいになっても通用することが分かった。

「うん、アリーチェにはいつも楽しそうにしてもらいたいからね」

「今度、私のためにもやってほしいなぁ」

レナエルちゃんは人形劇を見て興奮したのか顔を赤らめながら僕の手を両手で握ると、こちらを見つめながらニッコリと笑って、お願いしてきた。

「あ、うん、今度、暇があったら考えてみるよ」

さて、めんどくさい説明も終わったから、練習したいな。

でもいつの間にかいる近所の悪ガキも含めて、周りの目がきつくなってきたから、やっぱり新しいものは慣れるのに時間がかかるんだろうなと思いつつ、骨人間を土に戻した。

仕方ない、目的の一つだった道具を使う練習は出来ないけど小さくして部屋で練習するかなぁ。

ああ、骨人形のまま数を増やせば処理向上の練習にもなるかな。色々考えてると僕はどうやればもっと今より技術力をあげられるかに頭が一杯になってきた。

「あ、あの？」

「ああ、ごめんね、いつまでも手を握ってて。じゃあまたね、レナエルちゃん」

手をほどいて家に向かった。レナエルちゃん、傷ついたような顔をしてた？　……まあ、気のせいだよね。僕何もしてないし。

ちょっと気になりながらも、部屋で練習を開始し集中していくとレナエルちゃんのことは頭からすっかり消えていた。

「今日のお風呂は失敗だったなぁ」

昨日の練習でとりあえず骨人間の操作がある程度まで出来たので、花を咲かせるおじいさんの話を骨人間でやったんだけど、アリーチェを怖がらせて泣かせてしまった。

どうも人に近いというのがだめだったみたい、更にそれがリアルに動くものだからなおさらみたいだった。

怖いものを見せても仕方ないので人形劇はやめて、その物語の童謡に切り替えて一緒に歌ったらどうにか泣き止んで機嫌を直してくれた。

今回、技術力が上がったからって、それを自慢気に見せてすごいだろっていう気持ちが先行してたような気もする。

作り手側の自己満足じゃなくて見る側を楽しませるという、一番大事なことが抜けちゃっていた。

　これからも自然に動かす練習は続けていかないといけないけど、あくまでそれはエンターテインメントに落とし込むため、技術力を上げて受け入れられないなら、それをわざと下げてでも受け入れやすくしないといけない。

　あくまでも面白くてすごいのを見せたいのであって、すごいだけじゃだめなんだ。今回の失敗を教訓に精進あるのみ。

　そもそも骨人間の響きも怖いな。

「うーん、とりあえず3Dモデルの名称にもある、ボーンって言っておこう」

　――3Dモデルか、自分の口から出た言葉にゲームのブレイクスルーを起こした一つ、ポリゴンの格闘ゲームを思い出した。実際はやったことないが動画で見た覚えがある。

　ふと思いついたので片腕だけボーンを表示させる。

「これを基準に薄い四角の板を何枚もつければ、初期のポリゴンモデルくらいにはいけるんじゃないか？」

　指は複雑になるので関節を減らし単純にして、腕の周りに板を貼り付けるように水魔法で作っていった。

　出来上がったのはなんとか腕に見えるようなもので、ポリゴンモデルというよりも最初期のロボットのプラモみたいだ。

　少し動かしてみたが、作る前から思ってた通りやっぱりだめだった。動かす度、板で構成された部分がずれたり遅れたりする。

これまでもだが、棒人間もパーツ一つずつを制御して人のように見せかけてただけで、実は全部バラバラのままだった。

棒人間で前進するとして、腕を振り脚を上げて進む、この際パーツを僕がまとめて全部前に動かしてるから歩いてるように見えるだけで、例えば頭の一つ制御を忘れれば、その場に頭が取り残されて、それ以外が前進する。

操り人形のような感じだ。しかもパーツがつながっておらず、一パーツ一パーツごとに糸でぶら下げて操っていると思ってくれればいい。

最初の人形劇の時に脳が焼けそうになってたのは、この制御を大量にやったのが原因だと思う。

僕自身でもちょっと頭がおかしくなりそうな制御の仕方してるなとは思うんだけど、それしか出来なかったし、この体の脳みそが優秀なのか、やればやるほど出来てくるから結構ゴリ押しで処理してるんだよね。

全部をパーツとして制御出来るようになれば、大分楽になるんだけど。そうしたら、四角を組み合わせてドットのキャラみたいに出来て動かせるはずだ。

そう考えながら水魔法ブロックで有名な赤い帽子の配管工を作り上げた。

見た目はそのまんまなんだけど、動かすとブロック数が多いからか動かす度に先程のポリゴンモデルと同じく、ずれたり隙間が出来る。

パーツを作り上げて組み合わせたあと、魔力を馴染ませて一体化しようって前に試したけど出来なかったんだよね。

「はぁ！　全魔力使って一体化だ！　——なんてね、そんな簡単に出来たらいいんだ……けど……え？」

パーツごとにバラバラだったドットの魔力一つ一つが、馴染んで一つになっていた。

「あれ？　うそ？　できてる!?　なんで？」

全魔力と言ったけど魔力なんて殆ど使ってないし、一体化もそうしたいと思っただけだ。なのに今回は前とは違いスルッと行けた。

前は何をしても【何か】が邪魔して通る気配が微塵もなかったのだけど。

起こったことが信じられなくて、棒人間を作って同じように一体化させてみたらやはり出来る。

そして、棒人間を歩かせると制御が比べ物にならないくらい楽になっているのが分かる。

一つ一つそう見えるようにと制御していたものが歩くというイメージだけで、それよりも綺麗に簡単に制御が出来る。——出来るようになった原因はなんだろう。

赤ちゃんの頃からの魔力励起と循環はやっていて魔力量と質を高めることは少しずつだけど出来てると思う。

それでも前はまるで動かない壁にぶち当たってる感じしかしなかった【何か】を感じ、量や質じゃどうしようもないという確信があった。

なんの根拠もなく、前世の記憶から考えてみたのは、一つ、レベルがあり上げれば出来る。

一つ、魔法には熟練度があって使い続ければ出来るようになる。

一つ、スキルが芽生えて出来るようになった。

そんなことが頭に浮かんだけれど、誰からも聞いたことなかった。

「ああ、もう！　これじゃ何も分からないのと一緒じゃないか」

そう言えば、僕この世界のこと村の中以外は殆ど知らない。知る方法がなかったと言ってもいいけど。

幼児の頃をすぎるとすぐに村の手伝いをしないといけなかった。

子供は基本的に作物運びだ。そこで自己強化を少しずつ教わる。

慣れない仕事ということもあったけど、最初は体を動かして働け、体力が尽きたら魔力を使って動けと言われてたから、すぐに限界が来て無理にご飯を詰めて寝ていた。

休養日はレナエルちゃんたちと遊んだりしてたけど。

それ以降は、ほぼこれの繰り返しで四歳から九歳は過ぎていった。自己強化を身につけるのにはこれが一番ということらしいが、今思うと、いくら大人が見ていると言っても一桁の子供に無理させすぎだと思う。

それで十歳になる頃、プチっと来て風呂を作り上げて今になる。

それまでは自分のことだけでせいいっぱいだったな。それに父も追われるように開拓作業やってたから、どこか家の中もピリピリしていた。

でも、最近は本当に、穏やかになってきた。アリーチェとお風呂のおかげだと僕は思う。

知識については神父様なら色々知っていそうだし、今度もっと詳しく聞いてみよう。今までは、変なことを言って僕の秘密がバレても嫌だったから避けていたけれども、魔法の常識くらいはちゃんと聞いておきたい。

今回、謎に魔法が進化？　したけれど使えるものは使うとしよう。

新しいアイデアが浮かんできたから、作り上げて今度こそアリーチェに喜んでもらうぞ。

◇◇◇◇

今日も今日とて鍬を片手に開拓中だ。

この前謎に能力が上がったから、ふんわり可能性があるんじゃないかと思ってる「ずっと使ってたら能力上がるんじゃないの？」説を信じて、土魔法でボーンを作って練習がてら一緒に地面を耕させている。

ボーンにも強化はかかるみたいだし、僕と同じ速度で地面も耕せる。

それに加え、更に負荷を増やすため棒人間を僕の肩に乗せて、僕が覚えてる限りのダンスを踊らせている。

ボーンは複雑なため、見て制御するなら三体、見ずに制御するなら一体が今のところの限界だ。

なので、一体のボーンを創り出し、更に制御能力をギリギリまで使うため棒人間を追加で出して練習してる。

最初は父にも他の人たちにもこの魔力の無駄遣い――僕には無駄ではないが――してる姿を非難するような目で見られていたが、妹のためだし、仕事だって僕の作業量は二倍になっているというと父は納得したし、周りも父が納得させた。もちろん変な目で見られるがもう慣れた。

練習してもいいから今度中央の広場とか教会で、劇を披露しろと言われた。この村に娯楽が殆どないから分かるけど、ぶっちゃけめんどくさい。

僕は身内でわちゃわちゃやってるのが好きなタイプのオタクなんだ。覚えてないけど前世もそうだったはず。

ああ、でもそう言えば前にレナエルちゃんにも見せてって言われたな。

他の人と一緒に見せてしまえば約束通り――約束してないけど――見せたよ、といって誤魔化せばいいか。

そんなことを考えながらも、ガンガンと土にあるまじき音を立てる地面を掘り返しながら開拓を続けていると、なんとなく感じるものがありそちらに目を向けると何か動くものが見える。

何事かと思ってよく見ると、遠くの森から何かが数匹出てきている。何かあったらすぐに呼べと言われているので風魔法を使ってホイッスルのように甲高い音を鳴らす。

「どうしたルカ！　何があった！」

その音を聞きつけた父がすぐに駆け寄ってきたので、まだ豆粒大にし見えない動くものを指を指した。

「なんだ？　……ありゃ、フォレストウルフだ！　魔獣だと？　しかも、こんな真っ昼間からなんでだ！　くそっ、全員作業を止めて集合だ！　フォレストウルフが出た！　すぐに襲ってくるぞ！　ルカもよく気付いてくれた、偉いぞ！」

作業してる村のみんなは結構広い範囲で作業していたけど自己強化を使ってるからか、父の大声のあと、あっという間に集まる。

もうすでに弓に持ち替えてる人もいるくらいだ。その中にはレナエル父もいた。

「弓持ちは柵の近くまで引き寄せて確実に狙え、矢を無駄にするなよ、それ以外は土魔法で投石だ。出来るだけ足を止めて弓で撃ち殺しやすいようにしろ」

父さんがここまでリーダーシップを発揮しているのは初めて見る。

普段はただの娘馬鹿なのに、こういう姿を見せられるとちょっと尊敬するな。

「ルカ、お前は全速力で村に戻って神父様に連絡。その後村長に連絡、それから村のみんなを教会に避難させてもらえ、農作業に出てる奴らも全員だ。魔力を使い切ってるなんてアホなことはしてないよな？」

「もちろん村まで１００往復しても平気だよ！」

「お、おう、そうか」

「あとこれ、投石用と矢の代わりになればいいけど」

魔力励起と循環で魔力を練り、山になるほどの投石用の石と先を尖らせただけの棒を矢の代わりに作り出す。羽まである複雑な作りは無理なんだ。

「ルカお前……」

父が何故か呆れたような声を出すが、ハッとしたように首を振った。

「いやいい、早く戻れ、時間はないぞ」

「わかった！」

ボーンたちの制御を切ったので余った力で自己強化を最大まで引き上げ、全速力で村に戻った。

「あいつは全く……」

俺は、ここにいる誰よりも速い動きで去って行く息子の背中と、その息子が大量に作り出した矢と石を見ながらため息を吐く。

「父親に似て変な子だな、なぁ？　エド隊長？」

「うるせぇよ隊長って言うな、あと、あいつは俺より変に決まってるだろ」

矢を拾いながら、この村に来る前は部下で今は隣人のロジェがからかうように声をかけてくる。

「へいへい、分かったよエドさん、しかし、あんたの息子が作ったこの矢、まっすぐじゃないか。しかもこんなに大量に」

この石もすげぇ綺麗な丸だな、と銀髪を短く刈り込んで、無精髭（ぶしょうひげ）を生やしたロジェがつぶやくように言う。無精髭を剃れと娘のレナエルに散々どやされてるのに、こいつも懲りないな。

確かに矢羽こそついていないものの、ここまでまっすぐなら村の曲がった矢より狙い通りに撃つことが出来るだろう。

で、この量だ。俺が指示したこと全部無駄じゃねーか。

フォレストウルフは怖い、しかも今回は五匹もいやがる、群れをなしている魔獣は非常に厄介だ。

だがこの千本以上はある矢があれば撃ち放題だ。

「作戦変更だ、柵までおびき寄せなくていい、適当に好きなだけ撃って殺せ。投石も必要になったらルカが作ったものを使え」

この大量の矢とこいつら弓持ちの連射力があれば、あっという間に蜂の巣に出来る。

負傷も覚悟していたが、これなら楽勝だ。

「おらぁ！　死ねぇ！」

「撃ち放題だぜぇ！」

「きもちいいいいいい！」

……いつもは平気な面してたが、辺境で開拓だけしてたから、やっぱりストレス溜まっていやがったなぁ。

まだ遠くにいるフォレストウルフに、一度に四本の矢を放ち、雨のごとく連射している元部下たちを見ると、ついてこさせてしまった後悔と感謝が胸をよぎるが、そんなことより――。

「オメェらばっかりずりぃぞ！　俺にも撃たせろ！」

「隊長は石でも投げててくださいよ」

「そうだそうだ、隊長は石でも馬鹿力で届くからいいでしょ！」

「だから隊長って言うな！　敬語も使うな！」

怒鳴りつけながら、苛立ちをぶつけるように力いっぱいぶん投げてやった石は魔獣にぶつかって砕けると思ったが、そのまま最後の一匹の頭を撃ち抜いた。

父さんたちがフォレストウルフ？　を迎え討とうとしている時に、僕は村に着いた。

裏門から入って全力で教会に駆け込んだ僕は、神父様を探す。

「神父様はいらっしゃいますか！」

中で掃除をしていたシスターが僕の慌てた様子を見て急用だと気付いたのか「少しお待ちください」と声をかけて小走りで奥にいくと、すぐに神父様を引き連れて戻ってきてくれた。

「フォレストウルフというのが出たと父が言ってました。神父様と村長に伝えて村のみんなを教会に避難させてもらえと」

「魔獣が出ましたか、狼系の魔獣は夜に出るのが殆どなんですが……おっと今は避難ですね。トシュテンさんの所に私も向かいます」

あれって魔獣だったんだ。遠かったけど初めて見た。

あ、トシュテンさんとはこの村の村長のことね。

神父様がシスターに怪我人が出た時のための指示を出して教会から出た。

おや？　と神父様が裏門の間から遠くを見つめながら首を傾げる。

「もう、終わりそうですね」

「え？　神父様、この距離で見えるのですか？」

「ええ、強化の応用みたいなものですよ」

へー知らなかった、そんなことも出来るんだ。

「殆ど弓だけで決着がついたみたいですが、あの大量の矢は？　――おっと、あなたのお父さんが投石で終わらせたみたいですね。素晴らしい強度の土魔法です」

「石は使ったか分からないですけど、矢は多分僕が作ったやつですよ」

「ほう、あなたが……」とちらりとこちらを見てくるけどこういう時、神父様の糸目が怖いんだよなぁ。

「なるほど、では明日私のところに来てください」

「えっ？　なんで急にどうしたんです？　それに明日も開拓がありますから」

「エドワードさんには私から言っておきます。なに、悪いようにはしませんよ」

なに？　超怖いんだけど。僕の魔法なんかだめだった？

「今日は開拓も中止でしょう、一応、怪我人がいないか確認をしてエドワードさんたちと一緒にトシュテンさんの所へ報告に行きましょう」

もう終わったなら戻りたいんだけど、神父様が僕の手を取って歩いているので逃げられない。柔らかく握られてるのに離れる気配がまったくない。

達人か？　……なんてね。十歳の子供が大人の手を振り切れるわけないじゃない。


手を繋がれて神父様に連れられて裏門まで行ったところで、父さんたちも魔獣退治が終わって戻ってきた。

「お疲れ様でした。皆さん怪我は――どうやらないみたいですね。よかったです」

「神父様すまねぇな、慌てて準備させたみたいで」

「いえ、無事が何よりです。回復魔法と言っても万能ではないのですから」

今回、先に神父様へと言われたのは回復魔法を使える人たちに準備してもらって、何かあった時にいち早く駆け付けてもらえるようにするためだ。

もちろん避難が先だというケースもあるらしい。

「……ルカ、お前は大丈夫か？　なんともないか？」

「うん、父さんも知ってる通り真っ先に逃げたからね」

「そうじゃなくてよ、……その、なんだ、魔獣とか見たからビビってんじゃねーかと思ってよ」

父さんの言葉にムッとする。遠くからしか見てないのにビビるわけないじゃない。

近くに寄られてたら下が大変なことになったかもしれないけど。下の話は抜きにしてそのことを話したら父さんが頭をなでてきた。

「そうか、だったらいいんだ。なぁ神父様？」

「ええ、ルカくんは立派でしたよ。迅速で的確でした、手の震えもなかったようですしね」

にっこりと僕に向かって神父様が笑いかけた。

なるほど、手を繋がれてたのは僕が怯えてるかと思い、安心させてくれていたのか。

そういや僕まだ十歳だ。怯えてた方が良かったかな？　……もう遅いか。

「お前たち、今日の開拓作業は終わりだ。家に帰っていいぞ。魔獣の肉はさばいて、少なくてもいいから村の連中にも配ってやってくれ。それ以外の素材は後で決めよう。ロジェ、お前は俺たちと一緒だ」

「へーい」というレナエル父――ロジェさんの間の抜けた返事のあと、開拓メンバーはそれぞれの返事をして解散した。

僕は村長さんのところまで連れて行かれて、見つけた経緯を聞かれただけで解放された。

「ルカ、お前も、今日は終わりだ」

「う、うん」

生まれて初めて野良仕事が早く終わった気がする、たぶん今までなかったよね？　ちょっと気分が浮かれる感じになってたけど、同時に空いた時間何していいか分からないから、ソワソワしてきた。

「……家に帰って母さんに報告してくれ、それが終わったら、アリーチェやレナエルと遊べばいいだろ」

「あっ、そっか、……うん、そうするね」

――そうだ、家に帰って遊んでもいいんだ。僕ちょっと、ブラック企業で働いてる人みたいになってたな。

ルカを見送った後、俺とロジェは神父様を連れて、村長のトシュテン宅に移動した。

「それで今回、こんな真っ昼間から魔獣が出た理由はなんだと思う？　ロジェこの前、森の中に潜った時はどうだ、何か予兆はなかったか？」

「いや、俺たちが潜れる深さのところでは特に何もなかった。少なくとも俺たちが気付けることはなかったぜ」

開拓メンバーとして以外に、狩りチームのリーダーも担当するロジェが答える。

「そうか、お前たちで気付かないのなら原因は更に奥で何かあったか？　森の奥で縄張り争いに負けてこちらへ逃げてきたとかか」

「分からん、実はただの偶然だったりとか？」

「そんな訳あるか、魔獣は頭がいい。無駄に住処から出ることはないし、出たとしても自分たちの不利な昼間に出るはずがない」

軽口を叩くロジェが俺の言葉に肩をすくめるが、空気を和ませるために言っただけで、目を見れば真剣そのもので全くそんなことを思っていないのが分かる。だが――。

「もしかしたら本当に偶然と言ってもいいかもしれません」

一人考え込んでいた神父様がそんなことを言い出す。

「おいおい、神父様。エドさんが言っただろう――」

「もちろん、私も分かっています。これでも魔獣のことは人並み以上には知っているつもりです」

ロジェの発言を途中で遮って話し、そのまま続ける。

「これは一つの推論だと思って聞いてください。通常フォレストウルフは五、六匹で狩りをします。そして、彼らのテリトリーである森の中ならば昼も夜も関係なく狩りをします。開拓地に現れたフォレストウルフも五匹でしたから、その可能性も高いでしょう」

「なるほどな」

確かにと俺とロジェ、トシュテンが頷く……こいつ、いたのか。いやこいつの家だから当たり前だが、本当に影のような奴だ。

「魔獣は魔力感知の能力を本能で持っているといいます。それは魔力の高いものを餌として見つけるためだとか、そしてこの村にはそれがある」

「もしかして魔力草ですかい？　神父様、そいつを狙って来ていたと」

ロジェの言葉にそうか、と思ったが神父様は首を横に振った。

「いいえ、確かに魔力草は魔獣が好んで食べると聞きます。ただし、それは草食系の魔獣です。フォレストウルフのような肉食系の魔獣はあまり好んで食べません」

飢餓状態の時は違うのですがと神父様が続けた。

「じゃあ、なんだって言うんだ？」

「ルカくんですよ」

その言葉だけで俺の体からサッと血が引いた。顔は真っ青になっていることだろう。

「ルカ……だと？」

「そうです、あの子はまれに見るくらい魔力が高い。それに魔力に愛されている子です。その魔力量、質どれをとってもフォレストウルフには美味そうな餌に──」

餌──その言葉を聞いた瞬間引いていた血があっという間に頭に上った。

「俺の息子を餌なんて言ってんじゃねぇ！」

「隊長！」

カッとなって神父様に飛びかかる俺を止めようとしたロジェを弾き飛ばしながら、神父様の襟を掴む──寸前でトシュテンに止められた。

「坊ちゃま、落ち着いてください。神父様は何もルカくんを悪く言ったわけではありません」

トシュテンのいつも通り落ち着いた声に、上っていた血も落ち着いてきてカッとなったことが恥ずかしくなってくる。

「すまねぇ、神父様カッとなっちまった。この通りだ、許してくれ」

俺は膝に手を突き、ぐっと出来る限り頭を下げた。

「いえ、私も失言でした。話とは言えご子息を、餌呼ばわりされて怒らない父親はいないです。

特にルカくんは色々ある子ですから。私は人の心が分かっていない時があると、注意されていたにもかかわらず……申し訳ない、修行不足でした」

神父様も頭を下げてくれるが、俺も本当に申し訳ないことをしたと反省していた。そこに弾き飛ばされていたロジェが不満の声を上げる。

「あの隊長？　神父様？　一番被害を受けた奴がここにいるんですが、助けてくれませんかね？」

「ロジェは鍛え方が足りません。坊ちゃまをしっかりささえなさい」

「親父、こっちも全力で止めたんだ。そりゃないぜ……」

いつの間にかロジェの側にいたトシュテンが助け起こしながら説教をしている。

並んだらよく分かるが、本当に似ている親子だ。ロジェにシワを少し増やして目を精悍にしたらトシュテンになる。

目のせいか、雰囲気は全く似てないいんだけどな。

「ああ、すまん……だが、二人共言葉が昔に戻ってる。親父の領地にいた時じゃないんだ」

そりゃ俺が悪かったけどもよと小声で謝る。

それから落ち着くためにトシュテンからお茶を入れてもらい、話を続けた。

「話を戻しますが、ルカくんを発見したフォレストウルフはその魔力を感知したせいで抗えなかったのでしょう。昼間なのに森の外まで出てきたのは、それが原因ではないのかと考えました」

ルカくんは魔力を隠すことを知らないみたいですし、と神父様は言う。

極上の肉が調理されて、さあどうぞ食べてくださいと置かれているようなものかと神父様にブチ切れたのに、同じようなことを想像しちまった。

それから、森の再調査やフォレストウルフの肉以外の素材の話をしたあとに神父様が明日のルカのことを告げてくる。

「それで、エドワードさん。ルカくんには明日、開拓を休んで教会に来てくださいと言ってあります」

「――神父様、それは」

「ええ、ルカくんが教会に来られたら――」

そうして、しばらく神父様とルカのことを話しあってから今日はそれで解散となった。

第三話　幼馴染と無神経と無関心

　魔獣が出たとは言え、まだ日が高いうちから開拓作業が終わって家に帰るとなると、ちょっと罪悪感みたいなものが生まれるが、母さんに報告しないといけないので素直に帰る。

　まだ、魔獣が出たことは広まってないみたいだけど、噂話として尾ひれや背びれが付く前にちゃんとした事実を説明しておいた方がいいだろう。

　家に到着し、扉を開けようとすると扉の向こう側から可愛い魔力が近づくのを感じるので、少し待つと思った通り扉が開かれる。

「やっぱり、にいたん！　おかえりなさいなの」

「ただいま、アリーチェ、いい子にしてた？」

「うん、あーちぇはいつもいいこなの」

　僕の腰に抱きついてきたアリーチェにただいまの挨拶をすると、アリーチェが両手でバンザイをして僕の顔を見つめてくる。抱っこしての合図だ。

　アリーチェの願い通り抱っこをすると、アリーチェを追ってきたのか母さんの姿が見える。

「アリーチェ、どうしたの？　誰かきたのかしら――あ、あら、ルカじゃない、どうしたの？」

　母さんがびっくりしたような顔で、お仕事は？　大丈夫なの？　と聞いてくる。

「うん、僕は大丈夫だよ。それよりも話すことがあるから中に行こうよ、母さん。一緒にレナエルちゃんにも話さないといけないから」

「ええ、そうよね、ごめんなさい。母さん何か焦っちゃった」

一緒に居間に移動する途中、「にいたん、べたべた」と僕のほっぺをアリーチェが触っている。

「ああ、ごめんねアリーチェ。結構汗かいちゃったから」

顔と手だけでも洗おうとしたらアリーチェは嫌がったけど、なんとか説得し母に預ける。

「ごめんね、アリーチェすぐ戻るから、母さんと待っててね」

「……あい」

それでも不満そうなアリーチェの頭を、ひとなでしてお風呂場に向かう。

「あ、ルカ。今はレナエルちゃん、お風呂に入ってるから……」

「ああ、そうなの？　分かったよ、母さん」

僕が作ったお風呂は保温性がいいし、熱めに入れているとはいえ、流石に温くなってるからついでに温めてあげた方がいいってことだよね。

毎日レナエルちゃんが入るということで、いつも朝にもお湯を溜めるようにしている。水仕事とかに使ったあとにレナエルちゃんがお風呂に入るという流れだ。

「ちょ、ちょっとルカ？」

「すぐ戻るから後できくよ。母さん」

母さんが後ろで何か言っているが、さっぱりしたくてお風呂場に入った。お風呂場に入るといつも思うのだけど、自分で作ったとは思えないくらい更衣室と浴場の作りも完璧だな。

「ソニアおばさん？　どうかしたの？」

浴室の木の扉の向こうからレナエルちゃんの声が聞こえる。

「いや僕、ルカだよ」

「えっ、ル、ルカ？　なんで昼間なのに、じゃなくてなんでお風呂場に」

「ああ、顔洗うついでにお風呂温めてあげようと思ってね、ちょっと入るね」

「えっ、ちょっちょっと！」

レナエルちゃんが焦った声を出すが、僕はもう会話するのが少しめんどくさくなってきている。早く洗いたいし早く戻りたい。

「お湯、やっぱりぬるいね。温めるから熱かったら言ってね」

湯船に手を入れるとやはりぬるかった。僕が作った水だからまだ干渉出来るので、魔力を通し温度を上げる。そのまま桶でお湯をもらい、顔を洗う。

ついでにうがいもして吐き出し、桶に残ったお湯と共に流した。

「邪魔してごめんね、ゆっくり入って。って言いたいとこだけど、ちょっと事件があってね、説明するから早めに上がってね」

「あわわ、う、うがいまで……」

レナエルちゃんが顔を真っ赤にしているので熱かったのかなと思い聞いてみたけど、ぶんぶんと首を振っている。

「大丈夫だから……早く出ていって……」

蚊の鳴くような声でレナエルちゃんがつぶやいた。僕は別に難聴ではないので聞き返しもせずに素直に分かったと言ってお風呂場から出た。

居間に戻るとすぐにアリーチェが駆け寄ってきたのでそのまま抱き上げ、ほっぺた同士を合わせる。

「にいたんはどうかな、アリーチェ？　べたべたしないかな？」

「しなーい、さらさらー」

アリーチェを抱きかかえたまま、自分のコップに冷やした水を創り出す。

飲んでいるとアリーチェも欲しがったので、お腹を壊さないよう、少し温度を上げてから飲ませた。

いつも「にいたんのおみずがいちばんおいしい」と言ってくれるから、入れた僕も嬉しくなってくる。

「さっきはごめんね母さん、何の用だったの？」

「レナエルちゃんがお風呂だって言ったわよね？　どうしてお風呂行ったの？」

「？　顔を洗うためだけど？　あ、ちゃんと温め直してあげたよ」

「あなたは、全くもう……いい？　レナエルちゃんは女の子なのよ」

「うん、知ってるけど？」

母さんの言いたいことがさっぱり分からない、レナエルちゃんは女の子だってことなんて最初から知っている。

「はぁ……もう、いいわ。とにかくレナエルちゃんに謝っときなさい」

「よく分からないけど、分かった」

とりあえず謝ればいいんだな。母さんがそう言ってくるってことは僕が何かやらかしたんだろう。

そんな話をしていたら当の本人のレナエルちゃんが「上がりました～」とか細い声で入ってきた。なんで敬語になってるんだろ？　僕を見るとまた真っ赤になってるし。

「レナエルちゃん、さっきはごめんね。母さんに言われて気付いたんだ」

本当は全く気付いてないけど、とりあえず言われた通り謝っておいた。

「う、うん、今度はちゃんと心の準備させて……」

「？　うん、分かった」

何か誤解を生んでる気がするけど、まあいいか。

今日の話もしないといけないし、コップに冷えた水をまた創り出してレナエルちゃんに渡し、座るように促した。

「ありがと……あ、つめたくておいしい」

レナエルちゃんが落ち着いたところで話し始める。

みんな無事で怪我一つなかったと最初に説明してから、魔獣が出たことを話す。

フォレストウルフが五匹出たと言ったら、母さんが驚いていた。群れで来られると非常に厄介だということを知ってたみたいだ。

前世の記憶から、群れた狼の怖さは何となく分かる。

僕が村に戻って神父様を呼んでる間に、殆ど終わっていて、最後は父さんが決めたらしいと話したら「とうたん、つよい」とアリーチェが喜んでいた。

僕が早く戻ってきたのは、魔獣が出たから今日のところは作業も終了したからで、早く帰って母さんたちに事情を話せと父さんから言われたと説明をした。

「レナエルちゃんも心配しないで大丈夫だよ。ロジェさんも怪我なくピンピンしてる」

「うん、ありがとう。それを言うため早く帰ってきてくれたのね」

僕は知らなかったことだけど、ちょうどこの頃のロジェさんは父さんに弾き飛ばされたせいで、ピンピンじゃなくなって、神父様から回復魔法を受けていた。

説明が終わり、みんなで遊ぼうとしたけど、抱っこしてたアリーチェが静かだと思って見たら、いつの間にか、おねむになってウトウトしていたので、みんなでお昼寝することになった。

母さんと僕とでアリーチェを挟んで寝るのかと思ったけど、母さんが「ルカもたまには母さんと一緒に寝て欲しいわ」と言ってきたので、レナエルちゃん、アリーチェ、僕、母という並びでお昼寝をすることになった。

目を瞑ると今日のことで疲れていたのか、すぐに眠気がやってくる。

落ちる意識の中、頭をよぎったことがある。

夜寝る時はアリーチェは母さんと父さんと一緒に寝ているけど、僕は一人で寝ている。

僕って、いつから一人で寝てたっけ？

「にいたん、ごはんおいしかったね」

「そうだね、お肉たっぷりでおいしかったね」

「うん！」

お風呂に入っていたらアリーチェと夕ご飯の話になった。

日が沈む前には狩られたフォレストウルフがお肉になって配られたので、夕ご飯にシチューとなって出てきた。

お肉たっぷりといっても日本人が想像する肉の塊ではなく、一口大よりも小さい肉が入っているくらいだ。

それでも生肉は、ここの生活では結構貴重なものだ。普段はたまに来る行商人さんが持ってくる塩漬け肉くらいしか手に入らない。もちろん、これも貴重なんだけど。

改めて見たフォレストウルフは想像していたよりも遥かにでかく、僕なんて丸かじりにされそうな大きさだった。これが五匹も出た日には全員避難するしかないな。バラバラに動かれて村が襲われたりしてたら犠牲者が出てたんじゃと思い鳥肌が立った。

「今日は父さんたち、すごかったんだよ」

「そーなの？」

「そうだよ、こんな風にね」

そう言いながら水魔法を使う。

最近の練習とパーツのセット化が出来るようになったおかげで3Dドット絵みたいな物を作って動かすのも出来るようになってきたから、今日はお披露目もかねて父さんたちの勇姿を表現してみた。

父さんは金髪で他のメンバーは茶髪が多いので、父さんが目立つように全員茶髪で創ろうかな。水魔法の色替えは光の屈折や反射、吸収を変えて出来ないかな？　と思って試してたらあっさりと出来た。これもセット化が出来るまでは無理だった気がする、積極的に試してなかったからいつ出来るようになったか分からないけどね。

そうしていつも通り浴槽の縁を地面に見立て、某配管工の服装を農家風にして、金髪キャラ一人がドット父さんとして、茶髪キャラ九人をドット仲間として創り出した。

「なにこれ、なにこれ。すごいの！　にいたん！」

「すごいでしょ？　アリーチェが喜ぶと思って僕頑張ったんだよ」

「にいたん！」

アリーチェは感極まったのか、湯船に大波を発生させながら抱きついてきた。でも、目はドット絵に釘付けだ。

「この金髪なのが父さん、それと父さんの友達だよ」

父さんのドット絵に——よく父さんが筋肉を見せつけてくる時のポーズ、いわゆるダブルバイセップス——ポーズを取らせる。

アリーチェはその腕にぶら下がることが好きなので、父さんのイメージと言えばこれだろう。

「とうたん！」

うんうんとアリーチェに頷いていたら、小首をかしげた。

「どうしたの？」

「ねーたんのとうたんはどこなの？」

アリーチェが言う、ねーたんのとうたんとは、レナエルちゃんのお父さんのことで、つまりはロジェさんのことを言っている。

「あ、そうだね。忘れてたよ、アリーチェは気付いてすごいね」

「えへへん」

アリーチェが胸を張って「えらいでしょ」のポーズを取ったので頭をなでてあげながら、ドット仲間の先頭の人を銀髪に変えた。

そして、横スクロール風に表現した父さんたちのドットの前に、これまたドット絵で作った柵とフォレストウルフたち五匹も創り出した。

「これは悪いワンワンなんだ」

「……わんわん、こわい」

「そう今日はね、このこわくて悪いワンワンが出てきたんだ」

そう言ってフォレストウルフたちを、ゆっくり前に進ませる。

「にいたん、こわい」

「でもほら見て、アリーチェ」

ドット父さんが腕を上げるとドット仲間が一斉に弓を構える。

少しずつドット狼が前に進み、突出した最初の一匹が柵に近づいた瞬間、ドット父さんが腕を下ろす。それを合図にドット仲間が矢を放ち、柵に近づいたドット狼に十本の矢が雨のように降りかかる。そこでそいつのドットをバラバラにして消した。

「とうたんたち、たおしたの、でもまだいっぱいいるの」

仲間がヤラれたドット狼はスピードを上げ、四匹が柵を越えようとジャンプする。

「あぶないの！」

そこを弓矢で迎撃、一匹が倒れるが他の三匹は柵を越えてしまう。

近づくドット狼に更に矢を放ち、また一匹仕留める。

――が、残りの二匹は素早く矢を避けてしまう。

どんどんと二匹がドット父さんたちに近づいていく。

アリーチェはその様子を息を呑んでじっと見ている。

その時ドット父さんが風魔法でホイッスルのような音を出したあと、先頭の一匹だけに指をさす、集中攻撃だ、と。

ドット仲間の動きが変わり一匹に矢が集中する。そうやってようやく仕留められた。

——だが、一瞬気が抜けたと思われる瞬間、もう一匹が駆け抜け、先頭のドットロジェさんに襲いかかった。

「だめなの！」とつい手を出そうとしたアリーチェの腰に手を回し、前に行かないように制御する。

ドット狼が噛みつこうとした瞬間、ドット父さんが蹴り上げる。

蹴り上げられて後ろに吹っ飛ぶドット狼と、空中にジャンプするドット父さん。

そうして空中ではドット父さんが二抱えもあるくらいの大岩（水魔法）を創り出してドット狼に投げつけた。

ドット狼に着弾する大岩、そして大岩が爆発してついにドット狼たちは倒された。

「とうたん、すごいの。さいご、ばーんてやっつけたの」

「こうして、父さんと愉快な仲間たちによって、村にまた平和が戻ってきたのでした。めでたしめでたし」

「めでたし！　めでたし！」

そのちいさな手で一生懸命にパチパチと拍手をしてくれた。

今回のは実際見てたわけではないから、大体の予想で考えて作ってみた。

見た目重視のため全員弓矢持ちにしたし、余裕だったと言ってたからあんなピンチには陥ってないんだろうけど、父さんの作戦ではそう言ってたし、最後は父さんが土魔法で決めたって神父様が言っていた。

最後はちょっと脚色したかもしれないけど、まあ、大体は間違ってないよね。

「とうたん、すごいね！」

「そうだね、父さんすごいよね」

「ねーたんのとうたん、あぶなかったの」

「父さんが助けてくれたね」

「うん、それでね、さいごのばーんてやつ、みせてもらうの」

「うん、アリーチェにならら見せてくれると思うよ」

体全体で表現しながら、見て面白かったとアリーチェがずっとお話をしてくれるのを聞いていた。


あ、今更ながらに思い出した。

前回、初めて棒人形劇をやったあと母さんからアリーチェが興奮しすぎてなかなか寝付かないから程々にしなさいと言われたんだった。

「それでね、あのね、にいたん」

ごめん母さん、もう手遅れみたい。

第四話 僕の日常の開拓

「おはよう」といつも通り朝日が昇る前に自分の部屋で目が覚めた僕は、誰に言ったでもない挨拶をして、魔力励起と循環で外の魔力を大量に吸収する。

このままでは吸収した分の魔力は時間と共に、大気中に還元されていくので、制御して自分の魔力を核とし混合させ圧縮する。

こうしておけばあふれることなく魔力を自分の中にとどめて置くことが出来るわけだ。

まだ誰も起きてはいないので、音を立てないよう静かにお風呂場に向かった。

お風呂に熱いお湯をため、洗顔をしてから日本でもあったジェットウォッシャーのように勢いよく出した水で、歯を磨くように洗浄した。

それからパンを手に取って、一人、開拓地へ向かう。

「開拓～開拓～今日も明日も開拓～」

適当な歌を口ずさみながらボーンと棒人間を出して、魔法の練習をしながら鍬を打ち付けるようにして耕す。

そろそろ見ずにボーンを動かすことにも慣れてきたので一体から二体に増やそうかな？　と考えていたら朝日が昇ってきた。

朝日に照らされる開拓地と、遠くにある森を見ながら昨日のことを思い出す。

「うーん、魔獣が出たせいで計画の遅れとかはなかったのかな？」

本来は僕が気にすることではなく父さんの仕事なんだろうけど、何故か気になってしまう。

ここの開拓地は辺境伯様の物で、辺境伯といえば前世同じなら、大貴族で実質的に地方の王様みたいな感じなはず。

そんな大貴族が期待をかけている開拓地の責任者が父だから、開拓計画が遅れたりしたら貴族のメンツを潰した！　とか言って縛り首に……。

——漠然とした焦燥感を感じてるのはもしかしたらと、僕が心のどこかでそんなことを考えてるのかもしれない。

「あれ？　昨日といえば何か約束を……」

「……………」

「——ま、いっか。開拓しなきゃ」

そして、開拓～開拓～と僕はまた口ずさみ、ボーンと一緒に鍬を振り上げた。

それから少し日が昇ると、父を筆頭に開拓チームがやってくる。

メンバーの半分はいつもの半袖半ズボンの農作業の格好とは違い、かっちりとした探索用の装備をしていた。弓矢やでかいナタのようなものまで装備している。

「おはよう、父さん。ロジェさんたちもおはよう」

「おう、おはよう。だがなぁルカ、今日はこっちは休んで、神父様の所に行くんじゃなかったのか?」

父さんに言われ「あ!」っと声を出し、思い出した。おかしいな? この体の脳みそ優秀だと思ってたのに、こんなど忘れをするなんて。

「そうだ、うん。い、いかなきゃ……」

慌てだす僕に、父はため息を吐いて頭をバリバリとかいたあと僕を見る。昨日の約束すら忘れてた僕に呆れた顔を向けるのかと思ったらそうでもなく、少し悲しそう? な顔をした。

流石に昨日言われたことをど忘れした、自分の息子が情けなくなったのかな? ちょっと申し訳ない。

「ごめんなさい父さん、神父様にも謝ってこなきゃ」

「……あー、いや、行かなくていい」

「え?」

「俺が出る前にな、神父様の所のシスターがきて急用ができたからキャンセルにして欲しいだってよ。こっちから呼んだのに申し訳ないとも言ってたぞ」

あ、そうなんだ。その父の言葉を聞いて気がスッと楽になった。

あれ? だけど、だったらなんで父さんは悲しそうな顔したんだろう? ただの気のせいだったのかな?

「まあ、だがな?」

「うん、なに父さん」

父が僕の頭にそのでかい手を乗せながら続ける。

「お前が最初から教会に行ってれば、こんな伝言しなくてもよかったんだよ！」

「ちょっといたい、いたいよ父さん」

僕の頭をぐりんぐりんと回るように父さんがなで回してくる。

そして、髪をぐしゃぐしゃかき回すようにしてなでる。

「それになルカ、昨日魔獣が出たばっかりなんだ。危ないとは思わなかったのか？」

「あ……」

――全く思わなかった。そうだよね、昨日あんな魔獣が出たんだ、本当はちゃんと警戒しなきゃいけなかったのに、いつも通りに行動をしちゃった。

僕の落ち込んでる様子に父さんが僕の頭をポンポンと慰めるようになでてくれた。

「……ほら、それじゃ作業再開するぞ。そいつも早く起こしてやれ。ぶっ倒れてると白骨死体みたいでちょっとこえーぞ」

「あ、うん。……いつ制御から外れたんだろ」

セット化を覚えたあとのボーンは制御を外れてもバラバラに崩れ落ちず、うつ伏せに寝てるように倒れていた。

それを見ながら、未熟未熟と口の中でつぶやきボーンを立たせた。

「ほら朝飯だ。ちゃんと食っとけよ」

「うん、ありがとう」

家を出る前にはパンを一つ食べるのだけど、流石にそれだけではこの時間になるとお腹が空いてくるので、いつも父が母より託された朝ご飯を持ってきてくれる。

昨日の魔獣の肉を少し取っておいたのか、そのお肉と野菜を挟んだパンを父さんから受け取りかじりつく。

口の中に新鮮な野菜と濃厚な肉のうま味が広がった。

「おいしい」

「ああ、やっぱり魔獣の肉はうめぇよな」

「僕は初めて食べた気がするんだけど」

「いや、前に食ったことあるはずだが。……まあ、お前まだちっちゃかったからな、覚えてねぇか」

更に「今もちっちゃいけどな」と続けて笑い出す。

そりゃ僕はまだ十歳だしね。

僕がもぐもぐとご飯を食べていたら後ろからロジェさんが話しかけてきた。

「――エドさん、そろそろいくぜ」

「おっとすまねぇ、それじゃあ、わりぃが俺はここを離れられねぇからよ。森の方は頼んだぞ、いつも通りロジェがリーダーだ」

「へい」

ロジェさんも含め、探索用の装備をしているのは昨日の弓矢部隊と同じメンバーだ。たまに開拓チームを離れ森の調査に入っている。

　そう言えば昨日の夕ご飯の時に魔獣が出たから調査をしないといけないと父さんが言っていた。

「何度も言うようだが、森の奥には絶対入るなよ。浅部のみ調査だ、もぐれる範囲でフォレストウルフの経路を辿り、情報を収集してきてくれ」

　父の掛け声とともに探索メンバーのみんなが「了解」と返事をするが父に軍隊じゃねーんだぞ、了解はやめろと叱られ笑っていた。


　それ以外は、普段通りの作業をして、日が沈む頃になった。

「おっと、ロジェたちが戻ってきたみたいだな」

　僕に話しかけてるのか独り言なのか分からないけど、父さんの言葉で森の方を見る。

　父さんの視線を追ったら、昨日フォレストウルフを発見した方向だったけど、それよりもロジェさんたちはだいぶ近くにいた。

「よーし、俺は森の調査報告を聞く。ロジェは残ってくれ、それ以外は解散だ」

　みんなの返事とともに僕も「はーい」と返事をして帰る準備をする。

　ボーンに敬礼をさせて足からサラサラと砂に変えてそれを見守る悲しそうなポーズや、泣きそうなポーズを棒人間にさせてみた。お題：亡霊兵士の成仏、なんてね。あ、棒人間もすぐに消したよ。

「おいルカ、アホなことやってないでちょっとこい」

「なあに？　父さん」

見られてるとは思ってなかったので、ちょっと恥ずかしい思いをしながら父に近寄った。

「ロジェすまん、すぐに終わる」

「いいって、ゆっくりしてくだせい」

ロジェさんはたまに――いや、頻繁にか、敬語が変に混ざった言葉で父と話してる。

「ルカ、家に帰る前にな、神父様の所によってくれ。多分この時間には用事が終わってるからと伝言も一緒にあったんだよ」

「あれ？　父さん忘れてたの？」

　僕は今朝の自分のことを棚に上げて父さんをからかうように言ったが、父さんに呆れたような顔をされた。

「アホ、お前後ろに用事があると分かってると、妙に気にして上の空になるだろうが」

「……う」

　その通りだった。同じ日に色々立て込んでると考えてしまうというか意味もなく妄想が暴走するというか。変な癖だとは思ってるんだけど。

「じゃ、じゃあ、今から神父様のところへ行くね」

「おう、母さんとアリーチェには俺も含め遅くなるようなら先に飯食ってろと言ってあるから、時間は気にしなくてもいいぞ」

「そうなんだ、分かったよ父さん。行ってくるね」

「ああ、神父様に迷惑かけるんじゃないぞ」

「分かってるー」と返事をしながら村へ向かった。

ふと後ろを向くと父さんとロジェさんの話し合いが始まり、ロジェさんが腰から何かを出そうとしていた、僕が見ている事に気付いた父さんがシッシッ早くいけと言うように手を振ったので僕は改めて村に足を向ける。


ふと思いついたので、自己強化を使い更に蹴る度に足の下に土魔法で陸上のスターティングブロックのように土を生成する方法を使った走法を試した。昨日よりかなり速く走れたと思う。常に斜めに体が傾いてるのでこけそうになり、すごい怖かったけど。

あ、ちゃんとブロックはその都度消したよ。

「やあルカくん、お疲れさまでした」

教会内に入った僕を神父様が相変わらずの優しそうな魔力と笑顔で迎えてくれた。

「こんばんは、神父様」

僕の挨拶とともに奥の方から顔を出したシスターもペコリと頭を下げてくれたので「シスターもこんばんは」とつけたした。

「はい、こんばんは。ルカくんよく来てくれました」

いつもと変わらず、優しい神父様に僕は約束を忘れていたことを恥ずかしく思い、頭を下げた。

「神父様、今日の約束忘れてしまって、ごめんなさい」

「良いのですよ」と頭を下げた僕の肩をやさしく掴み、ゆっくりと神父様が起こしてくれる。

目の端ではシスターもうんうんと、頷いてくれている。

「頭をさげないでください、だって私も約束があるのに用事なんて入れてしまいましたから」

ね？　と細目で全く分からないが、片目をつぶってウインクしたつもりだろう神父様が僕を慰めてくれる。

「でも、神父様は急用が入っただけで伝言までしてくれて、僕も、――あれ……？」

「開拓地なんかにいかずに」と続けようとしたけど胸が詰まって言葉に出来なかった。

胸が詰まる僕を見て子供の癇癪かと思ったのだろうか神父様が手を握ってきてくれた。

それから、神父様の手から魔力の流れる感じがするので、なにかしらの魔法をしばらく使い続けてくれたみたいで、ようやく心が落ち着いてきた。

前世の記憶があるとは言え僕の体はまだまだ子供ってことらしく、たまにこうやって胸が詰まって変な感情が湧き出そうになることが今までにもあった。

「うん、落ち着きましたね。約束のことは本当にいいんですよ。私にもルカくんにも、いけないことなんて何も起きてないんですから」

「はい、ありがとうございます。――それでですが、神父様」

僕にとってはどうしても気になることがある。

「ああ、ここに呼んだ理由のことですね」

「――いえ、それもあるんですけど」

「なんでしょう?」

「あの……」

僕は言葉に出来ず、先程から目の端に映る後ろのシスターを指をさす。

そこには顔を真っ赤にしつつ、こちらを凝視し涙を流して、先程よりも遥かに早いスピードで頷いているシスターの姿があった。

「あぁ」と神父様がうなりシスターに大きな声を出した。

「シスターウルリーカ!　奥に入っていなさい」

大きな声を出されたことにシスターは気にした様子もなく、僕に手を振りつつゆっくりと奥に戻っていった。

「すみませんでした。ルカくん」

「いえ、シスターはどうされたんですか?」

神父様が僕の手を握っている自分の手を見つつ、

「……彼女はちょっとこういうのが……いえ、そうですね、今日体調が悪くてですね」

こういうのがのあとに「好きで」と言ったのを、僕は聞き逃さなかったが前世の記憶から、そこに突っ込もうとするのはやめろと警鐘が鳴ったので、僕は「そうなんですね」と返すので精一杯だった。

「それでルカくんを呼んだ理由なんですが」

「はい」

気まずい雰囲気が流れたので、僕たちはさっきのシスターのことをなかったコトにした。

「昨日魔獣が出てきたわけですが、一つの原因として考えたのがルカくんの魔力のことです」

「僕の魔力ですか？」

「そうです、ご自分でもお気付きだとは思いますが、ルカくんの魔力は非常に大きい。それに気付いたフォレストウルフが何事かと思い、様子を見に来たのかもしれないと思ったのです」

なるほど、昨日僕がすぐに気付いたのは向こうも僕を見つけてこちらに意識を向けてきたからなのかも。

「もちろん確証はないですし、今日ロジェさんたちが森を調べたことで全く違う原因だったということの方が可能性が、高いかもしれません」

神父様が別の可能性のことも言ってるが、多分僕のせいだと思う。

あの感覚はフォレストウルフが僕に気付いた時の魔力か何かの感知なんだろうと今更ながらに思う。

「それでですね。ルカくんには魔力を外に向けず中に留める練習をしてもらいたいのです。これは、魔獣に関係なく魔力量が多い人間にとって覚えておいて損はないことで、ちょうどいい機会としてこちらに来てもらったわけです」

あれ？　僕魔力を留めることやってたはずなんだけど、神父様から言えばダダ漏れだったのか、まあ自己流だししょうがないか。

「わかりました神父様、どうすればいいんでしょうか」

「私もあまり得意ではありませんが魔力量はルカくんほどではないため、ルカくんは今の私の魔力は感じ取れてないでしょう」

「……はい」

ごめんなさい、神父様感じ取れてます。

「一度、解放しますね」

と、神父様が言った瞬間確かに先程とは比べ物にならないくらいの魔力が神父様から湧き出ている。

「おっと、これはすぐに感知出来ましたね。そもそも、鍛えてないと他人の魔力を感知しにくいものですが、流石ですねルカくん」

褒められた。ちょっと嬉しい。そうか他人の魔力は感知しにくいのか知らなかったな。

だから今日ロジェさんが近づいたのも分からなかったのかな？

「それでルカくんもやってるみたいですが、一応、最初からいきますね。魔力を扱う者の基本としてこの圧縮と、圧縮した分の不足分を外部から補填する吸収、混合。そして二つの技術を応用して魔力を内へと向かわせ外部の魔力で膜を作る感覚で蓋をする、こうすることによって外部に魔力がもれなくなります」

神父様が目の前で説明と実践をしてくれているんだけど、あまりの衝撃で心臓はバクバク、頭はクラクラ、足元はガクガクし始めた。

神父様に聞き返す。

「あの魔力の基本って」

「圧縮、吸収、混合ですね」

そう言ってまた実践してくれている。やばい動悸が激しくなってきた。

「そして、その複合と応用で隠蔽ですね」

更に続けてくれるが僕はもう上の空だった。

「ルカくん、体調が悪そうですけどまた今度にします？」

「いいえ、大丈夫です、分かりました。こうですね」

気もそぞろながらも、なんとか神父様のやってる通りやると確かに一枚膜を作るだけで段違いに魔力の流出は少なくなる、神父様がこんな、完璧な制御をと言ってるが僕にはまだ漏れてるように見える。今までとは違ってなんか感覚が広がったみたい。

でもそんなことは本当にどうでもよくて、早くここから出たい。

「神父様申し訳ありません、家で母も待ってるでしょうし、僕ももっと練習しますので、今日はここで」

「ええ、私はかまいませんが。……あの、大丈夫ですか？」

「はい、ありがとうございました。それではお邪魔しました」

「いいえ、また来てくださいね」

終始早口になった僕に神父様は怪訝そうな顔をしつつ送り出してくれた。僕は少し早足になって教会を出たあと自己強化を全開で掛けて走り出し、村の外れの空き地にダイビングして顔を押さえ、転げ回った。

「ああああああああああ！　はずっかしぃぃぃぃい！」

神父様が見せた圧縮・吸収・混合は僕がドヤ顔で見つけたとか言っていた魔力励起と循環と一緒のものだった。

「何がチャクラを回してみよう《ドヤッ》魔力励起《ドヤッ》内外循環《ドヤッ》と名付けよう《ドヤヤヤン》だよ」

あああああ、恥ずかしい。そりゃそうだよ、魔力のある世界だよ、長い歴史の中色々と試さないわけがないいんだよ。

これで分かったけど、多分僕の使ってる魔法とか分からないところとか、全部解明されてるに決まっている。

もう魔力励起も循環も言わないからお願い、忘れさせて。

恥ずかしさのあまり更に激しく転げ回りながら、魔力全開にして気を紛らわそうとした——けど、僕の冷静な部分が魔獣呼び寄せたらどうするんだよと言ってくるのでやめる、でも発散しなきゃ爆発しそうだ。

だから先程教わった魔力を漏らさない技法を、体に膜ではなく真空みたいに何もない空間をイメージし魔力を自分にとどめ、その鬱憤をぶつけるように土魔法を発動し、ただの玉を作るのに全力を込めた。

「——ふう」

鬱憤と全魔力を込めた土魔法はなんか、水晶みたいな玉が出来ていた。

なんとか落ち着いた僕は、この誰も来ないであろう村の端っこの空き地に、出来た水晶玉を転がし捨ててから家に帰ることにした。

今日だけは母さんと父さんにアリーチェをお風呂に入れてもらうことにして、そのお風呂もお願いして先に入り早々にふて寝した。

少し足早に去っていくルカくんの後ろ姿を見ながら、私は少し戸惑った。

「何だったのでしょうか？　魔力に乱れは感じませんでしたが」

動揺し始めた時にルカくんを精査しても、魔力に乱れはなかったので大丈夫なはずですが。

しかし、あの隠蔽の習得の早さと精度、素晴らしいです。今度から直接触るか隠蔽を緩めてもらわないと魔力を精査出来ないかもしれないですね。

私も奥に戻り、この教会が祀っている御神木に祈ろうとしていたところ。

「ルカくんは帰ったみたいですね」

そちらの方向から目を真っ赤に腫らしたまま、シスターウルリーカと私が呼んだ方が出てこられました。彼女は本当はシスターなのではなく――。

「巫女様、少しは謹んでください。ルカくんにバレたらどうするんですか？　つい、変なごまかし方をしてしまったではないですか」

ルカくんは聡い子だ、私がわざと口ごもった言葉も聞き取り、触れてはいけないことだと察してくれて、それ以上話をふってこなかった。

そのまま連れ立って御神木のところに移動しながら会話を続けた。

「しょうがないじゃないですか。約束を守れなかったことなどあの子のせいではないのに、あんな悲しい顔をされると私はどうしていいのか分からなくなるのです。それに――」

「それに？　どうされました。本当にそんな趣味がある、とでも？」

「――少しだけです。そうではなくてですね、この子がルカくんを守れず悲しんでるみたいなのです」

「聖木様がですか？」

聖木様が今まで感情を表したということは聞いたことがありません。私の勉強不足なだけかもしれませんが。

そして、すぐにその答えを巫女様が教えてくれました。

「人間には分からないとは思います。それほど微細なものなのです。ハーフエルフの巫女の私でさえ聖木と同期していて、更にルカくんが来たことで感情が強くなり、ようやく分かったことなのですが、私にその感情も乗ってしまい、いつもより動揺してしまったというわけなのです」

「私の趣味は関係ありませんよ」と巫女様がごまかすように続けた。

巫女様はエルフの方々から直々に送られてきた、ハーフエルフです。

ここに聖木様になりうる樹木があると分かり、更には魔力草を育てるのに最適な場所というこ

とも判明したので、村を作ると辺境伯閣下が決めた時、閣下がエルフの方々に頼んだと聞いています。

　この村でシスターが実はハーフエルフで巫女だということは一部の人しか知らないことです。ハーフエルフというのは怖がられてしまいますからね。エルフの方々同様温厚で慈悲深く、怖いというのは噂でしかないことなのですが。

「しかし、聖木様が悲しんだということは、今回の魔獣はやはり？」

「そうですね、ルカくんが原因だったと思います。結界の薄い場所とは言え、それを超えるとはルカくんの魔力の質は素晴らしいものがありますね」

「質、なんですか？」

「そうです、多いと言ってもルカくんの魔力量くらい、この子の結界は覆い隠してしまいます。聖木結界は霧のようなもの、全てを隠し、魔獣には何もないものと認識させています。もちろん、魔力草もです」

「……勉強不足でした」

　どこから聞き及んだのか巫女様は私が推測で語ったことを知っているみたいでした。

「ですが魔力の質――純度とも言う方もいらっしゃいますが、ルカくんのそれは高く、例えば覆い隠してる霧の中から眩しく光っている。フォレストウルフからすれば、美味しそうな匂いのしている、――餌？　といえば良いんですかね？」

　これも、私が話し合いの時に失言したことだ。

巫女様はこうやって私の間違ったところを、からかいながら指摘することがある。

「……申し訳ありません」

「ですが、今日はちゃんとルカくんに気を使っていましたね。よろしいことです。それにルカくんがまだ来れなかった時のために、準備をしていたことも良いことです。褒めてあげます。あとでエドワードさんと口裏合わせをしておいてくださいね」

「分かりました、が……巫女様、私は子供ではありません」

確かに巫女様から見れば私などまだまだ若輩者ですが、こうやって子供みたいな褒め方をされると、恥ずかしくなってきます。

見た目こそ二十五歳になる私とそう変わりはしませんが、ハーフエルフというのは一般的な人族の三から四倍くらい生きると聞きます。

「私から見れば貴方くらいの人族はみんな子供ですよ」

「確かに巫女様と比べれば私など――い、いえ巫女様は若くていらっしゃいます」

巫女様に睨まれたので慌てて訂正したら、また、からかうような目をされて嫌な予感がする。

「若い、若く見える、年のことを聞く。確かに女性にとってはタブーのお話です。――ですが人間とは違い、私たちハーフエルフやエルフにとっては逆の意味になります。ハーフエルフはそこまで、ではありませんがエルフに若く見えるというのは侮辱になりますので気をつけてくださいね」

「え？」

「エルフは歳を重ねることに誇りを持っています。自分たちを樹のように例えるエルフにとって、若いと言うのは年月の経って立派に成長した樹木に、苗木だと言うようなものです。今みたいに知らなくて言っているのなら許してくれますが、侮辱を込めて言うと次の瞬間死んでますから気をつけてくださいね」

「は、はい。肝に銘じます。――ちなみに」

「ちなみに！　ハーフエルフは人によるので触れないことが一番ですね。そこは人間と同じですね」

巫女様は気にする方なのかと、聞いておいた方が良いかと思いましたけど、大きな釘を刺されたので口を噤みました。

第五話　初めての挨拶の喜び

いつもの時間に目が覚める。ベッドに寝転んだままいつもの習慣の「圧縮、吸収、混合」をやる。基本だからね知ってたよ「圧縮、吸収、混合」前からそう言ってたもん。

何故か、本当に何故かよく分からないけど、布団をかぶって転げ回りたい衝動にかられる。

実際に行動に出ようとする前に、覚醒し始めた頭と体が優しいぬくもりと魔力を感じる。

僕の服をその小さな手でギュッと握ったまま、すやすやと寝ていた。

「アリーチェ？　どうして僕のベッドに？　こっちで寝ることは父さんも母さんも今まで許可したことなかったのに」

母さんのベッドに戻そうと起こさないように、優しく抱き上げ部屋の外に出る。

僕の部屋からリビングが見えるのだけど、そこには珍しいことに父さんと母さんがすでに起きていた。

僕は驚いたが声には出さずに「おはよう」と口の動きだけで、挨拶だけをした。

母さんにアリーチェを渡そうとしたが母さんは首を振って、母さんたちの部屋を指差した。母さんのベッドにアリーチェを寝かせようとしたが、手を離してくれないので僕は寝間着を脱いでからアリーチェを寝かせた。相変わらず天使だと何度見てもそう思う。

「どうしたの？　父さん母さん、こんな早い時間に」

居間に戻ってきた僕は、おそらく何か用があるのだろうとは思いながら、小声で問いかけた。

「――お前がそれを言うのかよ。いたっ……いやすまん。ちょっと話があるんだ」

小声の小声で流石に聞き取れなかったけど、父さんが母さんから肘鉄を食らって謝っていた。

「話はあるんだが……お前、開拓地に行かなくても大丈夫か？」

父さんが決死の覚悟みたいな顔をしていたので何事かと思ったが、ただ時間があるかという確認だけだった。

「うん、行くけど。――少しくらい遅れても別にいいよ」

最初の台詞で二人の顔がこわばったけど、続いた台詞でその緊張が目に見えて解けて笑顔になった。

「そうか、そうか。そうだな少しくらいは良いよな」

「そうよね、お話しするくらい良いものね」

なんだ？　父さんは喜んでるし、母さんは少し涙ぐんでる。

今までだって朝に会話ぐらい……いや、休養日しかなかったな。今までは止められても開拓地か農作業に行ってたような気がする。

僕を夢中にさせる物が、そこには何かあったのかな？　でも両親に心配かけていたなんて反省しないとな。

「それで父さん、話って？」

「昨日、教会で何かあったか？」

僕はビクリと体を震えさせた。

何か？　何もなかった。ほんとうに何もなかったよ。

僕は魔力基本の三つのことは知ってたし、ずっとその名称で練習してた。ああいや、そうだ、何かあったぞ。

「そう言えばあったよ。シスターが、青年と少年の恋物語が顔を真っ赤にして涙を流すほど好きだって神父様が言ってたよ」

「――まじかよ、あの巫女様が……」

僕の台詞に父さんが唖然とした表情になった、いやそれよりも――

「巫女様？」

「いやなんでもねぇ、今は忘れてくれ。教えられる時が来たらちゃんと教えるからよ」

「う、うん」

「エド？」

「お、おう、すまねぇ」

まだ違う話があるのか、じれた母が父に続きを促した。

「そんなことじゃなくてだ、お前自身のことだよ。昨日のお前は普通じゃなかった」

それ以上はやめて！　せっかく埋めたのに。父さんが僕の黒歴史を掘り起こそうとしている。

身悶えする衝動が僕を襲うが、次の父さんの台詞で完全にそれがどこかへ行った。

「お前がアリーチェと風呂に入らなかったのは初めてだし、アリーチェもお前に何があったのかとずっと心配してた。アリーチェがお前と寝るのを許したのは、それがあまりにも見ていられなかったからだ」

「……アリーチェが」

そうだ、アリーチェと二人で入るようになってから一緒にお風呂に入らなかったことは、これが初めてだ。

悲しいし寂しかっただろうに僕のことを心配してくれてたのか、それが僕は、たかが中二病が恥ずかしくなっただけで自分のことばかり、なんて情けない。

「すまん、お前を責めてるわけじゃない。ただ、教会で何か言われたかと思ってよ。お前の様子を見て思うことがあってだな、……ほら、魔獣のことで何か言われたとか」

——勘違いしているようだから、この話に乗って魔獣をおびき寄せたかもと知ってショックだったということにして、ごまかしても良かった。だけど僕は今、目の前で心配してくれている両親や、さっき僕の横で眠っていたアリーチェのいじらしい姿を思い出すとごまかすことなんて出来なかった。

それから、確かに魔獣のことは僕が原因かも、とは言われたけれどそれがショックとかではなくて。その後の神父様の説明で、僕がいつもやってる魔力の練習で使っていた方法を自分独自のものだと思っていたが、昔からあったということ、更に独自の名前をつけてドヤ顔――表現は変えたが――していたことが、恥ずかしくてたまらなくなってしまって……ということを話した。

前世の記憶があるとか中二病にかかってたんだとかは、流石に話さなかったけど。


「ルカ！　あなたねぇ！」

流石に温厚な母さんも、こんなくだらないことで家族全員に心配掛けたことに怒りを抑えられなかったんだろう、手を振り上げた。

母さんがここまで怒るということは、おそらく、昨日のアリーチェはそれほどひどかったんだろう。

来るであろう痛みと衝撃を想像し、ギュッと目をつぶった。

その後すぐ、パーンという破裂音がした――けれど、痛みも衝撃もない。そっと目を開けると目の前で、父さんがかばって代わりに受けてくれている。

「エドワード？　どうして？　ちゃんと叱ってあげなきゃ」

「いってて、ソニア、気持ちは分かるがちょっと待ってくれ。確かに俺たちは心配したし、アリーチェは見てられなかった」

「ええ、そうよ」

「だが、こいつはこんな馬鹿だが賢い。教会で魔獣のことを言われたか？　と聞かれたならそれを利用してごまかすことも出来たはずだ。多分俺たちはそれで納得しただろう」

「……ええ」

ごめんなさい、その通りで最初どうやってごまかすかということを考えてました。

「だけど、こいつは話してくれた。子供の頃なんて大人に叱られるのが嫌で、いくらでも嘘をついたもんだろ？　それを正直に話したんだ。俺たちが感情的になって叱るのは違う気がしてな」

「エドワード、だけど……」

「それに言い方がわりぃが、俺たちが勝手に心配して、勝手に失望して、勝手に怒っただけだ。こいつがやったのは、アリーチェを風呂に入れなかったことだけだ。違うか、ソニア？」

「――いいえ違わないわ、エド。ごめんなさいルカ、ぶとうとなんてして」

「謝らないで母さん、僕が悪いんだ」

「そうだ、オメェが悪い！」

ゴンッと鈍い音をさせて、僕の頭に衝撃が走る。

父がものすごい手のひら返しをして僕を殴ったのだ。流石にこの手のひら返しには頭を押さえながら困惑した。

「……えぇ」

「エド、貴方……」

「アリーチェを悲しませたのは、こいつが悪い！　何があってもこいつが悪い‼　――でも、こんなもんでいいんだよ」

と、僕にげんこつを見せながら父がニッと笑った。

そのあとの父さんが口の中だけで発した「こいつにはもう間違いたくないんだ」という言葉は僕に届くことはなかった。

僕は父さんからげんこつで殴られた頭をなでながら、改めてもう一度しっかりと謝った。「心配掛けてごめんなさい」と。

「俺はもう罰は与えた、だからもう終わりだ」

「私も……それにもう、ルカを怒るわけにはいかないわ」

母さんはどうも父さんに止められたとはいえ、感情的になって僕をぶとうとしたことを後悔してるみたいだ。

だから「ごめんなさい」ではなくて「ありがとう」と言って、叱ってくれたことに感謝していることが伝わって欲しいと願いつつ言うと、母さんからギュッと抱きしめられた。


それから父さんに、改めて教会のことを聞かれた。

「それで？　神父様に対処の方法は聞いたのか？」

「対処の方法？」

「……魔力を隠す方法を教えると聞いてたぞ」

「あ！　——うん、聞いたよ」

「何だよその間は、もしかして忘れてたのか？」

「いや、覚えてたよ。覚えてて練習もしたよ！」

はい忘れてました。さっきまでのこともあったし、神父様の話も途中から上の空になってた。

隠蔽のことは覚えてるし、その後、村の空き地に行って転げまくった事も覚えている。

それから、膜じゃなくて真空っぽくしようっていうところまではなんとなく覚えていて、溜まりに溜まった感情を発散するために何かしたはずなんだけど、そこらへんが曖昧なんだよね。僕何かしちゃいましたか？　……なんてね。

――してないよね？

「それで？　次はいつ行くんだ？　今日の帰り道か？」

「え？」

「え、っておまえ、神父様が一つ一つ分解して教えるから時間がかかると言ってたぞ」

「その、あれがあったせいで早く帰りたくて、出来たら帰れると思ったら、なんか出来ちゃったみたいなんだよね」

「なんだよそれ、ばっかみてぇだな」

そう言って父さんは笑い出した。

「どれ、見せてみろ。俺はこれでも人の探知能力は結構すげぇぞ、俺の感覚をごまかせれば大したもんだ」

「わかったよ、じゃあ神父様に教えてもらったことから」

「から？　まあいいやってみろ」

「うん」と、頷き、魔力の隠蔽をする。

いつもやってたのは自分の魔力を内に向けることだけ、それで隠せてると思ってたんだけど、ちがったんだね。

隠蔽は体内の魔力とは別に外の魔力を大きく使い混合し、体内に入れるイメージではなく、体に吸い付くよう膜を貼るイメージで……うん、間違いなく出来てる。

「お、すげーじゃねぇか、これなら俺も二十歩くらい離れると分かんねぇな」

「父さん、二十歩がすごいのかすごくないのか、分からないよ」

「いや、俺がそのくらいで分からないってことはすげー制御出来てるってことだ、なあ？　ソニア」

「そうね。私はもうぼんやりとしかわからないわ」

「いや、だから。基準が分からないってば」

と、三人で軽く笑ったあと、もう一つ覚えた隠蔽のやり方を披露してみる。

「もう一つ、ついでに考えたやり方があるんだ」

「なんだよ？　確かに隠蔽も他のやり方あるが、みんな大体一緒だぞ」

「そうなの？　とりあえず、やってみるね」

それでもちょっと試したくて、目をつぶり集中する。

今度は外部の魔力の膜を少しだけ体から離して作り、その間の空間にある魔力を自分に全部吸収して、真空を作るイメージで起動する。……よしこれも出来てる。

目を開け、父さんと母さんを見てみると、二人共少し青い顔をして動揺していた。

「――なんだそりゃ、気持ちわりぃ。ルカがそこにいるのは分かるのにいないとも感じやがる。俺の感覚がおかしくなったみたいで、すげぇ気持ちわりぃ」

心底、気持ち悪そうにする父さんに母さんも頷いていた。その時、両親の部屋から物が落ちる音がして、すぐに扉が開いた。

「にいた、にいたん！」

「アリーチェ⁉」

寝たら朝ごはんまでは大概のことでは起きないと聞いているアリーチェが、転げるように出てきて、僕に抱きついてボロボロと泣き出した。

「昨日はごめんねアリーチェ。起きて、誰もいなくて不安だったよね」

僕は昨日のこともあり、アリーチェが寂しくて泣いているのかと思ったけれど、それはアリーチェ自身から否定された。

「ちがうのにいたん、あーちぇはいいの。でも、にいたんいなくなったらいやなの。きのうもいなくなったの」

アリーチェがいやいやするように首を振り、抱きつきながら泣き続けた。僕は嫌な夢でも見たんだろうと思ったけれど、父さんは違うみたいで考え込んでいる。

「ルカ、お前が昨日練習したってのは、それもか？」

「う、うん、そうだと思う」

「練習したのは昨日帰ってくる少し前か？」

「たぶん、そうだけど」

父さんは心当たりがあるようで「やっぱりか」とつぶやいた。

「お前が帰ってくる少し前、いきなりアリーチェが泣き出してな。――多分、無意識だろうが、アリーチェはお前の魔力をずっと追ってるんだろう。それでお前が消えたと思って泣き出したんだろうな。……俺だって相当集中しないと魔力を追い続けるなんて出来ないんだがな」

「そういえば、アリーチェはルカが帰ってきたらすぐ分かって、迎えに行ってたわね。大体の時間と音でも聞いて分かるのかと思ってたけれど」

もうすでに隠蔽は解いているけど、アリーチェは絶対にどこにも行かせないとばかりに、腕だけじゃなく脚でも僕の体を抱きしめている。だっこちゃん状態だ。

「昨日あんだけ取り乱したのも、ルカがいなくなったと思ったからか」

「ごめんねアリーチェ、さっきのはもうしないから」

「ほんと？」

「本当だよ、ほら約束のぎゅー」

「ぎゅー！」

アリーチェが体全体で締め付けてきて、その小さな体でどれだけ力を入れたのか……少し痛いくらいだ。

あ、そうだ。さっきまでアリーチェが泣いていたから忘れていた。

おはようの挨拶をしなきゃだめだ。今よりもっと小さい頃から、挨拶だけはちゃんとしなさいと言われてた。

「アリーチェ」

「ん？」

「おはよう」

「おはようなの、にいたん！」

僕のおはようにアリーチェが満面の笑みで挨拶を返してくれた。

それからアリーチェはニコニコと嬉しそうにしていた。

「アリーチェ、何がそんなに嬉しいの？」

「にいたんにおはようっていったの！」

なるほど、朝の挨拶は休養日以外はすることはないので、他の挨拶より嬉しかったのか。

僕も嬉しくて、もう一度「おはよう」と言ったけど、「あいさつは、いっかいまでなの、にいたん」、ふんす！　と少し自慢気に断られてしまった、残念。

アリーチェの前では隠蔽しないと決めたので、開拓地に行った時に使えばいいかと思ったけれど、その時一つ疑問に思った。アリーチェがどこまで僕を追ってるかということにだ。

「ねえ、父さん、人の魔力を追えるのってどのくらいまで？」

「そうだなぁ、隠蔽をしていないとして調子にもよるが、俺なら家からこの村の範囲くらいなら、なんとか分かるぐらいだな」

この家は村の中心付近にあるから村の範囲となるとどの方向でも大体同じ、村から出るまで2
00メートルくらいかな？　ここしか知らないからこの村が大きいか小さいかは分からないんだ
けど、探知がすごいという自慢げな父さんがそれならアリーチェも大丈夫だろう。――と、思っ
たんだけど。
「あーちぇ、にいたんいるのずっとわかるよ？」
「えっ？　アリーチェ分かるって？」
「あーちぇ、おきたら、にいたんさがすの、いつもあっちにいるの」
僕に抱きついたままのアリーチェが指差そうと腕を上げたので、バランスを崩さないようしっ
かりと腰を抱き直した。
アリーチェの指差す方向は確かに開拓地だ。普段、アリーチェが起きるのは僕以外のみんなが
朝ご飯を食べる時間だから、その時間、僕が開拓地にいるのは間違いない。
「……まじかよ、そんな距離探知出来るのか？　聞いたことねぇぞ」
父さんが絞り出すように唸ったあと、はっとしたように顔を上げてニヤついた。
「じゃあ、アリーチェは俺の場所もいつも見てくれているのか⁉」
「とうたん、しらないよ？　にいたんだけなの！」
ニヤついた顔から一転、表情が抜け落ちたあと、「ぐはぁ」と父さんが床に膝を突き崩れ落ち
た。
真空の方は確実にだめだと分かったので、アリーチェに誓ってもう使わないけれど、隠蔽が使

えないとまた魔獣を寄せてしまうかもしれない。かわいそうだけれども試していいかアリーチェに聞いた。

「アリーチェ、さっきの兄さんがいなくなるのはもうしないけど、もう一つのやつも使えないと兄さんちょっとだけ困るんだ、怖いかもしれないけどちょっと試してもいいかな？」

「……うん、あーちぇいいの」

……卑怯な聞き方だ。アリーチェは僕が困ることは我慢するふしがある。こういった聞き方をすればアリーチェが頷くと知っていて聞いた。

アリーチェを「ごめんね」とギュッと抱きしめてから、母さんに渡す。

少し離れたところで膜をはるだけの隠蔽をした。

「どうかな？　アリーチェ」

「あーちぇ、わからないの」

キョトンとした顔でアリーチェが答えた。

さっきまでとは違い、動揺した様子もない。

「何が分からないの？」

「にいたん、なにかしたの？」

あれ？　隠蔽失敗したかなと思って、ようやくダメージがぬけたのかゆっくりと立ち上がる父さんを、確認するように見たけれど首を振った。

「ちゃんと出来てるぞ。――アリーチェ、ルカは何も変わってないか？」

「うん、いつものにいたんなの」

「ルカ、ちょっと外に出て三十歩くらい離れてから戻ってきてくれ」

「うん」

隠蔽のことを試すのだろうと思い、言われた通り外に出て見えないようしっかりとドアを閉めた。外は朝日が出始めたくらいで少し明るくなってきている。

ドアから左側に大股で三十歩ほど移動し、家を中心に円を描くように右側に移動して一回左側に戻って、それからまた右側に移動してから戻った。

「どうだった？」

「俺は言った通り二十歩くらい離れたところでわからなくなって、ぎゃ……おっと、戻ってきた時も同じくらいのところで分かるようになったぞ。しっかり隠蔽は出来てるぞ」

父さんは僕が逆側から戻ってきたことを言いそうになっていたが、これはアリーチェが本当に、僕がどこにいるのかを確認するために、やっていることなので止めたようだ。

まあ、逆側から戻ってきたのは家に近づいたら分かるから、行ったり戻ったりしたんだけど、父さんには範囲外で分かってないみたい。

「アリーチェは兄さんが、どこにいたか分かった？」

「にいたん、あっちにいって、こう、こう、こういって、もどってきたの」

母さんに抱かれたアリーチェが最初に左側に指差して、先程の僕の軌跡をなぞるように指を動かした。

僕が移動した方向も順番も、確かに間違いない。

父さんが確認するようにこちらを見たから、僕は頷いた。

「こりゃ、開拓地のところでまた、試すしかねーな。一回行って戻ってくるか？　この前見たお前の速さならすぐに……いや」

途中まで言って僕の顔を見た父さんは否定し、首を振った。

「隠蔽掛けて先に開拓地まで行ってくれ、その後アリーチェに確認したら俺がすぐ行く。ルカもその方が良いだろう？」

「う、うん」

——何故かは分からないけど、そうした方が良いと思ってしまった。もう開拓地に行かないといけない、と。

それでも抵抗するように、まだこの雰囲気を楽しみたいとも思い、朝の準備をするから、行くまでにまだ少し時間がかかるからと、自分に納得させるように言って、準備をしてる間に、母さんに朝ご飯を作ってもらい、焦るように食べてから家を出た。

あとから来た父さんの話では、僕の隠蔽はアリーチェには効かなかったみたいで、開拓地に行ってもしっかり認識出来ていたみたいだ。

そして、僕は、家を出る間際のアリーチェが言った、初めての「いってらっしゃい」と僕が初めて言った「いってきます」が、嬉しさと共に、いつまでも心に残っていた。

幕間　後悔と後悔と光明

俺、エドワードはクリストフェル＝エク＝ビューストレイム辺境伯の庶子――妾の子として生まれた。母は俺を産んでしばらくして亡くなったそうだ。

一応貴族ではあるが、ほぼ平民と変わらない、成人してしまえばその貴族籍からも外されるだろう。

親父――普段は辺境伯閣下と呼ばなければならないが、庶子である俺にも優しかった。優しいという表現が会ってるかは分からないが、少なくとも俺にはそう感じた。しっかりと道筋を示してくれて、俺を軍部の仕事にもつかせてくれた。

親父の血のおかげか、魔力の才覚も体内魔力の効率的運用が群を抜いて良いものを持って生まれた。

自己強化、隠蔽、遠見、感知やその他の制限解除もすぐに出来た。

制限解除が起きると今まで出来なかったことが前から知っていたかのように当たり前に出来るようになる。

土地や種族によっても呼び方は異なるらしいが、魔力の才覚をギフトと呼んでいる所はこれをスキルを習得したと言うらしい。

習得方法は先人から教わるのが多いが、誰にも教わらずず身につける特殊な人間もいる。――まあ、ルカやアリーチェだが。

　ソニアと出会ったのは俺がまだ十七の時で、ソニアが十六だった。

　国境沿いの砦に軍の合同演習に分隊長の一人として訪れた時だ。

　国境の向こうの国とは和平を結んでおり、ここでの戦争の可能性は高くはないが、武力誇示のための軍事演習も多く、そのためか近くの街は結構な発展をしていた。

　そこに訪れた行商人の娘がソニアだった。初めて会った時、その物静かな立ち振る舞いと穏やかな表情に見惚れた。一目惚れだった。

　それからは猛アタックで口説いた。もちろん強引なことはしてないし、迷惑なんて掛けていない――いないと思う。アタックを続け、ソニアも受け入れてくれた。

　事件が起きたのは、しばらく経って結婚も受け入れてもらい、視察を名目に親父がこちらに来るということで、ソニアの家族を招くためソニアの商店に行こうとした時だ。

　辺境伯が軽率なとは思うだろうが親父はよく身分を隠して出かけているし、襲われたとしても辺境伯当主とまでなった男は、そんじょそこらの野盗などが束になってかかってきても傷一つ負わない。逆に掃除が出来たと喜ぶくらいだ。

　俺が近くまで寄るとソニアの商店で騒ぎが起きていた。

　見ると、ソニアと男が店先で抱き合っている。それを見た俺はもちろんブチ切れた。

　浮気を見たからじゃない、ソニアが男から顔を背け泣いていたからだ。

　俺は全力で走り寄り思い切り男をぶん殴った。吹き飛ばされた男が立ち上がり、何かを叫び剣を抜いた。すぐさま斬りかかってきたが俺は剣を拳でブチ折り、もう一発殴ってやった。

倒れた男は自分の剣と俺の顔を交互に見て、腰が抜けたのか倒れたまま後ずさろうとしたところで、兵士に取り囲まれた。

男を捕まえるのかと思ったが、それは違って俺が捕まった。

——男は子爵家の次期当主だったんだ。ソニアが泣いていたのは、俺の物になれとか、逆らうと家族がとか、店がどうとか、——まあ、権力を笠にきたクズがよく云うような台詞だ。

親父の権力で釈放された俺は辺境伯の都へ戻され、それから辺境伯家当主と急いで駆け付けた子爵家当主の話し合いになった。

庶子とは言え大貴族である辺境伯の息子、子爵家とは言え次期当主。立場的には後者が圧倒的に上だ。

子爵家としては次期当主に手を出されたんだ。普通なら死罪と賠償を要求するだろう。

子爵家も賠償はしてもらうが、慣習により平民の立場になったとはいえ、血のつながった息子に死罪を要求などしたら、子爵家は辺境伯家から恨みを確実に買うことになる。それは避けたい。

避けたいが次期当主に大衆の面前で、暴行を加えられた事による厳罰を与えないと貴族としてのプライドに傷がつく。

話し合いの結果、双方の折り合いがつくよう、次期当主は訓告処分となり、辺境伯側は賠償金を立替えて払い、俺は新しく作る開拓地送りとなって、そこで利息を含めた賠償金が払い終わるまで、その地から出られないことになった。

口頭だけの注意となった次期当主は、俺に向かってニヤニヤといやらしい笑みを浮かべていた。

子爵家側が開拓地の場所を問うと、辺境伯の領地の中でも更に辺境で森にはエルフ族が住んでおり、山にはドラゴンが眠っていると噂で、禁足地となっている場所を告げられた。

子爵家当主は、庶子とはいえ自分の息子に事実上の追放を言い渡し、更にはそんな辺境では、到底稼ぎ出せないであろう賠償金を払わせる辺境伯の苛烈さに唸り、この条件で納得せざるを得なかった。

公的な立会人のもと、賠償や罰に対する書類を書き上げ辺境伯家当主、子爵家当主、双方が署名した。


この後教会に行く予定だ。契約の神の力を借りて、この署名が正しきもので神聖なものだとするため、それと俺に逃亡防止の契約魔法を使用するためにだ。

契約はこちらの用意した文面を神父様が書き上げ、読み上げた時正式に決まる。

期間は賠償金を払い終えるまで、逃亡はさらなる賠償金――これは辺境伯家にだ――とか、逃亡のこと以外は俺に対する罰を決めた時と、大体同じ内容だ。

立会人が去ったあとの部屋で子爵家次期当主に向かって「今回は俺の息子がすまなかったな」と、頭こそ下げはしなかったが、大貴族である親父が謝った。

自分の有利と見捨てられた俺を見て次期当主のいやらしい笑みは深まった。

そこで調子に乗ったのか、俺の契約魔法に対する文句を言い始めた。

内容は、「逃亡しても賠償金を辺境伯閣下に払うだけでは罰にはならない、それに賠償金支払いも辺境伯閣下がその男に金を渡し、それで払ってしまうかもしれない。賠償金支払いは開拓した成果物からの支払い、それと逃亡に対する罰はやはり死罪でしょう」だ。

それを聞いた子爵家当主は青ざめ何かを言おうとしたが、親父が「いいだろう」と立会人を呼び戻し、内容を書き換えた。

ただし、死罪は重い条件のため、逃亡とみなす条件や行使される猶予時間は考慮された。その内容で契約魔法は正式に神に認められ、俺に使用された。

俺は少し重苦しい何かを背負った気分になった。

教会から出る間際、親父は子爵家当主に向かい「分かってるな」とつぶやき、子爵家当主は青い顔のまま、自分の息子を見てから頷いた。

「あー、終わった終わった、疲れたな。トシュテン、酒だ――うむ。お前も飲むか？　エド」

執事長のトシュテンは親父が言い終わる直後に無言でワイングラスを差し出した。親父もそれを当たり前のように飲む。

「親――いえ、辺境伯閣下、自分は結構です」

今回の話し合いでは、俺は黙って一言も喋らず反省した顔をしていろと言われていたが、結果はあまりの内容で、とてもじゃないがそんな気分にはなれなかった。

「なんだよ、親父でいいっていつも言ってるだろうが、――ははーんお前、さてはすねてるな？」

「だってよ、あんな契約俺に死ねって言ってるようなもんだろ？」

「馬鹿言うな、なんで俺が息子に向かってそんなこと言わなきゃならん。よく考えろ、お前は逃げるか？」

「そんなことしない、だけど――」

「だけど、エルフとドラゴンの住む地で開拓なんて無理だし、そんなところで金なんて返せねぇってか？」

俺は頷き、そして「噂が……」とつぶやいた。

ドラゴンやエルフに関する噂は俺も聞いたことがあるからだ。だからこそ子爵家も受け入れた。

「噂か、『ハーフエルフを怒らせるな誰も勝てぬ、エルフを怒らせるな国がなくなる、ハイエルフを怒らせるな種が滅びる』だったか？」

「そう、噂だから大げさなんだろうけど、うそじゃないんだろ？」

「さあなぁ？　どうだったかな？　なあ、ウルリーカ！」

親父が大きな声を上げたと同時に、いつの間にか移動していたトシュテンが扉を開けた。

いきなり開けたせいか女性が二人、部屋に転がるように入ってきた。

「ソニア!?」

もうひとりの女性は誰かは知らないが、もうひとりは俺の恋人のソニアだった。

「ああ、俺が向こうから連れてくるように言ったんだ」

どうやらソニアは親父に呼ばれて、この家まで来ていたようだ。

「申し訳ございません辺境伯様、この御無礼はいかようにも」

オヤジの前だと気付いたソニアはすぐに両膝をつき頭を垂れた、震えてるのは大貴族の前だからだろう。

親父がそれを止め、立つように促す。

「いいんだソニアちゃん、立ちなさい。どうせ、そこのハーフエルフにそそのかされたんだろ？」

「えへへ、ソニアさんがお部屋で悲しそうな顔をしてましたので、つい連れてきてしまいました」

「ハーフエルフだって⁉」

新緑の髪を持つ女性がソニアを立たせ、かばうように前に立った。この人がハーフエルフ？

噂に聞く通りに顔は整っていて美しいが、人と区別がつかない。

「はい、そうです。ハーフエルフのウルリーカです。以後、お見知り置きを」

「こ、こちらこそ、エドワードです。ハーフエルフの方に会えるとは光栄です」

ペコリと頭を下げられたので俺も慌てて挨拶を返した。

「礼儀正しいんですね。クリストフェルさんの息子とは思えないくらいです」

「ウルリーカ、俺の息子がエルフに怯えてやがるんだよ真実を教えてやってくれ」

「分かりました」とウルリーカさんが頷いた。

「まあ、概ね本当のことですね」

「やっぱり！　本当のことじゃないか親父！」

「息子を変にからかうのは、やめてくれウルリーカ」

「今はそんな状況じゃないんだよ」と親父は目頭をもみ、ウルリーカさんに文句を言った。

「噂は本当ですよ？　ただし、エルフやハイエルフ様は滅多なことでは怒りという感情を発したりしませんよ」

もう、数百年はそういった感情持ったことないんじゃないんですか？　と小首をかしげた。

「ハーフエルフの噂に関しては我々だけ何もないのは仲間外れみたいで、寂しいと自分たちで流した噂ですよ」

「え？　寂しい？　……エルフとハーフエルフって仲が悪いのでは？　エルフの里を追い出されるって聞きました」

「ああ、それもですか。そうですね、エルフとじゃ生活が違いすぎるんですよ。エドワードさん、あなた、果物とナッツを少々とお茶だけで七日ほど過ごせます？」

流石にそれは無理だと、俺は黙って首を振った。

「エルフは過ごせるんですよ。それすらもなくても生活出来るくらいです。――そして、私たちハーフエルフはエドワードさんたちと、あまり変わらない食事が必要です。だからエルフの森のすぐ近くに集落を作って、そこに住むんです」

「それが追い出されてるって思われてるんですね」とウルリーカさんが少し悲しそうにつぶやい

た。

「分かっただろ、エルフは大丈夫だ。ドラゴンもエルフの近くじゃ暴れないと言うことも聞いている。そもそもドラゴンは人に興味がない。そして、賠償金のことだがな、あそこは農地に適している平原が確かにあるが、あそこの開拓を計画していたのはあの地で魔力草を育てることが出来るからだ。……なあ？」

最後の、なあ？　はウルリーカさんに投げかけた台詞だ。それを受けて肯定するようにウルリーカさんが何度か頷いた。

魔力草はどこでも求められており、価格も相当なものだがどこでも育つものではないし、条件もあると聞く。それが育つとなると確かに賠償金も払えるだろう。

「あとは、――まあ、ソニアちゃんのことだな」

親父に言われ部屋の隅で大人しくしていたソニアの顔を見た。ソニアとも別れなければいけないのかと悲しい気持ちになった。いくらか心配は減ったがあんな辺境の地に連れていけるわけがないと。

だが、ソニアはまっすぐに親父を見て――

「私もエドワードについていきます。結婚の約束もしました。私を助けてくれました。それで罰を受けるというなら、一人でなんて行かせません」と言ってくれた。

「よし、俺も結婚を認める。――だったら、そうだなご祝儀が必要だ。トシュテン、建築が得意な魔術師と建材をあるだけ運べ、エドワードの部隊から希望者を募れ、街からもだ。もちろん文度金も出す。ついでだ、トシュテンお前もついていき、村長として村の管理をしろ」

怒涛のようなオヤジの命令を受けたトシュテンは静かにお辞儀をして部屋から出ていった。

「親父、金は出させないって契約書に……」

「間違ってるぞ、エドワード。お前に金を渡さない、だ。大体、これはお前じゃなくソニアちゃんの結婚祝いとして贈ってるんだ。勘違いするな、なあソニアちゃん」

「えっ？　あっ、は、はい⁉」

「親父やめてくれよ、ソニアが困ってる」

後でトシュテンが教えてくれた話だが、もともとこの開拓は何も受け継げない俺のために計画されており、渡すためには他の息子たちをどうやってごまかそう、どうしたものかと悩んでいたとか。そして、俺がこんな事件を起こしたからこれ幸いにと贈ってくれたわけだ。

「親父、あと一つ心配があるんだが、アイツが砦の街に戻ったらあんな性格だ、ソニアがいないこととかで、ソニアの両親に嫌がらせするんじゃないか？」

「ああ、それも大丈夫だ。この俺に立場も考えず意見を言ったんだ。天罰が――おっとこれは神に不敬だな、まあなんにしろ罰が当たり、事故にでもあって今頃崖下にでも転がってるだろうさ」

――親父が子爵につぶやいたのはこれか、俺は少し背筋が寒くなった。

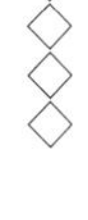

開拓地に来てから一年が過ぎた。トシュテンが厳選した農民たちは流石で、あっという間に農地の開拓は進んでいった。まだ一年しか経っていないが初めての収穫物も得ることが出来た。

麦は収穫率が良いらしく、農民のおっさんが、流石は辺境伯様の改良された麦だと驚いていた。

肝心の魔力草も、試しで作った畑から問題なく収穫出来た。

だが畑を広げるにも魔力草の農地は地面が岩のように硬い、長年魔力に満ちていたので強化に近い状態になっているらしい。

自己強化を使って魔力を流し込むように掘らなければいけない。それも何度も何度も叩きつけるように掘って、ようやく魔力が解け、土が砕けていく。

ここで魔力草は育つとウルリーカさん、いや、巫女様に太鼓判を押されてんだが、親父はそれでもちゃんと収穫が出来るか実験をしてから計画を進めるつもりだった。しかし、俺が事件を起こしてしまったので事前実験なしで計画を早めた。

ウルリーカさんを巫女様と呼ぶのは、ここに世界樹の枝があるからだ。

その枝は、世界中に根を張っている世界樹が地面を突き破って生えてきていると人族は信じている――何もないところにポツリと生えていることが多いから――が、ここにあるのもそうだが、巫女様に言わせると、世界樹の影響を受けたただの木が進化して生えているそうなのだ。

ポツリと生えていることが多いのは、力を持っているため、他の樹木が生えないところでも成長出来るのだとか。呼ぶなら聖木と呼んでくださいとのことだ。

聖木を中心に作られた集落はその結界により魔物や魔獣に襲われることが殆どなくなる。

ただ、ここの聖木は巫女様が目覚めさせたばかりで村とその周辺の狭い場所に結界を張るのが精一杯らしい。

エルフやハーフエルフの中で聖木と同調出来る才覚を持ったものを巫女や巫子などと呼ぶらしく、貴族でも無礼な態度を取るだけでも罪になることもある。

エルフに頼んでも快く受けてくれるらしいが、いつまでたっても来ないので代わりにハーフエルフに頼んで、十年ぐらい過ぎてから「約束通り来たよ」ということがあるらしい。

俺は一年を振り返りつつ、教会の前をうろうろとしていた。もうすぐ俺の子供が生まれるからだ。

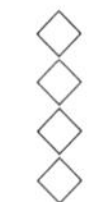

――子供は生まれ持った魔力の影響で親とは違う特徴が出ることがあるという。

でも、生まれた子供は黒髪、黒目で顔も作りが全然違うような気がする。俺は金髪で目の色は緑だ、ソニアは茶色が入った金髪で目の色も茶色だ。

二人と似ている場所が一箇所もないということがあるのか？　と、心配になった俺はこっそり神父様に聞いてみたが「珍しいことだが、ないことはない」と言われて少しだけホッとした。

ルカと名付けた息子は、あまり泣かない子でじっとしていることが多い。赤子とはそういうものだろうか？

たまに漏らしたおしっこを触って手をベチャベチャにしているのは赤子らしいが。

おしめを汚したまま泣きもせず、一日中寝てたりと変なところがある。

そしてある時、赤子にあるまじき穏やかな表情を浮かべ放しになっていた。

ソニアは心配したが熱もなく、食欲もあり排泄も問題ないし健康そのものだ。――今でも思い出すと自分をぶち殺してやりたいが、この時の俺は、自分とどこも似ていないルカにどこか興味が薄かった。

魔力草の開拓地で休憩がてら開拓仲間の連中と談笑していた時に、ソニアが慌てて駆け込んできた。

「どうしたソニア、ここにはまだ結界はない。あぶねーぞ」

「エドワード！　ルカが大変なの早く来て！」

思う所はあっても俺の息子だ、すぐさま立ち上がりみんなに「すまねぇ」とだけ言い残し、ソニアと共に戻る。

ソニアを抱きかかえてから全力で急いだ。こちらの方が早いからだ。

家に帰るとルカが横になっている側で、神父様が立ち昇る魔力を隠そうともせず待っていた。

これから魔法行使をするので練り上げている最中だということだ、その間に今の状況を説明してくれた。

「良いですか？　ルカくんは今、外魔力との親和現象により、神の下に帰ろうとしています」

背中がぞわりとした、神父様はルカが死にかけていると言っているからだ。

「初期状態ならば、私がルカくんの魔力を外から刺激してあげれば、すぐに戻れたのでしょうが、ここまで進むと私の力ではそれも叶いません」

　こちらを見た神父様は、俺をその細い目で睨みつけたように感じた。俺が楽観視をしていたことを知ったからだろう、赤子なんて心配してもしきれないくらい不安定な時期なのにだ。

「巫女様なら単独でも可能かもしれませんが」

　ソニアが神父様の話の途中で遮り「じゃあ巫女様を」とソニアが詰め寄る。今、巫女様は瞑想して聖木様と同期している。聖木様も赤子の状態みたいなもので今が一番大切な時期らしく、教会の聖室から殆ど出てこられない。――何かあれば呼んでくれても構いませんということなので絶対に無理だと言うことはないだろう。

　だが、神父様は首を振った。「どうして！」とソニアは半狂乱になりかけている。

「落ち着いてください、ソニアさん。それよりもっと確実な方法があるのです。巫女様をたとえに出したのは軽率でした。申し訳ございません」

　少し落ち着いたソニアに神父様は「よろしいですか？」と前置きをして話を続けた。

「まずはご両親にルカくんの手を取ってもらい、私が生命魔法によりお二人の魔力の流れを強化します」

　生命魔法とは回復魔法や強化魔法など他者の魔力や肉体に影響を及ぼしやすい魔力の才覚を持った人物が使う魔法のことだ。

「二人の魔力はすなわち、ルカくんの魔力源泉。それを利用してルカくんの魔力を刺激し覚醒させます」

「そんなことをして、ルカは大丈夫なんですか？」

「そのために私がいるのです。お任せください」

そう言って神父様は魔力を練るのを終了させた。

「ふぅ、やはり魔力を練るのは時間がかかりますね。それでは、ルカくんの手を握ってくださ
い」

ソニアが慌ててルカの両手を掴む。

「いいえ、そうではありません。ルカくんの片手を両手で握ってあげてください。……はい、それ
でよろしいです」

俺はもう片方のルカの手を握る寸前、ビクリとして手が止まった。絶対にそんなことはないと
考えないようにしていたことが、この土壇場だからこそ、浮かんできてしまった。全てが俺に、
似てない理由を、だ。

ルカの魔力の源泉が両親ということは、もし、俺の魔力で戻らなかった時は――。

「エドワード、どうしたの？　早くルカを助けてあげましょう」

ソニアのその声で我に返った。不安そうで、それでいて私たちなら助けられるという希望を持
った目で俺を見ている。――そんな当たり前の目だった。

「す、すまん。ちょっと怖くて動揺しちまった」

そう言ってごまかした俺は、今まで漠然と持っていた不安を捨て去り、ルカの手を握った。

「ではいきます」と、俺たちの背中に手を当て神父様が口の中で呪文を唱えた。

俺の魔力が熱くなる、そんなイメージが体中を走った。ソニアも同様だろう。神父様はそのままルカの方に回って頬に優しく手を添えた。

「イメージでよろしいですのでルカくんの方向に魔力を流して――おっと、これは」

俺は――多分俺たちは流すイメージをする前にルカに魔力を吸い取られた。

「ルカくん戻ってきましたよ。……これは素晴らしい、自ら、生きる道を知っていたかのようです」

キョトンとした表情をしてあたりを見回すルカを見て、ホッとした気持ちと魔力を抜かれた脱力感で、二人揃って床に腰を落とした。

「大丈夫のようですね。この現象は一度起こると体と魔力が覚えてしまうので、二度目はないでしょう。――何かあったら今度はすぐにいらしてください」

それから二人して精一杯の感謝を伝え、お礼として食事とわずかだが金銭を受け取ってもらった。

俺はルカが助かって、憑き物が落ちたような気分になり、子供と妻のために生きていくことを、強く、心に誓った。

◇◇◇◇

都で結婚していて、俺について来られないと謝っていたロジェが奥さんを病で亡くして、娘さんと一緒にこの村に来た。やけになりかけたロジェにこの村で暮らしなさいと父親であるトシュテンが勧めたからだ。

　異変が起きたのはロジェたちが越してきて、ルカがそろそろ手伝いも出来る歳になってきた四歳の頃だ。

　ルカはたまに変なことも言うが親の贔屓目で見ても、優しく賢い子だ。素直でこちらの言いたいこともすぐ理解してくれる。

　俺もソニアも心の底からルカに愛情を注いでいた。

　この村は開拓地としては非常にゆるい。農作物は豊富に採れ、税も厳しくない、一年くらい何も取れなくても食えるだけの備蓄すらある。子供の頃から農作業を覚えないといけないのは間違いないが、ゆっくり覚えればいいと、手伝い程度くらいしかさせない。

　俺は基本的には魔力草の開拓を行うため、農作業の手伝いを教えるのは農家のおっさん――ヨナタンに頼んでいる。

　ルカは農作業が終わって帰ると子供の体力では持たなかったのか、殆ど眠りながら夕飯を食べようとするので、ソニアも苦笑し、ルカの汚れた手や顔を拭いてやっていた。

　そして、ヨナタンが数日後相談に来たルカがおかしい、狂ったように働きすぎると。俺は「狂ったようにとは人の息子にひどいな。何かやれることがあって嬉しくなってるだけだろうと、そのうち嫌になって他の子供同様適度にやるだろう」と返した。

　ヨナタンは首を振り、だったら見ていてくれ、それと途中で手を出さないでくれ、心配だろうがその方が分かる、というので訝しげな気持ちのまま、次の日開拓作業を休んで覗きに行った。

——異様だった。

最初は他の子供たちが雑談しながら軽い農作業をしている中、ルカは一生懸命働いてるなという印象でしかなかった。だが、休憩もせずにずっと動き続けてついには倒れた。

俺が駆け寄ろうとしたがヨナタンに睨まれ、そのヨナタンが助け起こした。そして「大丈夫」とニッコリ笑うとまた働き出した。あれは魔力も使っているのか？　魔力をめぐらせば確かに動きは良くなる。だが自己強化として目覚めてない奴が使うとなると非常に効率が悪い。

無駄に魔力を捨てているようなものだ。

もう見てられず、駆け寄り神父様に見てもらおうと、ルカを引っ張ろうとしたがまたヨナタンに止められた。

俺は激高しかけたがヨナタンにルカから離され、昨日無理やり止めようとしたら半狂乱になったと告げられた。

その日すぐに、疲れて眠るルカを神父様に見てもらった。神父様は何も問題はないというがルカの行動を説明して、やはりおかしいというと、巫女様に見てもらえることになった。

聖木様が目覚めて数年が経ち、付きっきりにならなくても良くなってきているそうだ。

巫女様は教会の奥にある聖木様と一緒の部屋で暮らしているそうだ。その部屋のドアを神父様がノックし「はい」という返事が返ってきた。

「巫女様、アンデルスです。夜分遅くにすみません。少しよろしいでしょうか？」

しばらくして巫女様が部屋から出てきた。

「アンデルス、こんな時間に珍しいですね。――あら？　エドワードさんとソニアさん、お久しぶりです。それにその子はルカくんですか？」

巫女様はルカを見ると眉をひそめた。

「なるほど、その子に何かあるのですね。――部屋へどうぞ」

「いいんですか？　巫女様」

聖木様が目覚めてからは俺がこの部屋に入るのは初めてだ。

「いいんですよ、別に隠してるわけではありませんから。私の部屋も兼ねているので、恥ずかしいですけどね」

部屋に入ると中心に、俺の身長の二倍程度ある、普通の木のようにみえる聖木様が生えており、この土地には珍しくガラスで外の光が取り入れるようになっていた。

部屋の隅にベッドと机などが置いてあった。

巫女様がベッドに座り、ソニアからルカを受け取るとルカが目を覚まして「……誰？」とだけつぶやいた。

「シスターウルリーカです。シスターと呼んでください」

「ルカです。四歳です。シスターさん」

ルカは眠そうにそう返した。

「そう、ルカくんですね。あっちは聖木ですよ」とルカに見せた。

「きれいな木ですね」

巫女様が「でしょう？」と返した時、聖木様からカツンと硬質な音が聞こえた。

「あら、めずらしい」とつぶやいてルカをベッドに寝かしてから聖木様から何かを拾い上げ、拭いている。

「聖木がこれをルカくんにって、蜜を固めた実のようなものですよ」

巫女様がルカの口に押し当て、ルカは一舐めしてから「甘くて美味しい」と言って口に含んだ。

神父様が驚いたような顔をしているので、貴重なものなのだろうか。

「では、ルカくんを見てみましょうかね」とルカの額に額を合わせて、巫女様は薄く新緑に光る目を閉じた。静謐（せいひつ）な魔力が部屋中を満たす。

神父様が「巫女様は私と比べ物にならないほど魔力の精査が出来るんですよ」と、小声で教えてくれた。

しばらく経って、巫女様はルカにニッコリと笑い、「何も問題ないですよ」と返した。

「シスター、手がビチョビチョです」

「あら？　これは失礼しました。興奮してしまいましたかね？」

神父様が「シスターウルリーカ」と注意し、ルカは少し目を見開いただけで何も言わなかった。

巫女様はソニアにルカを返して、ソニアだけを家に帰した。

ソニアが教会から出ていったのを確認した後に、俺に近づきその俺よりも遥かに細い腕で——

胸ぐらをつかんだ。そのまま壁に叩きつけられ、足が浮いた。

慌てた神父様が駆け寄ったが「だまりなさい」と言われ、神父様が水平に弾き飛ばされ壁にぶつかった。

俺はピクリとも押し返せず、そのまま壁に押し付けられて壁と俺の体が嫌な音を立てる。

「正直に言いなさい。あの子に契約魔法をかけたのは誰です？」

「ぐぅ、け、契約魔法？」

「そうです、あの子には、神の力を介さない契約魔法がかかっています」

「あれは悪魔が使う魔法です」と、俺にかかる圧力が更に増した。その痛みよりも怒りで頭が一杯になった。

「俺たちが！　そんなことをするはずがないだろうが！」

俺はともかくソニアの愛情を疑われたと思った俺は、敬意も何もかもを忘れて目の前の女に感情と共に大声をぶつけた。

「――嘘は言っていないみたいですね」

「なんで俺たちが、ルカに契約魔法をかけるんだよ……」

……巫女様が手を離したので俺は床にへたり込んだ。

それからルカを寝かしつけたソニアが戻ってきて加わり、話を続ける。

巫女様が言うには契約魔法とは精神の上っ面に張り付くようなもので、神の力が介してないとすぐに剥がれるようなものなのだと「イメージですけどね」と説明してくれた。

ルカのはたちが悪く、魔力と精神に絡みつくように結ばれており剥がせない状態だという。

「一度魔力枯渇に陥ったのか、何かされたのかは定かではありませんが、魔力構造にヒビがありました。そこから入り込んだのでしょう」

俺は今日の魔力を無駄遣いしすぎるルカを思い出し、まさかと思い巫女様に聞いてみるが「いいえ」と返ってきた。

「ヒビはもう殆ど治っています。治ってるからそこに食い込んでるのですが。――まだ赤ちゃんの頃くらいの話だと思います。何か心当たりは？」

ルカが赤子の頃に起こったことはあの時のことくらいしか覚えがない。その話と魔力を吸われたという話をすると巫女様は考え込んだ。

巫女様はしばらく、「いや、まさか」とか「でも」とか言っていたが意を決したかのように新緑に光る目で俺をじっと見つめ、口を開いた。

「エドワードさん、貴方契約魔法はかかったままですか？」

「それはもちろんです。契約が破られれば親父がすっ飛んでくるでしょうし」

「でも、昔ほどの重圧はない、そうですね？」

「――ま、まさか」

俺は思い出す、あの時憑き物が落ちたような気がしたのは……。

「仮説ですが、ルカくんがエドワードさんの魔力を吸収した時に契約魔法の一部――いえ、複製みたいなものまで取り込んだのではないでしょうか？　本来ならそのまま剥がれ落ちるだけのものをヒビから取り込んでしまったとしたら――」

「幼い子供に契約魔法は危険なのです。神もお認めにはならない」

そう神父様が続けた。大人なら重圧程度ですむ契約魔法は、脆い子供の精神には強制力として働く。ルカの場合はまだ軽く、自我があるし、おそらく契約されたことを成すために無意識に行動したり、忘れたりするだけです、と神父様は語った。

巫女様に治し方を聞くと、すぐには無理だと言われてしまった。

「悪魔にかけられたものではないのなら、もしかしたら時間と共に無くなるかもしれません。ルカくんの魔力が成長して破棄出来るかもしれません。ここの開拓が終わってしまえば契約満了するかもしれません。絡まりが解ければ、私が解除出来るかもしれません。あなたたちがルカくんを支えてあげてください。まずは、挨拶くらいからでいいのです。心の変化をゆっくりとでいいのでつけてください。魔力の変化も、体の変化も同じことです。私たちも全力で手助けします」

そこまで聞いた時ソニアが嗚咽をあげた。

俺のせいだと、俺を責めてくれとソニアを慰めようとした。

「俺のせい――」

「私が！　あんな男に見つからなければ、エドワードも、ルカもこんなことにはならなかったのに！」

「おまえ、まだあの時のことを……」

「お前は何も悪くないんだ」と、ソニアの心を守るように抱き寄せた。

それからしばらく経ったが、確かにルカは普通だった。よく笑うしよく話す。作業中も邪魔をしなければ普通だ。

俺たちも契約魔法のことを普段は忘れるようにして、ルカと一緒に馬鹿をやり一緒に笑い、普通に過ごした。

もちろん魔力の無駄遣いをさせないためにも自己強化を覚えさせ、無駄な魔法は使わせないようにしていた。

それから数年が経っても何の変化も起こらなかった。良くはなっていないし悪くもなっていない。

体力の余ったルカが朝早く抜け出して、開拓地に行くのは最初は困ったが無理などしてないことが分かり、支えつつも見守ることにした。

そんな折にソニアが懐妊した。無事に女の子が生まれアリーチェと名前をつけた。ルカに変化があったのはその頃からだ。

妹にベッタリになり、水魔法を浮かせたりして、あやすために魔法を使っていた。今までは、「明日に影響あるぞ」と言えば、ルカはすぐに魔力を使うのをやめていた。

今回も同じだろうと思ったが、魔法を見て笑うアリーチェを見ながら、「いいよ、少しぐらい」と返ってきた時は、止まっていた時間が音を立てて動いた気がした。

それからルカはアリーチェのために魔法を使うようになっていき、清潔にしないとだめだとかお風呂を作ろうとか、よく分からないことを言い出したけれど俺は嬉しかった。

この時から俺は、アリーチェは俺たち家族に幸せを運んできた天使だと思っている。

ルカが暴走して風呂場を作った時は驚いて巫女様に見てもらったが、魔法の出来に驚いていた。このまま魔力を高めていければ、改善もしていくでしょうと言われた時は嬉しくて、ソニアと一緒に祝杯を上げげた。

ルカもだがアリーチェも、ルカにベッタリになっていき、風呂に入るのに「とうたんとはもういや」と言われた時には、気付いたら次の日になっていた。

アリーチェと共にだが教会にも通い、他のことにも目を向け始めた。まだ、レナエル以外の他の子供とは殆ど遊んでもいないみたいだが。

アリーチェの世話をし、馬鹿みたいな魔法を使うようになって、変なこともいっぱいし始めたけど、ルカはどんどんと普通になっていく。

そして今日、俺たちを優先し、アリーチェのために残り、ソニアの朝飯を一緒に食べた。

今までのことを思い返しながら、目の前のアリーチェの「いってらっしゃい」とルカの「いってきます」を聞いて、俺はもう耐えられそうになかった――が、父親の意地としてルカが出かけるまでは我慢をした。

扉が閉まると馬鹿みたいに涙を流しながら、ソニアごとアリーチェを抱きしめながらありがとうと言った。

なでてくれたソニアとアリーチェの手が暖かかった。

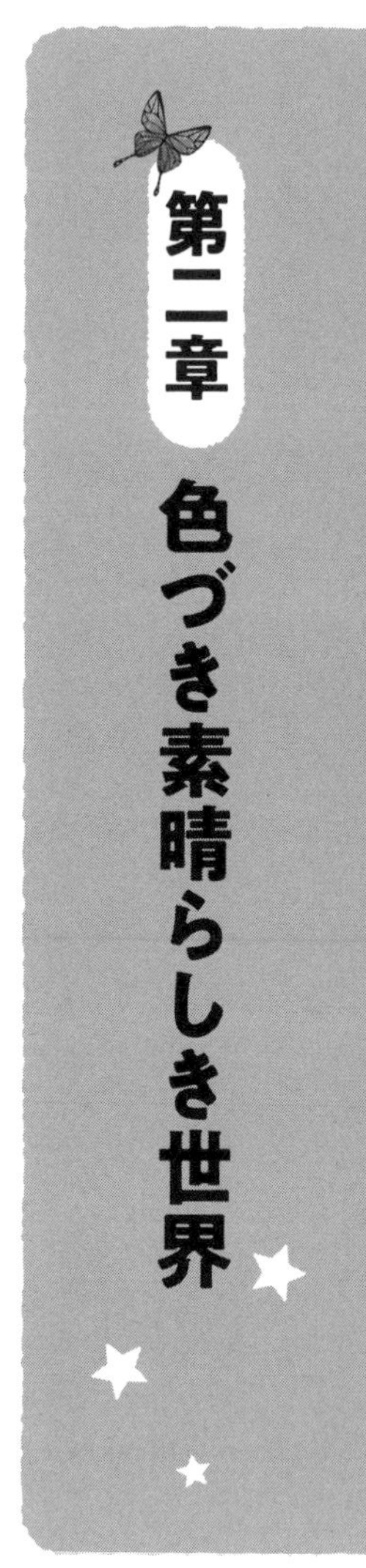

第二章　色づき素晴らしき世界

第一話　僕の周りの人たち

「じゃあ、母さん、アリーチェいってきます」

「いってくるぞ、ソニア、アリーチェ」

「いってらっしゃい、エド、ルカ」

「……いっえら……さい……、とう……たん、に……たん」

最近、父さんは僕と同じ時間に出る。

父さんが出るには少し早い気もするけれども、父さん自身が早起きに目覚めたんだとか言ってたからまあ良いか。

でも、母さんはいいとしても、アリーチェはもうちょっと寝ててもいいのに……挨拶してくれるのは嬉しい。——本当に嬉しいんだけど、いつも、今みたいに半分寝ている。

少し前、作業が終わって帰ってきて、アリーチェがちゃんと起きてる時に「朝はいっぱい寝てて良いんだよ？」と言ったが、「いってらっしゃい、するの！」「ぜったいなの！」と言って聞かなかった。

でも、挨拶してくれるのは嬉しいんだけど、アリーチェがいつも「いってらっしゃい、にいたん、とうたん」とか「おかえり、にいたん、とうたん」とか、まあ、いってらっしゃいの時はこんなにはっきりと言ってくれたことはないけれど……、とにかく、僕を先に呼ぶから、それで父さんに嫉妬されて、恨めしそうに見てきたりとか、たまに嫌味も言われる。

流石に鬱陶しかったので、アリーチェに父さんから先に呼ぶように頼んでみた。

アリーチェは「にいたんから、だめなの？」と純粋な目で見てきたのですぐさま「いいよ」となんとか、「父さんがさびしがってる」とか「兄さんは我慢出来るけど、父さんは出来ないみたいなんだ」とか色々言ってたら「しかたない、とうたんなの」と、ため息を吐いたふりをして、大人ぶっていた。一応父さんから先に呼んでくれることになった。

――言いたかったけど、涙をのんで、説得をした。

今日はたまたま父さんから名前呼んだけど、朝の寝ぼけてる時はよく僕の名前の方から言っている。

これで少しはましになるだろうと思っていたんだけれど。

今日みたいに先に名前を言われた時はドヤ顔で自慢してくるようになって、鬱陶しさは変わらなかった。

そして、開拓なんだけど、見ずに動かせるボーン一体だけだったのが、何故か一足飛びに三体になった。これで効率が僕一人の時の四倍になったぞ。

あれ？　これを始めた理由って開拓のためじゃないな——そうそう魔法制御の練習のためだった。

これを増やしていっても制御の練習にはなるけれど、それだけじゃなんか違う気がしたので、ボーンの動作に合わせて、風魔法を使った効果音を鳴らせるようにしようと思った。

ゆくゆくはＢＧＭとしても鳴らしたい。

でも今はまだ、前に使ったようなホイッスル音くらいしか出せていない。

ついついい、音楽といえば楽器を想像して、楽器の音を出そうと思っても、なんというか取っ掛かりがない気がして、まるで成功しなかった。

僕が出せる単純な音のホイッスルも楽器ということは分かっているんだけど、弦楽器とか管楽器とかを考えて試そうとしても、全然うまくいかない。

どちらも空気の振動というのは分かってるんだけどな。

「やっぱり、複雑な音を出そうとしてるからだめなのかな？」

そう思ったので、とりあえずホイッスル音を長く出したり、短く連続で出したり、音の高さを変えてみたりした。

ピッピピッピッとかピーとかピピピピとか鳴らしてると、すぐに頭に衝撃が走った。

「うう、なんか懐かしい痛み」

「ルカ！　何かあったと思っただろう！　しかもうるせぇんだよ！」

そうだった、お風呂場で鳴らすのも、近所迷惑だろうと思って、音楽系は少しくらいだけにして、後回しにしていたんだっけ。

しかも音の長さとかは違っても警告音として前使ったじゃないか……なにも考えず練習してしまっていた。

「ごめんなさい、父さん」

「とにかく、なにもないんだな？」

「うん」

「今回は許す、だがな、他の奴等にも迷惑を掛けたんだぞ」

「本当にごめんなさい、ちょっと今から謝ってくるね」

「……そうか、作業中止して、謝ってくるのか」

「？　――うん、だめだったかな？」

「いいや」と父さんは首を振って、こちらを観ている他の開拓メンバーを指差した。

「良いか？　ちゃんと偉い奴を中心に謝るんだぞ？　まずはロジェだ。アイツはここの一班リーダーと、俺の補佐としてここにいる」

父さんが何かサインみたいなのを送って、レナエル父ことロジェさんは頷いた。

「どうしたの、父さん？」

「ああ、なんでもなかったぞって、サインを送っただけだ」

「う……ごめんなさい」

「おう」と頷きながら「一班は開拓作業が基本だ」と、父さんのサインを伝えているっぽいロジェさんと他の人たちを見ながら言った。

「うん、知ってるよ?」

「じゃあ、他の奴等の名前は言えるか?」

「……う」

知らない。今まであまり人の名前など気にしていなくて一緒に作業している人たちだなーと思ってただけだった。

それに班を組まれてたってことも知らなかった。

「あそこはロジェには直接、謝りに行って、他の奴等に頭を下げろ」

そして父さんは開拓済みで魔力草を育ててる方にいる人たちを指差した。

「あっちは最近リーダーになったヨナタンが中心となって、魔力草の効率のいい育て方の研究をしている二班だ」

効率のいい育て方か——僕は開拓地をなんとか広げなきゃ、としか殆ど頭になかったな。

それとヨナタンさんは、知っている。僕に農作業を教えてくれた人だ。いつも心配そうに見守ってくれていた人。

「ヨナタンさん、こっちに来たの?」

「そうだな、前からお前が世話になってたんだが、こっちでリーダーにもなってくれて助かっている。――ついでだ、謝ると一緒に礼も言っておいてくれ」

「父さんじゃなくて、僕でいいの？」

「ああ、お前からが良いんだ」

「？　うん、わかった」

鍬を置いて、まずはロジェさんたちの所から謝りに行った。

ロジェさんはもうすんなよ？　と言って僕の背中を叩いた。他の人たちも次々と僕の背中を叩いていって。最後にロジェさんが僕の頭をなでた。

ヨナタンさんの所に行くとヨナタンさん以外はしかめっ面をしてたけれど、ヨナタンさんがなだめてくれて僕が謝ると、その場は収まった。

順番が逆になったけど、ちゃんとヨナタンさんにも謝ろうとしたら、止められた。

僕の世話と父さんからのお礼だけはちゃんと言うと「そんなこと良いんだ、坊が元気そうで本当に良かった」と子供みたいに高く抱えられた。まあ、子供なんだけど。

「今度の休養日にでもお茶でも飲みに来なさい」とも言われた。今度、時間があったらアリーチェも連れて遊びに行ってみよう。


作業が終わり――太陽が落ちて、家に帰った。

お風呂での物語を決めてなくて即興で考えた「棒人間対ドット父さん」をアリーチェに見せた。

ちなみに対とはついているけど二人は戦わず、協力して悪いフォレストウルフを倒しに行く話だ。

そして寝る前に思う、今日はなんだか色々あった気がした。

だって、少し世界が広がった気がするんだ。


「おはよう、母さん、アリーチェ、あれ？　父さんは？」

「おはよう、ルカ」

「にいたん、おあよう」

朝起きると父さんがいない、今日は休養日だから別にいいんだけどどこに行ったんだろう。母さんに抱っこされたアリーチェは少し眠そうだ。

「エドならロジェさんと一緒に、トシュテンさんの所に行ってるわよ」

「ああ、宴会かな？」

「かもね」と、母さんが笑ってる。

「今日僕は、教会に神父様のお話を聞きに行くけど、アリーチェはどうする？　一緒に行く？」

「あーちぇもいく！」

「そっか、母さんも行く？　多分、子供ばっかりだけど」

「それもいいわね、アリーチェ、母さんも行っていいかしら？」

「あい！」

母さんの腕の中でアリーチェが、元気よく手を上げて返事をしたから少しバランスを崩したのでそっと背中に手を添えた。

母さんが僕の添えた手を見て、「他の女の子にもその気遣いが出来れば、ルカもモテるのにね？」とからかうように言った。

「レナエルちゃんのこと？　――おっと」

添えた僕の手の温もりを感じたのか、アリーチェが僕に抱っこを求めてきたから母さんから受け取った。抱っこする時はいつも自己強化を掛けて安定させるようにしている。僕もまだ体重軽いし。

「レナエルちゃんもだけど、他の子もいるでしょう？」

「――あ、ああ、うん。そうだね」

だめだ、いるのは分かるけど興味がなかったから、ぼんやりとしか思い出せない。

「はぁ、――しょうがないわね、母さんがちゃんと仲良くさせてあげるわ！」

「ええ、別にいいよ……」

めんどくさいという言葉は飲み込んだ。しかし母さんは少し浮かれてるみたいだな、みんなでお出かけ出来るのが楽しいのかな？

「その前にロジェさんいないなら、レナエルちゃんをこっちに呼んだ方が良いんじゃないの？」

「――その通りよ、よく気付いたわね、ルカ」

「うん、そうだね……」

そういえば父さんが言ってたな、ソニアは普段は無口で大人しいが、妙に浮かれた時は、たまにうっかりすることがあると。その後に父さんが「――まあ、それが」と続いて惚気出したので、そこは忘れることにした。

レナエルちゃんを呼びに行こうと、アリーチェを母さんに返そうとしたが、おねむになってきたのかぐずって「や！」と言い出した。

アリーチェを僕に任せて、レナエルちゃんのところには母さんが行こうとしたが、「いいよ」と断った。母さんもたまには休みたいだろう。

アリーチェの体勢をおんぶに変えて、長い布を持って――少し汚れていたので、お風呂場で熱いお湯を水魔法で出して洗って、布についた水をコントロールして落とす、まだ少し濡れているので、風魔法で出した乾いた熱風を布に当てて完全に乾かした。

アリーチェが閉じそうなまぶたの中、揺れる布を目で追っているのが目の端に見えて、僕は少し暖かい気持ちになった。

それから布で僕とアリーチェを、おんぶ布の巻き方で固定して、もし、僕が両手を離れても、アリーチェが落ちないようにしてから外に出た。

出る間際、母さんが「ルカ、貴方器用ね」とつぶやいていた。

おんぶ布の巻き方、別に難しくはないのに、ここでは珍しいのかな？

数十歩先のレナエルちゃん家について、ドアをノックした。

近くにいたみたいなので「はーい」の声と共に、すぐにドアが開いた。

「どなたかしら？　――えっ、ルカ？　珍しいじゃない」

「やあ、おはよう、レナエルちゃん」

「おはよう、ルカ。ふふっ、アリーチェも」

最初は驚いたレナエルちゃんだったけど、すぐに小声で話をした。僕の耳元でふすーふすーとアリーチェが、規則正しい寝息を立ててるのに気がついたからだろう。

僕に挨拶しながら軽く笑い、アリーチェのほっぺたを、柔らかくつついていた。

説明をしてどうするかを聞いたところ、レナエルちゃんも家で世話になるということだったので、一緒に戻った。

レナエルちゃんは、ロジェさんが朝ご飯も食べずに、僕の父さんに連れて行かれたということで、ロジェさんの分も作って自分が食べた後に持っていこうとしていたみたいだ。

「じゃあ、母さん。ロジェさんと父さんの分も作って、ついでにトシュテンさんの分も作ってから持っていこうよ」

「そうね、レナエルちゃん。手伝ってくれるかしら」

「ええ、もちろんよ。ソニアおばさん」

「僕も手伝おうか？」と聴いたら、母さんは少し驚いたように表情を変えたけど「ルカはお風呂にお湯をためて頂戴」と、手伝いではなく、いつもの作業を頼まれただけだった。

「そうだ二人共、教会行く前に朝から入っていく？」

「いつも最初に、お風呂もらうだけでも悪いのに……朝からだなんてそんな……」

「僕がいるならいくらでも入れるから気にしないでいいのに」

「ちょっと、ルカ！」

あれ？　これ内緒だっけ？　レナエルちゃんたちは知ってるだろうから良いと思ってたんだけど。

母さんがレナエルちゃんに口止めをした後、レナエルちゃんに聞いてみたら、昼までに水を使った後にレナエルちゃんが入り、その後夜に僕たちが同じお湯に入ってると思ってたみたいだ。

一度でも普通の人には多いのに、流石に一日に二回も同じ量を出せるとは思ってもみなかったみたいだ。実は、三回なんだけどね。

あ、三回目は少なめに入れてるから二回と半分かな？

村では朝に共用の井戸に決められたノルマ分の水を貯めてしまえば、それ以外の水を自分のために使うのは個人の自由だけれども、流石にその量が多すぎるとなると他の人たちの不満や、嫉妬を買う。

僕たちがやっていることは、他の人たちから見れば、贅沢で無駄使いそのものでしかないから、隠していたみたいだ。

僕たちだけ綺麗にしてるので、何かしてるだろうとは思われているはずだけどねと、母さんが言っていた。

僕は、母さんに謝ると「内緒にしてるなら別にいいのよ、レナエルちゃんも、今まで、お風呂のことは内緒にしていたものね、ね？　レナエルちゃん？」と、釘を差しているのを見て、レナエルちゃんに少し悪いことをしたなと反省する。

「いえ、父さんから『ルカが何かやらかしても俺に言うまで誰にも言うな』って言われてたから、何かあるんだろうと、少しは覚悟してたわ」

「それに、嫌われたら……」とレナエルちゃんがボソリとつぶやいたのは聞き逃さなかった。

——なるほど、うちに嫌われたらお風呂入れなくなるもんね。こんな辺境じゃお風呂は贅沢で入るだけでも娯楽に近いだろうからね。

僕は「じゃあ約束」と、レナエルちゃんの小指に小指を絡めた。

この世界にそんな約束の仕方があるのかは知らないけれど。

母さんが微笑ましそうに見ていたので、子供によくある自分ルールで約束していると思ったのだろう。

「あーちぇも！」

この騒ぎで目を覚ましていたらしく、おんぶされているアリーチェの小指を立てたお手々が、僕の肩口からにゅっと伸びてきたので、すぐに、レナエルちゃんから指を外し、アリーチェと小指を絡めた。

レナエルちゃんを見ると小指をじっと見つめて、顔を赤くしていた。

しまった、前に母さんから言われてたのに、また、何かやらかしたみたいだ。

そんな事を考えていたら、アリーチェが反対のお手々の小指も出してきたので、そちらに気を取られ、まあいいかと、アリーチェと指を絡めて遊んだ。

そんな僕を、母さんが今度は呆れたように見てた。

僕たちが村長宅に行き、父さんたちに朝ご飯を渡すため家の中にお邪魔したら、父さんは浮かれて、この村で作っているエールをすでに結構飲んでいたらしく、楽しそうに笑っていた。

反対に何故かロジェさんは渋い顔をして、ジャーキーをかじっていた。

僕たちが来ると椅子に座ったまま、僕に向かって「少しは分かってたんだが、お前も苦労したんだな——レナエルで良ければ好きにしていいんだぞ」と、酔っぱらいの戯言みたいなことを言い出したので、トシュテンさんから頭を叩かれ、レナエルちゃんからはすねを蹴り上げられて悶絶していた。それを見て父さんは笑っていた。

「すみませんルカくん、バカ息子が変なことを言い出して……」

「そ、そうね、うちの父さんがごめんなさい」

「まあまあ、良いじゃないですか。ロジェさんも気にしないでください」

僕は酔っ払いの言うことを真に受けても仕方ないので、軽く流すことにした。

「父さんも、母さんがせっかくシチューまで作ってくれたんだから、おつまみばかりじゃだめだよ」

「おつまみったってよ、ここにはあんまり脂っこいものはねぇぞ?」

机の上を見る先程ロジェさんがかじっていたジャーキーとナッツや野菜スティックみたいなものとか芋の蒸したものが置いてあった。

あ、そりゃ、日本じゃないんだから味の濃いものばかりで飲むとかじゃないな。どちらかと言うと体にいいものが多い、母さんの作った村の牛乳？　で作ったクリーム系のシチューの方が味が濃いや。

僕は口に入ればいいと、あまり食事のことは気にしていなかったから、今更になって気付くなんてちょっと恥ずかしいな。

「じゃあ、僕たち教会に行ってくるから」

と言うと、父さんは母さんを見て、「何だソニアも行くのか」と寂しそうにつぶやいた。おそらく自分抜きの家族全員で出かけるから、自分で飲みに行ったのに少し疎外感を覚えたのだろう。

「レナエル、しっかり神父様の話を聞いて勉強してくるんだぞ？　もちろんルカもな」

「分かってるわ、父さん。――早く行きましょう」

後半は僕たちに向けた言葉だ。またロジェさんが変なことを言う前に出かけたいのだろう。

「そうね、すみませんがトシュテンさん、エドをおねがいしますね」

「承りました。こちらこそ、レナエルをよろしくおねがいします」

「もう、おじいちゃんたら。私はそんな子供じゃないわ！」

また飲みに入った二人を置いて、ふくれるレナエルちゃんと僕たちをトシュテンさんは玄関まで見送り、村長宅を後にして教会に向かって歩き出した。

教会に入ると、前世の礼拝堂によく似た部屋の長椅子に、そこそこな人数の村人が座っていた。

休養日のこの時間は基本、神父様がこの世界の常識や魔法のこと、たまにおとぎ話みたいな話をしてくれる。学校みたいなものらしい。

きっちりとしたカリキュラムとかはないらしく、保護者に請われて話すこともあるけれど、基本的には神父様の気分で話をすることが多いみたいだ。

神父様が思いつかず同じ話も結構あるらしいけど、僕は最近聞き始めたばかりなので、結構新鮮な感じで話が聞けている。

教会の中を見ると子供たちが多く、結構つまらなそうな顔をしている子が多い。僕みたいに親子連れで、来ているのも結構多いようだ。

僕たちは一番後ろの長椅子に並んで座った。背負っていたアリーチェは、目を覚ますまではと、抱っこに切り替えてまだ僕が抱いている。

神父様の話が始まり「今日は何の話をしましょうか」と、周りを見渡して僕と目が合う。神父様は思いついたようで「では、魔法の話をしましょう」と告げた。

子供たちも魔法には興味があるらしく、少し騒がしくなった。

「ではまず、私たちが誰でも使える魔法、なんだかわかりますか？　アダンくん」

神父様が一番前の父親に連れられて座っている、僕と同じような年で燃えるような赤毛のアダンくん？　に聴いていた。

先程まで不満そうだったけど、魔法の話になると後ろから見ても分かるくらいワクワクしているみたいだ。

「もちろん。知ってるぜ、生活魔法だろ！　俺も使えるぜ！」

そう言って腕を上に上げて、火魔法で種火程度の火を出し――すぐに父親に消火されげんこつを食らっていた。

「いってーーぇぇ！　何すんだよ！」

「何すんだよじゃねぇ、この馬鹿！　あれほど火魔法は許可なく使うなと言っただろう！」

火事になったらあぶないもんね、僕も火魔法は殆ど使わない。下手に使ってアリーチェがやけどしたらと考えるだけでも怖いのに。

神父様はこほんと、咳払いをしてから話を続ける。

「そうですね、生活魔法で合っています。それと、皆さんも火魔法の扱いには注意しましょう、アダンくんみたいになりたくなければね」

そう言うと、軽い笑い声が教会内に響き、アダンくんは不満そうに頬を膨らませていた。

「生活魔法とは水、火、風、土の基本四種と呼ばれる誰にでも使えるものを言います」

基本四種？　基本てことは他にもあるのかな？

「少し、話は飛びますが私が使っている回復魔法は生命魔法という、大きな括りのうちの一つとなります。生命魔法とは自分とは違う他の人に魔力の影響を与える力に特化した魔法ですね。司る神様もそのまま、生命の神です」

へーそうなんだ、僕は生活魔法と自己強化しか使えないから他の魔法のことはあまり知らなかったな。もちろん、神父様の回復魔法は知っているけどそれだけだ。

「そしてこの村の方々が得意な自己強化、実はこれも魔法の一種で魔力を高めて使ってるだけじゃないんですよ？　――どうやら、分かってない人も多少いるようですが、自己強化を使ってる人は感覚で覚える人も多く、これは才能がなくても頑張っていれば、殆どの人が使えるようになる魔法の一つでもありますね」

そこまで神父様が話をしたら、勢いよくアダンくんが手をあげた。

「はい、アダンくん。どうされましたか？」

「自己強化なら俺も使えるぜ！　うぉーーーー！」

掛け声と共にアダンくんが魔力を放出するけど自己強化までは到ってない。ただ魔力で少し力を上げているくらいだ。

「アダンくん、残念ですがそれは自己強化ではありませんよ」

「えぇー！　俺はこれで力すげー上がったんだぜ！」

「どこがどう違うとは言葉では言いにくいのですが、そのままそれを使い続けて、アダンくんが自己強化を覚えると分かりますよ。――そうですね、お父さん？」

「なんだ？　神父様」

「あなたが自己強化を覚えた時はどうでしたか？　何かカチリとはまる感覚とか、するりと入ってくる感覚とかがありませんでしたか？」

「ああ、あったぜ。俺の場合はカチリと体の奥で入って、いきなり、今まで使っていたのが何だったのかって思えるぐらい、力に溢れたな」

他の人もそうだったのか、ウンウンと頷いている。

僕？　僕はどうだったかな？　何回も倒れた後、起き上がったら体が楽になっていた時があったから、あれがそうだったのかな？　その時は陸上選手とかに起きるセカンドウインド来たーと思ってたような。

「それがこの国で言う魔法の制限解除、教会や冒険者協会ではスキル習得と言いますね。ただし、覚えたからと言ってすぐに使いこなせるというわけではありませんよ？　使いこなすためにはそれこそ血のにじむような努力が必要です」

スキル！　まさかこの世界にもちゃんとスキルなんてあったんだ。僕が色々出来なかったのはそのスキルを覚えていなかったせいなのかな？

もしかしたらステータスもあるのかな？　赤ちゃんの頃に、唱えてみたけど虚しく響いただけだったから、諦めたんだけど。

あんまり、変なことをしすぎて異世界転生ものみたいに、余計なことに巻き込まれるのも怖かったしね。

「強化魔法も、回復魔法が生命魔法の一種だというみたいに大きな括りがあります。大きな括りというのは神様の力の名前がそのままついているので、神様のことをちゃんと覚えているなら、分かる人もいるかも知れませんね」

後ろから見ると子供たちについてきた親御さんが子供に答えろよと突いている姿がチラホラと見受けられた、僕はもちろん知らない。——だから母さん、突かれても知らないってば。

「では……」

あ、やばい。神父様が見ている。

「レナエルさん、答えてもらいましょう」

セーフ、僕は助かったがレナエルちゃんが……あれ？　動揺してないな。

「力の神様です。神父様」

「その通りです。流石ですね、レナエルさん。力の神様すなわち力の魔法ですね」

教会のあちこちから「すごい」とか「流石だ」とか聞こえる。レナエルちゃん、頭良かったんだ。アダンくんも顔を赤くしてレナエルちゃんを見ている。

「レナエルちゃんすごいね！　僕知らなかったよ！」と素直に褒めてみるとレナエルちゃんは赤くなって照れていた。そして、アダンくんも顔を赤くして僕を睨んでいた。なんで⁉

ざわついた教会内を静かにさせるために、神父様がパンパンと手を叩いた。

「はい、続きを話しますね。レナエルさんが答えてくれた通り、力の神様の力の魔法。これは代表的な自己強化で分かる通り、自分自身の力に作用する魔法ですね。肉体の強化、感覚の強化などですね。自らの感覚や自己暗示などで使えるようになる人が多いので、別の国では魔法ではなく気だとか、オーラだとか言うところもあります。魔力を使っていることは間違いないわけですが……」

「その土地の風習というのがありますから、仕方ありません」と、神父様は首を振りながら言った。神父様も神様が絡んでるだけあって、あまり認めたくはないみたいだ。

「そして次は、先程目を輝かせていた方たちが一番知りたいことだと思いますが、おとぎ話の魔獣退治や様々な伝承などで必ずと言っていいほどその名前は出てきて、今は貴族様が得意とされている魔術ですね」

ついに出た魔術！　僕も少しは出来るようになっているはずだと思うけど、今までどうやって使うか分からなかったから、独学でしかない。

たまに父さんが僕がやってることに魔術ってすげーなとか言ってるから、素人目から見たらすごい！　くらいはあるはずだ。

「基本四種の属性に加え、光や闇など、その他にも特殊な属性が個人に宿る場合もあると聞きます。各個人が得意な属性を主軸に、力ある言葉で紡ぐ呪文、魔術言語と呼ばれる特殊な文字、それで描かれる魔法陣など、その他色々、様々な方法で様々な現象を起こします、人によって千差万別であり、万能の魔法とも言われます」

なるほど、やっぱり呪文とか魔法陣とかもあるんだ。それに属性か、僕は何が得意な属性かな？　って考えてたらアダンくんも気になったのか、神父様に質問した。

「神父様！　俺って何が得意なんですか？」

「えっと？　アダンくん？　魔術の得意属性がどれかと聴いてるのですか？」

「あったりまえじゃん、馬鹿だなぁ、神父様は――」

いきなりそんな聞かれ方して、すぐに分かるなんて当たり前じゃないし、神父様はすぐに分かったから馬鹿じゃないぞ、アダンくん。って思ってたら隣のアダン父から、本日二発目のげんこつを食らっていた。

アダン父は「すまねぇ、神父様。こいつ馬鹿なんで、許してやってくれ」とムキムキのでかい体を小さくして謝っていた。

「良いのですよ。そこまで怒らないでください。まだ子供なんですから――ね？　アダンくん」

やっぱり神父様の細目でちらりと見られると怖いって、今までの経験から神父様は全く怒ってないってことは分かるけどさ――ほら、アダンくん怯えちゃって「ごめんなさい」とか言って、ちょっと泣きそうになってる。

あ、奥から覗いていたシスターが見かねてアダンくんを慰めに出てきた。――アダンくんの機嫌はすぐに直っていた。やっぱり美人さんに慰めてもらうと違うのかな？　顔赤くしてるし。

神父様はアダンくんの機嫌が直るまで、とても気まずそうな顔をして黙っていた。自分が慰めてもまた逆効果になると思ったのだろう。

「えー、アダンくんが言っていた得意な属性の調べ方ですが、私にも分かりません。今はその手段は失われたと言われています」

他の子が何故かと聴いたら、「平和になったからだと言われていますね」と返ってきた。

神父様が言うには大昔、魔王という存在がいて世界は滅亡の危機を何度も迎え、倒しても倒しても百年後には復活して、暴れだすという時代が長く続いていたそうだ。

その時代には自分の中に宿る、まだ目覚めていない才能を何らかの方法を使い、見ることが出来、人々はその力を鍛えることで魔王という、強大な力に対抗することが出来たと伝承が残っているそうだ。

平和になったら人の可能性を狭めないため、新しい可能性を見つけるために神様が消し去ったらしい。

魔術の才能そのものは「魔力を鍛えていって、今日みたいに私の話をよく聴いて、神様のことや魔法のこと色々なことを勉強したら、覚える方もいらっしゃいますよ」とのことだ。

この時みんなレナエルちゃんの顔を見たけど、レナエルちゃんは必死に首を振って否定していた。

「大分、話がずれましたが、神様は、魔術の神様ではなく、術の神様です。正式には術魔法と言いますが、殆どの方は魔術と、それを専門に扱う方を魔術師と言いますね」

大分話がそれて時間が経ったので神父様は、今度は質問するのはやめて自分で答えることにしたみたいだ。

「魔術の特徴といえばなんと言っても、その自由さ、使える方は分かると思いますが――」

あれ？　神父様が僕をちらっと見たな。そうか、神父様も僕が魔術使ってるって知ってるのか、そりゃそうだ大っぴらに見せてはないけど、別に隠してるわけでもないしね。

「呪文を使った強力な攻撃魔法、魔法陣を使ったり、魔力を込め続けることによる長時間効果のある魔法、熟練者ともなると呪文を殆ど唱えなくても発動出来るらしいですよ。それになんといっても制限はありますが、イメージと制御次第で細かな動作が可能なことですね」

なるほど、確かに制限はあるけど神父様の言う通り、細かな動作は出来てると思う。それに呪文とかもあるんだよね、少しワクワクしてきたな。

「そして、話は戻りますが一番最初に話した生活魔法、これはどの神様の魔法かわかりますか？」

もちろん分かる。基本四種と言ってたし、僕が使っている魔法そのもののことを説明していたから術の神様だろう。

ほら、気を取り直した――というか、もうさっきのことを忘れてるっぽいアダンくんを含めて、子供たちが「術の神様！」と、みんなで大きな声で答えてる。

隣のレナエルちゃんだけがボソリと「創造の神様よ」と答えていた。あれ？

「ごめんなさい、意地悪でしたね。術の神様ではありません」

あ、本当に神父様も違うって言ってる。

「レナエルさんは、分かってたみたいですが、生活魔法は創造の神様の創造魔法になります。生活魔法と魔術には決定的に違うところがあります」

何が違うんだろう？　僕が使ってるのはさっきまでの説明からは魔術で間違いないよね？

「生活魔法とは創造の神様が、人族がどこでも生きていけるように授けてくださった魔法です。つまり、魔力を糧に完全にこの世界に創り出す魔法ということですね」

うん、そうだね。魔術もそうなんじゃないのかな？

「魔術は基本四属性も同じであり、生活魔法が生み出すものと似てはいますが、存在出来るのはその術の効果中の一瞬もしくは、魔力を繋げている間だけです。水魔術で生み出したものを飲んでも喉の乾きは癒えませんし、土魔術で作ったものは時間が経つと世界の魔力にかえります。火や風は魔術との違いは分かりにくいですが、起きている法則が違うらしいです。すみませんが詳しくは私にも分かりません」

ん？

「生活魔法を作り給うた神様は創造の神様、大きな括りは創造魔法、この世界を作った創造神様が与えてくだされた慈悲、魔力によって生み出される奇跡の力。どんな力からも影響を受けず、何者も変えることが出来ない、完成された奇跡。それが創造魔法、それが生活魔法です」

ん？

あれ？　何かおかしくない？

僕が使ってる魔術、自分で消さない限り消えないけど？　僕の魔術が特殊なのかな？　そうだよね？　――使ってるの生活魔法の方じゃないよね？　多分違うはず、いや絶対。

神父様がトリップして語りだしてしまって、それを見た教会にいるみんなが黙ってしまったところにまたもやアダンくんが大声を上げる。いいぞ、アダンくん。

「わっかんねー、神父様。みんなごっちゃごちゃで何が違うのかわかんねー！」

すごい、アダンくん、すごいぞ。あの状態の人に真っ向から否定するようなことを言えるなんて。

その台詞を聴いて神父様の表情が抜け落ちたように戻り、「なるほど」とつぶやいた。――こわい。

「良い質問ですね。アダンくん」

「だろ！」

アダンくんは神父様の空気も読めず、ただ得意気だ。

「何故違いが分かるかと言うと、神様の力が宿る場所が違うのです」

「場所ってどこだ？」

「そうですね、今日は特別に皆さんにお教えしましょう。まずは頭頂部、頭の上にはですね──」

そう言って神父様は、神様の宿る場所？　というのを語りだした。

頭頂部には創造の神様。額には契約の神様。胸の真ん中、心臓の横には生命の神様。喉には術の神様。おへその上には力の神様が宿っており、おへその下──丹田辺り──で魔力を練り、その魔力を使う時宿った場所がわずかに活性化で分かるという、そして、魔力を練った場所に一番近い、力の魔法が一番使いやすいということだそうだ。

アダンくんが「じゃあ、なんで一番遠いはずの生活魔法は使えるのか」と聞くと、「それこそが神の慈悲です」という答えが返ってきた。

ここでやめないのが僕らのアダンくん「生命魔法は術魔法の下にあるから、術魔法より使いやすいのか？」と、更に質問する。

もう僕たちは黙って見てるしかない。

神父様は顔を少し引きつらせながら「教会に所属する者が使える契約魔法と生命魔法は、人体の重要な場所に存在する分、神の恩恵が強い場所なので誰にもというわけにはいかないのですよ」と少し早口になっていた。

　それにしても、神父様が言う神様が宿る場所、僕が赤ちゃんの頃チャクラを開いたと思った場所と同じ場所だけど、魔力を溜める場所を含めても一箇所足らなくて六箇所しかないな。

　でも、前に魔力励起と内外循環のことで恥をかいたから、僕が新しく見つけてるとかいう妄想は捨て去ろう。

　だから多分、神父様が言うことが正解なんだろう。と、いいかげんにしろと三度目のげんこつを食らうアダンくんを見ながら、そう思った。

　アダンくんを犠牲にしつつも、神父様のお話も一通り終わった。今日は魔法のことをいっぱい知れたなぁ。

　あの雰囲気の中、アリーチェはずっと眠ったままだった。この子は大物になるぞ。

　アリーチェの寝顔を見ながらぼーっとしてたら、両サイドから肘で突かれている。母さんとレナエルちゃんだ。

「どうしたの？　二人共」

「どうしたのじゃなくて神父様がお呼びよ？」

　その言葉で顔上げてみると神父様が困った顔をしていた。

「すみません、神父様。何か御用でしょうか？」

「いえ、いきなりですみません」

　そこで神父様が話を聞いていたみんなに向かって、

「先程魔術を使えるようになる方もいますよと言ったのは、ルカくんのことです。ルカくん申し訳ありませんが、皆さんのために少しだけ魔術を見せてもらってもいいですか？」

まあ、別にいいけど。周りを見てみるとあんまり受け入れられてなくない？　そりゃレナエルちゃん以外じゃ、殆ど遊んでないから面識がないのは仕方ないけど。

なんかいじめにあってて、教壇に呼び出されて注目を浴びるみたいな感じになってない？

しぶしぶと神父様の隣に立った。えっと、前にレナエルちゃんに見せた殺陣で良いか。大きく作って見せればまあまあ迫力あるだろうと思って魔法を使おうと思ったら、神父様が肩に手を乗せてきたのでビクリとした。

「あの？　神父様？」

「お気になさらずに、ちゃんと術の魔法が活性してるかを見るだけですよ」

え？　見ないで欲しいんだけど？　僕としては魔術として生活魔法を使って遊んでる感じだったけど、実はそうじゃなくて創造魔法を使ってたりしてたらどうしようと思った。先程のヤバ気な神父様の様子から下手なことは出来ない。

「あの、神父様、恥ずかしいので……あ、ほら。シスターも見てますよ！」

話しながら体をよじって神父様の手から逃れようとしたけれど、そこは大人と子供の体の差で無理だった。しかも何を思ったのかシスターまで近寄って反対の肩に手を置いた。

「え？　シスターまで？」

「私もルカくんの魔力を見てあげますからね」

あれ？　大人二人に両肩を押さえられる子供が前に立ってみんなから見られてるって構図、ほんとにいじめなんじゃ？

ちらりと母さんやレナエルちゃんを見てみるけど母さんは喜んでるし、レナエルちゃんは少し羨ましそうに見ているってことは、魔力を見てもらうって良いことなのかな？　今は良いことじゃないけど。

いやちゃんと魔術使ってるはずだと、ちょっと試しに魔法をうってみた。いつもの感じで風魔法を発動させ、何も制御せず魔力も繋がないただの風だ。

ふわりと神父様の髪が揺れる。少しだけしか魔力を込めてないからだ。

「良い神の息吹ですね。柔らかな生活魔法です」

やっぱり、生活魔法だった⁉

「風を起こすのもよろしいですが、風の生活魔法は呼吸が困難な場所で使用する際がありますので、基本形態の丸や四角を使ってみるのもいいと思います。風魔法は目に見えないので水魔法でやってみますね」

神父様は生活魔法を浴びて、何かスイッチが入ったのか語りだした。他の人もキョトンしてる。

「ルカくんすみません。そこの水差しを取ってください」

「はい、これですね」

お、完全に話がそれてきたぞ、と、神父様が話してる時に飲む用の水差しを取って渡した。

「では使ってみます」

一瞬、綺麗な丸が出来たと思ったら、水の玉がゆらゆらと形を崩しながら揺れるように浮いていた。そして、用意していた水差しの中に落ちる。

「ふう、このように丸を作って、すぐに呼吸をしたら良いと思います。水魔法でしたのですぐに制御が切れてしまいましたが、風魔法ならもう少し持つことでしょう」

「神父様、基本形態ってなんですか？」

よしよし、このまま話をずらしていこう。

「基本四種の生活魔法は何もしなければばらばらの塊として出ます。ただ神様がそれでは不便だと、あらかじめいくつか形を決めてくださったのです。それを基本形態といいます」

「なるほど、色々な形に出来るんですね」

話をずらしていったけどよく聞いてみると神父様も形も普通に変えられるし、制御して浮かせている。

僕の生活魔法も少し頑張ったから神父様より出来るだけで、大して変わんないじゃないか。

これって魔術じゃなくて生活魔法を使っていただけだったたって笑い話になるだけじゃないの？別に隠さなくても良いのかな。焦って損したな。

「あの神父様」と、笑い話にしようと話しかけようとしたら、教会の扉が急に開いて、一人の村人が駆け込んできた。

その後を村の子――だと思う――、子供がついてきて「俺んだぞー返せよー」と、言っていた。

「し、神父様、村の外れで遊んでいた子供がこんな物を見つけまして……」

焦ったその人が持っていたのは占いで使うような、綺麗な水晶玉だった。

ん？　何か見覚えがあるような？　前世で見たことあるからデジャブみたいなものかな？

「これは――、一体これをどこで？」

「村の外れの空き地で遊んでいたら、茂みから出てきたそうです」

神父様がどこかと問い出したのをこっそり聞くと、僕がこの前誰も来ないと思って転げ回っていたところだ。

そんな所にあんな物があったのか、気付かなかったな。魔力使った途中から家に着くまであんまり覚えてないんだよね。

「神父様、これが何かわかりますか？」

「ただの水晶玉のようにも見えますが、何故こんな所に？」

子供は「俺んだぞ」ってまだ言ってるけど、親に黙ってろと言われて膨れていた。

「シスター、何か知っていませんか？」

「少し拝借を――いえ、わかりませんね」

あれ？　シスターが持った時少し光ったような気がする。

「ともかく、その子には悪いですがこれは辺境伯様に渡さなければなりません」

「はい、それはもちろん」

この土地は辺境伯様の物だから、珍しいものとかは全て渡さなければならない。

取られると分かった子供が、とうとう泣きそうになってる。その子供にシスターが近づいて口に何か入れたら、子供がびっくりした顔になって「甘い！」と言い出した。シスターが更にもう一つ手に握らせて「これで許してくださいね」と言ったら子供の機嫌も直ったようだ。

僕の魔法の披露も有耶無耶になって、解散になりかけたがまた見せてくれと言われるのもめんどくさいので、ササッと見せたら驚いてくれて、終わったらみんなから割れんばかりの拍手が降って来た。

騒ぎもあったから神父様たちは僕の魔力を探るのも忘れていたみたい。

隠蔽は癖になるようにいつも使っているので、離れた場所じゃ分からなかったようだ。

十年ほど前に俺の息子――エドワードの件で、揉めた子爵が俺の前で礼をとっている。

「クリストフェル＝エク＝ビューストレイム辺境伯閣下においては、ご機嫌麗しく――」

「うむ、それで？　子爵よ、俺に何か用か？」

「我が愚息の事故現場より我が家の剣の残骸と、遺骨を引き上げました」

「ようやくか、長かったな」

「魔の森に入りたい兵士や冒険者など、そうはおりませんので。それにその頃から強力な魔物が徘徊しているとの噂が流れており、それを恐れる者が多く……」

事故は高所の崖から魔の森に落ちたこともあり、生存は不明だが絶望的で依頼したところで、危険な仕事になるので積極的に探すということはしない。子爵はそういうことにしていた。

　実際は俺の部下が、砕けた馬車に巻き込まれ、脚がちぎれ、頭が割れたのを確認している。

　魔物の噂の方は俺にも報告が来ているが、目撃証言くらいで詳細は分かっていない。確か黒い靄に覆われた二足歩行の魔物だったか？　常に移動しているのか、なかなか見つからないみたいだな。

「それにしても、よく遺骨が残っていたな」

「馬車に巻き込まれた左足部分だけが、残っていたそうです」

「それ以外は魔獣にでも、食われたか」

　おっと、これは意地が悪かったな。

　息子の最期を思ったのか、子爵が顔を青くしている。

「それで、恐れ多くも辺境伯閣下にお願いがありまして」

「なんだ？　言ってみろ。叶うかどうかは分からんがな」

「――はい。息子の墓を作っても、よろしいでしょうか？　正式なものなどとは言いませんので、お願い出来ないでしょうか？」

　墓だと？　何を言ってる。そんな物、許すわけ無いだろ。海にでも打ち捨てろ。

　だが、俺の口から出たのは感情としてではなく、貴族としての言葉だった。

「何故、お前の息子の墓を建てるのに俺に願うんだ？　お前の息子は不幸な事故で命を落としたんだ。ちゃんと子爵家の墓に入れてやって葬儀もしてやれ」

「は、はい、ありがとうございます」

「だから、感謝なんかいらねぇ。だがいいさ、俺も供養として顔を出そう」

今度は黙って頭を下げる子爵。

揉め事が起きて、すぐにその当事者が不慮の事故にあった。その死体の発見と遺体の引き上げに子爵は消極的だったんだ。他の貴族も何かあったと思うに決まっている。

これで俺が供養として出てやれば、もうわだかまりはないという証拠にもなるだろう。

「俺も今年の視察に出なきゃならん。しかし、そちらの方面にも行く予定だ――ニクラス、子爵に視察のスケジュールを」

「はい、分かりました、旦那様」

こいつはトシュテンの次男で、長男のロジェとは違い執事の才能があったので、俺の側仕えの一人として勉強させている。こいつは長男と違い母親に似ていて顔が繊細に整っている。俺の家のメイドもたまに見惚れているな。

「へ、辺境伯閣下、私などにスケジュールを教えても良いのですか？」

スケジュールさえ分かれば、道中どこででも、計画立てて襲い放題だからな。

「ああ、知られたところで何も起きんだろ？ ――ああ、でも起きるとするなら、そうだな賊共の方が良いな。数千人でも数万人でも構わん。良い運動と掃除になるからな」

やれると思ったとしても、兵士や領民など使ってくれるなよ？ 国力が下がる。出来る限りの金を使って賊共を集めて襲ってくれ、結果は俺の得にしかならないけどな。

「は、はは。まさか……ご冗談を」

「意地の悪い冗談だったな。悪い悪い、許せよ」

あの顔は一瞬、頭をよぎったな？　息子の敵として、恨みはあるだろうがあの息子と違って、こいつはそんな馬鹿じゃないから、やるとしたら嫌がらせくらいだろう。

「――これは、あの辺境の地にも向かわれるのですか？」

「ああ、あれでも一応俺の息子だ。数年に一度くらいは見に行ってやらんとな」

「……返済の方は進んでいるのですか？」

「いいや、ないと言っても良いくらいだ。いくらあそこの農地が潤沢とは言っても、税収に村の食料、それ以外で得た分の利益は村人にも還元すると言ってある。あいつの懐に残るのはほんの僅かだろう」

「左様でございますか」

「あの村で価値あるものを発見出来ない限り、死ぬまであそこからは出てこれないさ」

「……は、はあ」

息子と言いながらも、貴族として容赦ない行動をして、それを冗談にして笑っている俺に子爵は動揺しているみたいだ。

それから子爵はニクラスとスケジュールのすり合わせをしてから、俺に礼を言い出ていった。

ニクラスが葬儀のスケジュールを組み込み、日程の練り直しをする。

俺は椅子に深く腰掛け、目を瞑る。

実はエドワードの返済金は次の収穫日に払い終わる分くらいは貯まっている。だが返済に当てていないのは、孫のルカのことがあるからだ。

あの子に植え付けられた契約魔法はひどく危うい。

どんな風に契約が曲がっているかわからんから、あの子の好きなようにさせるしかなかった。最近では魔力が上がり抵抗出来るようになったのか、大分良くなってきているとの報告も受けているが、万全を期すために契約はわざと引き延ばしている。

わずかながら払わせているのは契約に反しないためでもある。

次の収穫日には金も貯まる。何かあった時のための一手として使えるだろう。そのためにトシュテンに契約の代理人としての役割も持たせているんだからな。

教会の存在は心配だが、あの神父ならマシな方だろう。契約魔法のことが教会本部に漏れると厄介なことになりかねんが、あの神父は教会に制約させられていること以外は、教会本部に義理立てする気がないらしい。

教会め、何が神の力が宿る場所だ。

俺たち、魔術師の理論を適当に神の力に置き換えただけだ。お前らの魔法神理論は、ただ、契約魔法と生命魔法の使い手が現れた時に、神の意思だの何だの言って教会が独占するために確保したいだけじゃねぇか。


ぐるぐると俺の思考がまわる。

ウルリーカにも悪いことをした。ルカがあんなことにならなかったら、とっくに巫女として、村人にも慕われただろうに、ただのシスターのままでいさせてしまった。

ただでさえ嫌な噂があるのに、変な行動をする子供の所にハーフエルフがいたとなると、何かしたと思われ、慕われるどころか恐れられるだろうからな。

聖木を独占したいがため、ハーフエルフを確保したい教会。

拘束されることを嫌うが、聖木の巫女という誉れが欲しいハーフエルフ。

教会の独占を許したくはない、俺たち貴族。

土地は貴族が権利を持ち、建物と聖木の場所は教会が管理する。両者の影響を与えつつ、ハーフエルフには好きにさせるという成り立ちで、聖木がある村の教会は出来上がっている。

「おまたせしました、旦那様」という、ニクラスの声で取り留めがない思考の海から抜け、現実に帰ってきた。

「スケジュールの練り直しは全て終わったか。では、エルンストに新しいスケジュールと改めて、留守を頼むことを言わないとな。お前も息子を支えてくれ」

深々と頭を下げるニクラスを見ながら、こいつは本当に顔以外はトシュテンの若い頃とそっくりだなと思った。ロジェが顔以外はまるで似てないのが不思議なくらいだ。

だからこそ、次期当主候補の第一位で長男の、エルンストも任せられる。

俺は、自分で追いやった息子家族のことを思う。

本当はあんな土地に長い間、住まわせるつもりはなかった。

軌道にさえ乗ればその功績で、俺の都だろうと、王都だろうと好きに生きさせるつもりだったんだがな……。

――ルカに最後に会ったのは、アリーチェが単語をなんとか話すくらいの時か。

強迫概念を植え付けられ、得体も知れない恐怖に理解も出来ないし、それを普通だと思い込まされている孫に、せめてそれ以外では幸せであってくれと願わずにはいられなかった。

「そっか、風魔法もブロック状に作り出して配置、その中だけで振動させる。これで変に音が漏れることもなく調整も簡単だ。いやー、風魔法だからって吹かせて音を鳴らすとばかり、考えていたなぁ。神父様の話を聞いてよかったな。これで単純な音は出せるようになった。振動数は固定させ、長さや高さを変えたりして音階の調整。これを組み合わせていけば、懐かしのピコピコ音が作れるじゃないか！　よーし、今日のお風呂で早速試してみよう、アリーチェ喜ぶぞ！」

第二話　連絡と予兆と魔物

「ルカすまねぇ、トシュテンが来た。俺に用事みたいだからよ、少し抜けるぞ」

「分かったよ、父さん」

　父さんの向いた方を見ると確かにトシュテンさんが近づいてきている。結構近くまで来てるのに全然気付かずに、少しびっくりする。

　鍬を置いてトシュテンさんに歩み寄る父さんを端目に、僕は開拓作業を続ける。

　僕の片耳では練習のため、ネットで聞いた国民的ＲＰＧ一作目のＢＧＭを思い出しながら、小さく鳴らしている。風魔法をブロック状にして音ブロックを作ったわけだけど、更にそれを風魔法で覆う事により、完全な音の遮断に成功した。それを耳元に当てていれば擬似的なヘッドホンの出来上がりだ。

　外の音は通して、内の音は通さないことも出来たので、外の音が聞こえず危ないとかいうのもない。

　アリーチェにピコピコ音のＢＧＭを聞かせるのは、実はまだしていない。

　最初このビープー音みたいな音に慣れさせようと、白い鍵盤だけをイメージして、白い長めの板を八枚用意して横に並べた。

　そして音ブロックも八個用意してドレミの順で作った。このまま鍵盤を押しても、ただピアノみたいに動いて戻るだけで音はならない。

鍵盤を押した時に、僕が音ブロックを操作して音を鳴らしている。

鍵盤は飾りにしか過ぎないけど、それに連動してなってるように見せかけ、押して鳴る、という感覚も楽しんでもらおうと思ったからだ。

結果、大成功だった。――いや、大成功すぎた。

最初は僕がアリーチェの右手の人差し指を持って、ドから順に鍵盤を押せば、音が出るということを教えてあげた。その後、きらきら星をアリーチェの指を使って演奏した。

そうしてアリーチェの指を離して、好きに押して良いよと言うと、最初はこわごわと押して音を出していた。

だけど、そこからがすごかった。慣れてきたアリーチェは音階とかは全く気にせずにデタラメに押し始めて、右手の人差し指だけだったのが、左手の人差し指を増やして押していき、その指も十本全部使って鳴らすようになった。

音を小さくしていたからと言って、これだけ適当に鳴らしまくれば絶対に迷惑だと思って、風魔法で更に覆ったのが音の遮断方法を手に入れた第一歩だった。

音の遮断はとりあえず出来たんだけど、アリーチェが適当に鳴らすのに僕がそれを見て、各音ブロックを操作するのだけど、操作箇所を人の手に委ねるというのが、こんなに大変だとは思わなかった。

ストーリー立てて魔法を操作するのと違って、瞬発力と正確性が必要になった。

何せ、音が出なかったり、間違った音が出るとアリーチェがこちらを見て悲しい顔をするのだ。

しかし、音が出ないのはまだしも、間違った音が分かるとは、家のアリーチェは天才かもしれん。将来は天才音楽家も目指せるな。

アリーチェの演奏っぷりに、操作の限界に近づき、久しぶりに脳が焼ける感じがした。

そして脳内に、一つのひらめきが生まれた。

セット化が出来たように、これも繋げてしまえばいいと。押し込んだら音が鳴るように、そういう風にしてしまえばいいと、ひらめいた。

何故かそこからはスルスルとうまくいった。

繋げたものは僕が直接操作せずとも、魔力の供給さえちゃんと出来ていれば、僕のイメージ通り動いた。

アリーチェが鍵盤を押す、それに繋げた音ブロックが最初の設定通りの音を出す。これで全て自動で鳴るようになった。

なんとなくだけど、この設定された動きは僕の脳内領域を使って動かしている感じがする。

アリーチェはこいつにドハマリして、最近のお風呂ではずっとこれをねだってくる。

鳴らせる音も波長を変えて変化させたり、黒鍵も増やして音階も増やしたりしたから、まだまだ飽きる様子がなさそうだ。

ただ、この自動操作はとりあえずはここまでが限界みたいだ。なんか脳内領域が足りない感じがする。

使っていれば、これも増えていくかな？

トシュテンさんとの話が終わり、父さんが戻ってきたけど、難しそうな顔でしかめっ面をしている。

「どうしたの父さん？　何かあったの？」

「あ、ああ。親父がここに来ると連絡があった、と、トシュテンから報告を受けた」

「おじいちゃんがくるの？　確か、辺境伯様の使いをしているって、言ってたっけ？　辺境伯様がこの村に何か用なのかな？」

「いつもの収穫の様子見だと思うが、来てみないとわからんな。あといつものように、お、お袋も一緒だとよ」

父さんはおばあちゃんを呼ぶ時たまにためらうから、仲が悪いのかなと思った時もあったけど、アリーチェの真似して「ばあば」とか言って、からかう時は楽しそうだから違うだろう。

あれ？　だったらなんで難しそうな顔をしていたんだろう。

「おじいちゃん来るの嫌なの？　変な顔してたよ」

「ああん？　誰の顔が変だって？　――って、そうじゃなくてな、お前に話しても、仕方ないことなんだけどな」

そんな前置きをしながらも教えてくれた。

「俺もよくは知らないんだけどもよ」

「うん」

「魔の森ってのがあってな、そこにいたはずの魔物が、別のところで発見されたそうだ」

「ふーん、それって何か危ないの？」

「いや、この村からは相当離れているから問題ないんだが、魔物が動けばそれに怯えてた獣や、下手したら魔獣まで予測がつかない動きをする場合があるから、一応気をつけろと一緒に連絡があったんだとさ」

　あぁ、逃げ出した混乱が波のようにこっちに向かうかもしれないから、警戒だけはしておけってことか。

　ちなみに魔物は人の形をした魔法を使う種族のことで、魔獣は魔法を使う獣のことを言うらしい。

　どちらも殆どが自己強化しか使えないけど、ただの獣よりは遥かに恐ろしいとのことだ。

　じゃあ、フォレストウルフも自己強化使っていたのかな？　僕は父さんの命令で、すぐに逃げたから分からなかったな。

「一応、用心のために剣を出しとかないと、いけないかもな」

「えっ？　父さん剣とか持ってたの？」

「そうだぞ、手入れだけしてしまってあるから、知らなかっただろう？　俺はこう見えて、なかなか強かったんだぜ」

　へー、そんな父さん見たことなかったから、全然知らなかったや。父さんは森にも入らないし、剣を持ってるなんて、今初めて知ったから、戦うイメージなんてまったくなかった。

「ここは魔物が近づかないからな。そのおかげで、戦うことなんてなかったから、剣は必要なかったんだ。魔獣と獣はいるがそれも殆ど出てこない、この前フォレストウルフが出てきたのが、この村が出来て初めての魔獣だったんだぞ」

「そうなんだ。あっ、魔物ってどんな姿してるの？」

ちょっと好奇心にかられて、父さんに聞いてみたら代表的なものはファンタジー物でよくあるゴブリンとかオークみたいな奴らしくて、それ以外にも色々いるらしい。

ゴブリンやオークくらいだったら、聖木がある村なら魔獣と同じく避けられたとしても、強力な魔物になると、それも効果が薄く襲われる場合もあるそうだ。

初めて魔物のことを聞いて思ったんだけど、この村ってすごく平和だったんだな。


いつものようにお風呂が終わり、いつものようにアリーチェから先に乾かしてあげて、いつものようにアリーチェを抱っこしたがる父さんを避けて、母さんにアリーチェをあずけて、いつものように先に寝ようとした。

だけど最近、魔法で出来ることが増えて、楽しくなってきたせいか、早く寝るのがもったいなくなってきた。いつもの習慣だったけど、部屋に戻るのをやめて足を止める。

「ルカ？　どうしたの？」

「母さんあのさ、母さんたちってどのくらいまで起きてるの？」

僕がこんなことを聞くのは初めてだったと思うから、いきなり質問された母さんは驚いていた。

「え、ええ、そうね。私たちはそのランプが消える頃にいつも寝てるわね。アリーチェも最近はお目々ぱっちりなんだけど、誰のせいかしらね？」

「ねー！」

ごめんよ母さん。そしてアリーチェ、僕もアリーチェも褒められてないから嬉しそうにしたらだめだよ。

それはともかく、母さんが指をさす方向に、火の生活魔法で明かりを灯しているランプがあった。

近くによってよく視ると、この魔力量だったらおそらく三時間ほどで火が消えるかな？　火魔法は魔力を燃料として燃えるので、込められた魔力量で時間が変わる。

この村は時計がない、あんまり気にしたことはなかったけど、そこは不便だな。

大体込めた魔力で消える時間は分かるから、目安にはしてるみたいだけど。

「あのさ、僕もランプが消えるまで、起きていてもいいかな？」

「ルカ――あなた、大丈夫なの？」

「明日のこと？　うん、最近はほら、あんまり早く出てないし、アリーチェもだけど、――父さんと母さんとも話をもっとしたくなったんだけど、やっぱり、だめかな？」

不安そうな顔をしてる母さんを見て、やっぱりまずかったかなと思ったけど、今まで黙って聞いていた父さんが大声で笑い出した。

笑いが止まらないらしく、涙が出るくらい笑った後に、父さんが僕に向かって言った。

「あー、あんまり、お前がバカバカしいこと言うから、笑いすぎて涙出てきたじゃねーか」

「ご、ごめん父さん、やっぱり僕」

寝るねと、続けて言おうとしたけど、父さんが頭をなでてきたので、それも止まった。

「だからバカバカしいこと言うなよ。なんで家族団らんに許可がいるんだよ。お前はただ座って、話したいこと話せばいいだろ、な？　ソニア、そうだろう？」

「ええ、ええ。そうよエドワード、あなたが正しいわ。こっちにいらっしゃい、ルカ」

家族団らんに許可はいらない、当たり前じゃないか。僕はなんて馬鹿なことを聞くんだ。そりゃ父さんに泣くほど笑われるよ。

僕が気まずそうな顔をしているのを見て、父さんが僕を荷物みたいに横抱きにして持ち運び、母さんの横に座らせた。

その後素早くアリーチェが僕の膝に座ってきたので、みんなで一緒に笑った。アリーチェはキョトンとしてたけどね。

父さんが引っ込んでゴソゴソしていたと思ったら、コップと小樽を持ってきた。コップは木製のジョッキで小樽の中身は、前にも飲んでいたエールかな？

「父さん、今から飲むの？」

「おう、せっかくだからな！」

何がせっかくかは分からないけど飲むらしい。

「中身はなんなの？　エール？」

「いや、これは魔力草で作った酒だ。おっと、こっそり作ったとかじゃないぞ。辺境伯様からちゃんと許可が出て、少量だけ作ってるやつだ」

「へー、魔力草ってお酒にもなるんだ」

「ああ、こいつは魔味に溢れてて、普通の酒とは一味違う」

「魔味？　なにそれ？」

「ああ、お前もフォレストウルフ食った時に、他の肉よりうまく感じただろ？　あれは魔力が関係あるらしく、その独特の旨さのことを魔味と言う――らしいぞ、実は俺もよく知らん。味が違うのは分かるんだけどな」

父さんが笑いながら教えてくれた。確かにフォレストウルフは美味しかった。

なるほど、この世界には魔力があり、僕たちが生きるために必要なものだ。舌も敏感に魔力を感じ取り、旨味として受け取っているのかな？

父さんを見てみると、大きなジョッキに少しだけついでチビチビやっている。あれくらいの量だったら、前世で日本酒飲む時とかに使う、徳利とお猪口みたいなのあれば、飲みやすいのにと思った。

思っただけだった。――けど、目の前にカツンという音とともに、先程まで思い浮かべていた形の徳利とお猪口が、現れていた。

「あ、あれ？」

「お、何だルカ。魔術で作ってくれたのか？　これで酒のめってか？」

僕の戸惑いを気にせず、父さんはそれを嬉しそうに手にとって、見回していた。

いや、僕は魔術は使えない事が分かったし、そもそも、魔術うんぬんは関係なく、僕は今、魔法を使った意識がなかった。

僕の魔力で作ったのは見れば分かるんだけど、完全に無意識で使用していた。

今までどんなに頑張っても、複雑な形なんて作れなかったのに、今のはイメージしたものがそのまま、頭の中から出てきたみたいに繊細で、自然な魔法だった。

「見たことないような形と、これはガラスで出来てるのか？　凸凹としてあんまり透明じゃないガラスだが、なんか味があるな、魔術ってのはこんなことまで出来るんだな」

父さんが僕が作ったガラスの徳利とお猪口——魔力草のお酒が綺麗な緑色だったから、ガラスだと透き通って綺麗に見えると思っていた——を、軽く指で弾いて硬質の音を聞きながら、そんな事を言った。

「魔術で出来てるなら、何時まで持つんだ？　確か、こういった破壊力を持たせないものは、少しは長持ちするんだっけか？」

いや、多分魔術じゃないとは思うんだけど、無意識で作り出したから、僕にもはっきりとした自信がない、時間が経てば消えるか消えないかで分かるんだろうけど、父さんが言う魔術の長持ち時間が分からない。

「あら、私の分まであるのね。ありがとう、ルカ」

僕が使ってるのは魔術じゃないかもと、父さんに説明しようとしたところで、母さんがそんな台詞を言ったので僕の動きが止まった。

確かに夫婦で飲むなら、お猪口は二つだよなと思っていたから、二つあっても不思議じゃない
——勝手に出てきたのは不思議だけど。

いや、そこが問題じゃないんだ、僕はこわごわと膝の温もりの持ち主に目をやった。

「……にいたん、あーちぇのは？」

やっぱり！　自分の分がないと分かったアーチェは、すでに泣きそうになっている。

父さんも母さんも作ってやれと僕をにこやかに見てくる。

僕は慌てて、同じものでもいいから作り出そうとする。だけどなんとか創ろうとしてもやっぱり今まで通り、複雑なものなんて作れないし、ましてやガラス製なんてどうやるんだ？

何故、出来たかもさっぱり分からない。スキルを覚えたのなら、急に理解して簡単に出来るようになるって、神父様も言ってたじゃないか、全く理解出来てないんだけど⁉

生活魔法に関しても新しいことが出来た時も全部、僕がちゃんと制御するか、自動化でも僕の脳内の領域を使って処理してるだけで、簡単に出来るようになんてならなかった。

いや、簡単に作ったように自然に出てきたのは、さっきも一緒だけど。作り方が理解出来ない。

「……ふ、ふえ」

やばい、もうアリーチェの涙がこぼれそうになって、感情が爆発しそうになってる。

あ、あわわ、あわてるな。まだあわてるような時間じゃない。

ガラスは無理だとしても土魔法に水魔法突っ込んで、粘土作って、火魔法で焼いて陶器みたいな物作れば……火は燃え移ると危ないから、風魔法で覆って隠蔽の応用で周りに魔力の真空状態を作り出して、なんとかならないか？　気に入らなかったら父さんのガラスと交換したら良い。あ、いや、そんなことに掛ける時間はもうない、あわてる時間じゃないか！

ああ、アリーチェ、な、泣いちゃう、泣いちゃう！

——この時の僕は、それはもう混乱の極みだった。

そりゃあ、そんな意図は全く無かったとしても、僕自身がアリーチェを除者(のけもの)にしてしまって、そのアリーチェが目の前で悲しそうにしているのだ。パニックに陥らない方がおかしい。

混乱する頭と感情に任せたまま、何か作ろうと魔力を放出しちゃってたけれども、僕の目の前に完全隠蔽により球状に閉じ込められている自分の高密度の魔力を見て、少し前にこんなことをした気が、と、頭をよぎった。

確か、こう、とにかく発動させることは考えず、とにかく魔力を圧縮したような気がする。

そうだ、確かこうだった。

目の前の魔力が一点に集まり始め、高密度だった魔力が更に密度を高めていった。もっと集めて、あれを作ってやればいい、そうすればアリーチェを泣かさないですむと、なんとなくだけど理解出来た。

圧縮によって行き場を失い、荒れ狂う魔力だけど、安定するように制御し、更に圧縮していくとある一定から変化が訪れた。

抵抗もなく一点に秩序を持って集まるようになってきてくれた。

そうして、圧縮した魔力が臨界を超え、中心からピンポン玉サイズの赤、青、黄色、緑の、星がちりばめられたようなビー玉が出来た。

よし！　なんだかよく分かんないけど、とにかくよし。

だってほらアリーチェが目をキラキラさせながらビー玉を見ている。

先程とも、生活魔法から何か作る時とも、大分感覚が違っていたけれども、アリーチェが泣いちゃうことは抑えられたんだ。それでいいじゃないか。

出来上がったものを手に取り、触って見てみても、ただのガラス玉みたいで、これ自体から危険な感じとかは何もない。

ただの――いや、自分で作っといて自画自賛かもしれないけど、神秘的な宇宙を思わせる、最高に美しいビー玉だ。

自分の分が出来たと、お目々キラキラのアリーチェに渡そうとしたら、横合いから掻っ攫われた。

父さんに取られたかと思って、顔を向けると、緑髪で緑色の目をした、僕と同じくらいの歳だろうと思われる、耳の尖った少女がニコニコしながら僕のビー玉を持って立っていた。

「いやー、これは、すばら――」

「誰だ！　てめぇ！」

　いきなり現れた少女が、みんながポカンとする中、何か言おうとしてるのを父さんが遮って叫び、アリーチェを抱いた僕と母さんの前に飛び込んで、いつの間にか持っていた剣を構えていた。

　――そして、ビー玉を横取りされたアリーチェは、僕の耳がおかしくなるくらい火がついたように泣き出してしまった。

　日も落ちて間もない頃、教会が聖室と名づけた、私の自室を兼ねている部屋に同居している聖木シーラが、突然、歓喜を訴えてきました。

　ごく稀に、しかも弱い感情しか表すことはないこの子が、これほど強い歓喜の感情を私に訴えかけて来るのは初めてのことで、何が起きたか調べるために私は聖木シーラと深く繋がろうと歩み寄ろうとしました。

　次の瞬間、シーラの横に突如、少女が現れました。

　緑髪で緑色の目をしたエルフだと思いましたけど、その考えはすぐに捨てました。エルフに空間移動は使えません。

　それにその身から発する雄大な樹木を思わせるような雰囲気といえば良いのでしょうか、その魔力も姿も私はお目にかかることは、初めてのことなのですが、――ハイエルフ様だと感じました。

「やあやあ、急にごめんね」

「い、いいえ、申し訳ありません。ご尊顔を拝し奉り――」

私は貴族相手にもしたことのない、膝を折り地面に額を付ける挨拶が自然に出ていました。

「あっ、やめてやめて、僕にそんなことをしなくてもいいんだよ」

けれど、それはハイエルフ様に止められました。

肩を抱かれて起き上がらせてもらった時に感じた魔力の一端は、まるでもう一つの世界がその身の中にあるような、深淵で強大なものでした。

私はその魔力に恐縮しながらもその手を借りて起き上がり、尋ねました。

「あの、ハイエルフ様でまちがいないですか？　私はこの子、聖木シーラの巫女ウルリーカと申します」

「そうだね、僕はハイエルフだね。でもね、ハイエルフといえども、聖木の真名をあまり人に言うものではないよ？」

私とシーラの自己紹介をした後、用件を聞こうとしたらたしなめられました。

確かに聖木の真名を口に出すことは殆どないことです。ましてや他の人間に言うことはありません。

当てずっぽうではなく、その名を理解し、呼びかけることで聖木との繋がりの始まりになることがあるからです。

シーラは最初、名前も地脈とのつながりもなかったので、私が名前をつけて巫女となりました。

しかし、ハイエルフ様ならばたとえ名前を知らなくても、自在に聖木と深くつながり対話することが出来るはずです。そのことを問うてみると、

「確かに僕らは、君の言った通りのことは出来るけど、その子を守るのは君だけの役割で、その名前は君とこの子だけの繋がりの証だ。引き継ぐことがない限り、その心に大事にとっておくものだよ」

「は、はい。分かりました」

「僕には遠慮もしなくてもいいし、敬語もいらないんだけどね」

「い、いえ、そういうわけにはいきません。それに私はもともとこういう喋り方なので申し訳ありませんが」

「まあ、それだったら仕方ないのかな？　遠慮はしなくてもいいからね」

私は「はい」とだけ返事をして、ハイエルフ様の御名と用件を聞きました。

「僕の名前は言ってもいいんだけど、全部言うと長すぎると、昔、人族の友達に言われたんだよね」

「――ちなみに、どのくらいの長さなのでしょうか」

「そうだなぁ、朝から名前を言い始めて、終わったら夜になってるくらいの長さかな？」

「すみません、ハーフエルフの私でも長いと思います」

「だよね。だから僕がよく名乗ってる、アリアとでも呼んでくれないかな？」

「分かりました。アリア様、それでこちらに来られた用件とは？」

「ああ、そうだったね。君がさっき触った物なんだけどさ、それを見せてもらいたいと思ってね。もしよかったら譲ってくれないかと」

「さっきとは――ハッ」

私がさっき触ってたというか見ていたのは、王都で手に入れてもらった少年と青年を題材にした物語――

「たぶんあの感じからしたら、一抱えくらいある丸い形だと思うんだけどね、君とその子がつながっててくれてよかったよ。君が触って魔力を通したから、なんとかその子を通じて分かったんだ」

――では、もちろんない、ということは知っていました。

アリア様の、その説明で心当たりが出来て、アリア様のさっきが、私の感覚では、数日前のことを言っていることも気付きました。

「アリア様がおっしゃってるのは、これくらいの水晶玉のことではないですか?」

私は前回の休養日に、村の子供が見つけてきた水晶玉の大きさを手の動きで再現した。

「ああ、多分それだと思う。今はどこにあるのかな？　それと誰が創ったのかも知っているかい？」

「作った？　それは村の外れに落ちていたと聞いています。確かにそこから見つかったというのは不思議でしたが、あれは誰かが作ったものなのですか？　占いの時に使うような水晶玉に見えましたが、今は辺境伯様にお渡しするためにこの村の村長に渡しています」

「ありゃ、人間の貴族が関わっているのか。見せてもらうのは出来そうだけど、譲ってもらうのは無理かなぁ」

ハイエルフ様なら水晶玉程度、頼めば快く譲ってくれるとは思いますが、もしかして――

「アリア様、もしかしてそれはただの水晶玉じゃ、ないんですか？」

「そうだよ、水晶ですらないね」

「では、貴族が譲ってくれないということは、何か特別な力でもあるのですか？」

「いいや、あれにはなんの力もないよ。魔力に反応して少し光るくらいなんじゃないかな？」

「力のないものでも欲しい物なのですか？　私の目と感覚では何も感じなかったのですが、あれは一体？」

「あれはね……あ、なんだ。やっぱり作った子いるじゃないか、見たい見たい！」

「えっ」

私の驚きの声と共にアリア様の姿は忽然と消えてしまいました。

突然のことで戸惑う頭の中で、台詞からこの村の中だろうと、慌ててシーラに駆け寄りました。

シーラと繋がり、村の中を結界を通じて感知するためです。

繋がるのには少し時間がかかりましたが、アリア様の魔力は特殊すぎるから、いる場所はすぐに分かりました、場所はエドワードさんのお家ですね。

「留守をお願いします」とシーラに声をかけ、こっそり教会から出て、騒ぎにならないよう音を立てないくらいの全力でエドワードさんのお家へ、駆け出しました。

辿り着いて、ノックをしても返事がないので、申し訳ないと思いながら扉を開け、お家の中に入り居間まで行ってみると、そこには——。

綺麗な玉を持ちながらぐずっているアリーチェちゃん、アリーチェちゃんを抱いているソニアさん、折れた剣を担いでいるエドワードさん。

——そして、正座したアリア様が、ルカくんに説教されている姿がそこにはありました。

「誰だ、てめぇ！」

僕たちが何の反応も出来ない中、父さんだけが素早く動き、突如現れたファンタジー物で言うエルフの少女に、剣を突きつけている。

僕からの贈り物を取られたアリーチェが僕の顔とエルフの少女が持っているビー玉を交互に見つめ、とうとう感情が決壊した。

除者にされたと思い悲しくなり、そこから自分だけの物をもらえると喜んだ瞬間、それを取り上げられたんだ。僕の腕が震えるほどの泣き声を上げても仕方がない。

僕も一生懸命あやそうとするが殆ど効果はなかった。

アリーチェが泣き叫ぶ中、父さんが突きつけている剣の先、そこにある少女の顔が激しく動揺し始めた。

「ご、ごめんよ。幼子を泣かせるつもりではなかったんだ。ごめんね、ちゃんと返すから」

「動くな！　次は斬るぞ！」

　エルフの少女が僕が作ったビー玉を返そうと、一歩こちらに踏み出そうとしたところで、父さんが静止の叫びをあげる。父さんの本気の顔から見て、次は本当に斬りかかるのだろう。

「お前はエルフだな？　俺たちに何の用だ？　俺の家族に手を出そうとする奴は、たとえエルフでも許さねぇぞ！」

「い、いや。本当にそんなつもりじゃなかったんだ。つい久しぶりに魔力の結晶を生み出せる子がいたもんだから、好奇心に勝てなくて、転移をしちゃったんだ。この年齢の体だと、どうしても理性より好奇心が勝って――いや、これは僕の言い訳だ、ごめんなさい」

　謝るエルフを見ながら、僕は泣き叫ぶアリーチェをなんとかあやそうとしていたが、不甲斐ないことだけど、ここまで感情を爆発させたアリーチェは僕じゃ静められない。

　僕たちを守ろうとしてくれているのだろう、横から抱きしめてくれている母さんの腕にアリーチェを渡した。

　驚かないよう「父さん」と声だけ掛けて、ボーンを目の前に作り出し、そいつに差し出された――僕たちのだけど――ビー玉を受け取らせた。

　でも、これもあまり良くない手だった。

「すごい！　それは生活魔法だね！　生活魔法で人の動きをここまで再現するなんて、なんて無駄な制御なんだ！　すばらしい！」

　先程の台詞は、本当のことだったんだろう、エルフの少女は一瞬で謝っていることを忘れて、好奇心にかられて僕の作り出したボーンを掴もうとした。

「――っ！」

だけど、その動きは父さんが許さなかった。

急に動いたのでほぼ反射的だったんだろうけど、まだ判断出来る余裕はあったのか、首ではなく、その腕を斬り飛ばした。――いや、斬り飛ばそうとした。

エルフの少女の腕に当たった剣は、斬るどころかその腕を微塵も動かすことは出来ず、剣身が半ばからへし折れて父さんの顔へと向かった。

僕は慌てて土魔法で剣身を誰もいない方向へ弾き飛ばしたけど、その軌道上には、すでに父さんが折れている剣を戻していたので、僕が弾かなくとも父さんがなんとかしたんだろう。

「――まじかよ、エルフってのはここまで……」

父さんが折れた剣をじっと見ながら、剣を持つ手がしびれたのか、逆の手で揉みながらボソリとつぶやいた。

「ご、ごめん」と、更に焦るエルフの少女を見て、たぶん、本当に悪気はなかったんだと理解出来る。斬りつけられても、変わらず気まずそうで敵意もまるで感じないのだ。

理解は出来るが、いきなり侵入してきたのは間違いないし、アリーチェにあんなに悲しい思いをさせたんだ。それに今、下手したら父さんも大怪我を負っていた。

――僕は、今まで感じたことのない、腹の底に溜まるような怒りを覚えていた。

それでも、僕の理性が目の前の存在には絶対に敵わない、家族が大事なら抵抗せず全て言うことを聞けと言ってくる。

僕の感情は怒りに任せて、無茶苦茶にぶん殴ってやりたいと言っている。

それはだめだと何の意味もないと、冷静な部分が止めてくる。

心を落ち着けるため深呼吸をし、ボーンからビー玉を受けとり、母さんの胸の中でようやく泣き止みかけているアリーチェに渡して頭をなでてから、エルフの少女に向き合った。

「はじめまして、僕はルカといいます。あなたはエルフの方でよろしいですか?」

「あ、ああ。正確にはエルフではないけれども、概ねその通りだよ」

「おい、ルカ」と、父さんが僕を止めようとして来るが、目で大丈夫とだけ返した。

「僕は名前を言いましたが、エルフの方は自己紹介をしていただけないのでしょうか?」

「い、いいや。正式な名前は人族の子には長すぎるので、アリアと呼んでくれればいい」

「分かりました。アリアちゃんと呼ばせてもらいます」

「……出来れば、ちゃん付けはやめてもらえないかな、呼び捨てでいいから」

目の前の少女が恥ずかしそうにちゃん付けを否定してくる。

「ええ、そうですね。アリアちゃん、僕はあなたが今回の行動を悪気あってのものとは思っていません」

「だから、ちゃんは――いや、そうなんだ、ついつい好奇心が優先してだね」

「そうですね、分かります。つい、自分の感情に負けて行動に移してしまうことはあります」

「そうだろう!　いやー、こんな所に僕の理解者が現れるとは……」

「ですが！　他の人にとってはそれは理解出来ません。僕は分かりますが、やはり反省というのは態度で表さないといけないんです」

「そ、そうだね。だったら、僕はどうすれば……」

エルフの少女は気まずそうな顔を浮かべて僕に尋ねてきた。

父さんがお前が言うかという顔をしているけれども、それはとりあえずスルーしておく。

「とりあえずは、正座ですね」

「え？」

「正座です」

「正座とは一体？」

「しらないのですか？」

そう言って僕はボーンをもう一体作り出して、二体で片方ずつ少女の腕を取り——抵抗はしなかった——、ボーンの膝で後ろから少女の膝を押し曲げて正座の形を取らせた。

「これが正座ですね、よくある反省の形ですよ」

「なるほど、これはきついね。僕の体重で脚が圧迫される感じだ。もう、戻してもいいかな？」

「は？　まさか、反省してないから正座なんてしないとおっしゃるのですか？」

「……僕は、このままでいるよ」

「よかった、流石はエルフ様、僕たちと一緒でちゃんと分かってくれるんですね」

「もちろんじゃないか！　僕はちゃんと悪いと思ってるからね」

そこで、エルフ少女に近寄り、あえて耳打ちをする。

「あなたが反省しているのは分かっています。僕には分かります。ですが、僕の家族は妹を泣かせたことに憤りを感じています。僕の言う通りにしてくれれば、ちゃんと誤解をときますので」

「――分かったよ、君の言うとおりにしよう」

ちなみに、憤りを感じてるのは僕が最も強いと思う。

少女の意思で土下座までいかせれば、僕の気持ちもスッキリするかな？　と考えていた。

そこから、僕はネチネチと責め続けた。少女に同意しつつ反省点を抽出し、ここはだめだったよねと反省を促すような態度で、だめな点をチクチクと責め続けた。

土下座の仕方もさり気なく教えて、僕が責め続けたおかげで、少女の目からハイライトがなくなり、土下座までもう一歩の所まで来た。

――けれど、そこでシスターがいつの間にか来ていたらしく、「アリア様、これは一体！」という言葉で、固まっていた空気が弛緩した。

――ちぇっ、後もう少しだったのにな。

何故か現れたシスターが父さんに問いかけていた。

「エドワードさん！　一体私が来るまでの間に何が……」

「……ああ、このエルフがいきなり現れてだな――」

父さんが今までの経緯を説明して、シスターがため息を吐きながら複雑な顔をしてた。

「この御方に悪気はなかったはずです。どうか、私の顔に免じて今回だけは……」

「……シスターに言われたら、俺たちは……少なくとも俺とソニアは許すしかねぇよ。ルカももう良いだろ、そいつはちゃんと反省はしているみたいだしな」

「父さんがそう言うなら、僕も良いよ」

良いどころか助かった。ないとは思いたいけど、少女を土下座までさせて、もし、アリーチェに怖い兄さんだとか思われたりしたら、立ち直れないからね。

あと、冷静になってきたらちょっとやりすぎたかなとも思う。

相手が手を出さないことを分かっていた上で、正座させて正論かまして説教たれるなんて、コンビニとかで店員さんに説教するおっさんと変わらないじゃないか。

土下座までさせたらSNS炎上間違いなしだったよ。ここにインターネットなんてないけど。

「やあ、遅かったね、ウルリーカ」

「申し訳ありません。アリア様が急に転移なさるので……。これでも急いできたのですが、騒ぎにならないよう、神父様や村人の方たちに見つからないよう、隠れてきましたので」

「そうなのかい？　ふふ、迷惑をかけたね」

「アリア様？」

「人ってのはやっぱりすごいね。力じゃ敵わないならすぐに別の方法をとってくる。久しぶりに僕は打ち負かされた気分だったよ」

「なかなか、いい体験だった」と、実は反省してないのか？　と思ったけれど、ちょっと目がトロンとしてて、怖かったからスルーした。

「それで？　説明はしてくれるのか？」

「ええ、私もいきなりだったので、分かることだけになりますが、それでもよろしいですか？」

「シスターのところにも、そのエルフが急に現れたのか？」

「急に来られたのはそうですね、ただ……落ち着いて聞いてくださいね？」

シスターは神妙そうな顔をして続けた。

「この御方はエルフではなく、ハイエルフ様です」

僕は「へえ、ハイエルフってこんなんなんだ」としか思わなかったが、両親の反応は全く違っていた。母さんは真っ青に顔色を変えるし、父さんは持っていた剣を取り落とすほど狼狽した。

そして、アリーチェは泣きつかれておねむだったので、一足先に母さんのベッドで寝ている。ビー玉を持ったままだけど、それをアリーチェに創ろうとした時に、口に入らない大きさに創らないと、と思ったおかげで大きめに出来たから、飲み込みとかはしないだろう。

「ハイエルフだと……いや、ハイエルフ様ですか」

父さんのうめき声みたいな台詞とともに、父さんが膝を突き、頭を垂れた。

母さんは慌てて僕を隣まで引っ張り、父さんと同じような体勢をとって、「ルカあなたも」と促してきたので、素直に従い膝を突こうとしたところで、実はハイエルフだった少女に止められた。

「いやいや、立っておくれよ、ただでさえ僕が悪かったのにそんなことまでさせたら、ただの最低野郎じゃないか」

「しかし、ハイエルフ様となると、我らが国王でさえ玉座を降り、礼を尽くすと聞きます」

　王様⁉　ハイエルフってそんなに偉いの？

　僕は、目の前の少女が王様に匹敵するほどの権威があるということと、あの罪悪感で自縄自縛になって正座までした少女がうまく重ならなかった。

「確かにそれはそうなんだけど……いや、そうじゃなくてだね。――そうだ、ルカくん！　僕は君の友達になりたい、ただのアリアだ」

「――アリアちゃん」

「くっ、そ、そうだ。ただのアリアちゃんだ。そこのエルフの森からちょっと、好奇心で出てきただけの幼いエルフだと思ってくれ」

　つい訂正が口からポロッと出てきてしまった。ちゃん付けにはまだ恥ずかしいのか、顔を赤らめていたが、どうもこの状況に居心地が悪いらしく、諦めてちゃん付けも同意してきた。

「しかし、ですね」と、渋る父さんにアリアちゃんはシスターに助けを求めていた。

「ウルリーカからも言っておくれ」

「わ、私ですか⁉　しかし私もアリア様のことは何一つとして分からないのですが……」

「頼むよ！　同族だろう？」

　同族という言葉でシスターが身震いをおこした。顔を見ると感動したような、感極まるような表情をしたので、その言葉がシスターの心に突き刺さったのは分かるけど同族？　シスターもハイエルフだった？　シスターの耳は丸いけど目の色と髪の色は少しだけ似ている。

「シスターもハイエルフだったのですか？」

僕の台詞にハッとしたようにこちらを見て、諦めたようにため息を吐いた。

「いいえ、私はエルフでもハイエルフ様でもありません。エルフと人の子、ハーフエルフです。

——エルフ族の噂のことは知っているとは思いますが、お願いですから怖がらないでください」

噂？　知らないけど？　でも、ハーフエルフって物語では、どちらからも嫌われているってのが定番だよね。見た感じそんな風ではないよね。

まあそれは良いとして僕がシスターを怖がる理由なんて一つもない。

そう言えばあまり意識しなかったけど、思い起こせばシスターにはいつも優しくしてもらっていた。

「もちろんだよ、シスター。僕がシスターを怖がることなんてありえないよ」

「ルカくん！」

僕にしたら当たり前の言葉だったけど、それが嬉しかったのか。僕はシスターに抱き上げられ子供みたいに抱っこをされた。いや子供なんだけど普通の十歳並みには重いよ？　シスターの細腕で軽々と持ち上げるのはすごいね。

でも、やっぱり、ちょっと恥ずかしいな。

「ウルリーカ、僕が友達になりに来たということに説得してくれと言っているのに、君だけ先にルカくんと仲良くするのはちょっとずるいんじゃないかい？」

「あぁ、すみませんアリア様。今、色々な感情が一気にきて、少しばかり興奮をしてしまいました」

　それでもシスターは、抱き上げている僕を離すつもりは無いようで、しっかりと抱っこされたままだった。

「ほら、僕なんてこの程度だよ。僕に確かに力はある。でも、それを振りかざすつもりも、実際に振るうつもりもないから。ルカくんと友達になりに来たということにして、納得してくれないかい？」

「分かりました。——いや、分かった、俺たちはそれでいい。ルカはどうだ？」

「僕はもう大丈夫だよ。アリアちゃんが悪い人じゃないって分かったし、——よく考えてみれば、何かに夢中になりすぎて他のことが見えなくなることって、確かにあるよね」

「ああそれか！　アリア様の行動に何か既視感を感じると思ったら、ルカお前に似てるんだな。馬鹿なことをして反省する様なんて、よく似てやがる」

「ま、お前は反省するどころか気付かないこともあるがな」と、父さんはようやく気が抜けたのか、立ち上がり母さんも立たせて、いつものように笑い声を上げた。

　あれ？　やぶ蛇だった？　僕ここまでひどくないよね？　そうだよね？

　それとシスター？　鼻息が荒くて、くすぐったいんだけど？

「僕が来たのはね、ルカくんが創った魔力の玉を見せてもらいたい、出来るなら譲ってもらいたいからだったんだ」

　あれから一応、落ち着いたところでみんなで席についていて——僕を抱っこしたシスターが、そのまま僕を膝に乗せて座ろうとしたけど、居心地が悪くなりそうなので脱出した――アリアちゃんが切り出した。

僕は、アリーチェにあげたものを譲ってくれと言っているのかと思い、ジト目でアリアちゃんを見た。

「ち、ちがうよ。あの幼子のものを譲ってくれというんじゃないんだ。ほ、ほら、ウルリーカも説明しておくれよ」

なんとなくだけど、名残惜しそうに僕を見ていたシスターがハッとしたように、アリアちゃんを見返して、話の補足をしてくれた。

「えっとですね。この前の休養日の時に水晶玉みたいなものが見つかったじゃないですか？　どうもアリア様はあれが欲しいらしく、ついついこの村まで転移してきてしまったそうなんです」

「ああ！　あれか！　神父様から村の外れで見つかったと聞いた時には、なんであんな水晶玉がいきなり出てきたんだと、トシュテンたちと不思議に思ったんだが……いや、待てよ、今までの話の流れからして犯人は…………」

父さんが合点がいったように納得したあとに、この騒動の原因が分かったとばかりにじろりと僕を睨んできたので、つい目をそらしてしまった。

村の誰かが持ってきた時には、全く記憶になかったんだけど、僕が創ったんだろうなというのも、今となっては分かってしまっていて、気まずく感じたからだ。

「い、いや。あのね父さん。別に内緒にしてたわけじゃなくて、教会にいた時はわからなかったというか、記憶になかったというか……」

「本当か？　……ああ、本当なんだろうな」

父さんと母さんが揃って顔をしかめているけど、少し悲しそうな感じなのはなんでなんだろう。

「すまない、見せてやるのは出来るんだが、譲るとなると辺境伯様の許可がいる。もう報告も済ませてしまっているしな」

父さんが言うには、いくら僕が創ったとはいえ、一度村で発見されたものとして報告してしまっては、好き勝手には出来ないということらしい。

「しかし、なんだってアリア様はわざわざ転移までして、あんな水晶玉が欲しいんだ？　シスターが言うにはなんの力も感じないということらしいが」

父さんのその言葉にシスターも頷いていたけど、

「しかし、私程度が調べただけです。アリア様には分かる特殊な力があるのでしょう」

と、追加した。だがアリアちゃんはあっさり否定した。

「いや、ここに来た時にウルリーカにも言ったけど、あの形状ならなんの力も持たないよ？」

「だったら何故、欲しがるんだ？　なんの価値もないんだろ？」

「何を言ってるんだい！　力がないからと言って価値がないというのは大間違いだよ！　僕にとってはあれこそが人が作り出す至高の逸品だよ！」

父さんの価値がないという言葉は、アリアちゃんには心外なことだったらしく、我慢出来ないとばかりに堰を切ったように早口で語りだした。

「いいかい？　君たちがただの水晶玉と言っているあれは、魔力そのものを魔法で物質に変換したものであって出来上がったものはよく調べると生み出した人間によって一人一人で構造がまるで違うようになっているんだ。かつての勇者たちはルカくんみたいに創造魔法を使って作りあげたのではなくスキルを使って魔力の物質変換を行い彼らが聖剣と呼ぶものを創っていたけれども。その構造も一人一人が違っていたんだ。譲ってもらったりして何度も見せてもらったけれども聖剣を深く調査すると魔力の構造がよくわかってその流れや構成がとても美しいんだ。まるでその人の全てを固めたようだったね。それを見ているだけで季節が何度も過ぎ去ったものさ！

残念ながら創造魔法とは違い、スキルで創ったものは現出出来る期間が決まっているから今では全て世界に帰ってしまって一本も残っていない！　本当に残念だったよその一本一本が消える度に僕は涙を流したものさ！　最後の聖剣がなくなってもう何百回季節が巡ったことか分からないよ。そこで今回のルカくんのことだ。僕もまさかこの平和な時代に魔力物質を創り出せる人間が現れるとは思わなかった。それは世界の淀みや僕たちハイエルフみたいな精霊種に属するものにとって切り札になるものだから、人間にとっては種族として追い詰められた時や運命に逆らう時にしか出てこないものなんだ。それを形は違うとはいえ創造魔法で作り出すなんて本当に素晴らしい。創造魔法で出来た魔力物質ならば破壊されるまで消えることはないだろう？　ということは僕は永遠に魔力構造の芸術を見ることが出来る。永遠にだ。もう一度言うけどそれは僕にとっては本当に素晴らしいことなんだよ。

聖剣としてじゃなくて良いのかって？　もちろんいいさ！　僕は聖剣としてではなくその人が

作り出す魔力構造そのものに興奮を覚えるのであって、聖剣というのは構造体の一つでしかないよ。確かに聖剣の魔力の流れを制御、増幅して相手に流し込む構造を見るのは楽しいけどね！

色々な性質を持った構造体を創って貰えればありがたいけれども今のルカくんには無理だろう？　君の弄られた精神構造は辛うじて正常だけども家族にしかうまく対応出来ていないだろう。特にあの幼子には顕著だ。それ以外では十全に認識すらできていないはずだ。

そもそも創造魔法というのは最も使いやすい魔法で最も扱いにくい魔法なんだ。制御せず与えられた魔法のまま起動するのは誰にでも出来るけれど、それを制御するとなると途端にどの魔法よりも難しくなる。つまり水を作るにしても魔力に水属性を与えて創るのは簡単、形も球状にして出すだけなら理により決められているから簡単さ！　だけどもそれを維持するとなると途端に難しくなる。操るとなると更に高度な魔力操作が必要なんだよ？　これは生み出されたものが完璧であるがゆえにその存在を変化させるのが難しいってことなんだ。僕だって出来ないわけじゃないけれど魔術を使って操る方が効率的で効果的なんだよ。例えば僕たちハイエルフに備わる創造魔法の一つ樹木創造があってそれに関するスキルも山のようにあるんだけれども、それを使って、ただ樹木を生み出すのや樹木を成長させるのは簡単なんだけれども。見ててご覧。こうやってさっき折っちゃった剣の形に樹木を成型しようとすると――」

ものすごい早口で何言ってるのか殆ど聞き取れなかったけどようやく止まった――と、思ったらものすごい冷や汗をかきながらうめき出した。

アリアちゃんの魔力が掌から生み出され、それに伴い幅の広い木刀のようなものを創り出した。

なんでいきなり創り出したかは、よく分からなかったけどアリアちゃんの様子から、ものすごい力を使って創り出したのは分かった。

「ほら、僕だってこんなに消耗してしまう。あ、これはお詫びとして受け取って欲しい。それで魔力の物質化とは創造魔法の中でも特殊な一つで――」

「ま、待ってください、アリア様！」

アリアちゃんがまた語りだしそうになったところで、シスターが焦って止めた。

「あの、分かりましたから。言っている意味はさっぱりでしたが、アリア様の情熱は分かりました。ですが、私を含めておそらくここにいる全員が、アリア様のおっしゃってることが、何一つとして分からないのです」

シスターがみんなを示すように腕を広げたので、僕も父さんと母さんの顔を見たら、やはりポカンとしていた。

父さんは渡された木剣を持っていたけど、それをどうして良いのかもわからないのも含まれてるっぽい。

「そうか……、すまないね。語り始めるとついつい止まらなくなっちゃうんだ」

「それはよく分かったけどよ、こいつはどうしたら良い？」

アリアちゃんがすごく寂しそうにしていたけど、父さんは渡された木剣が気になるようだった。

「ああ、さっきも言ったけどお詫びとして受け取って欲しいな。折ってしまった剣よりは良いものだとは思うよ。……あっ、すまない。何か思い出の品だったりするのかい？　だったらそれじゃお詫びにならないな」

「いや、ただの数打ちの剣でそこまでのもんじゃない。本当にもらって良いものかと思ったんでな」

「ああ、代わりになるのなら良かった」

「ではありがたく頂いて使わせてもらう。——悪いが、アリア様が欲しがってるものは、もうじき親父が辺境伯様の使いとして、この村へ来るから、その時に交渉して欲しい。親父から許可が出れば辺境伯様も問題はないはずだ」

へぇ、おじいちゃんにそこまで権限あるんだ。まさか貴族とかじゃないよね？

……だったら、父さんも貴族？　ぷぷっ、似合わないな！

って、頭の中だけで考えていたら父さんからげんこつが落とされた！　痛い！

「お前が馬鹿なことを考えてる時は、すぐ顔に出るんだよ」

僕の頭が犠牲になりつつも、アリアちゃんとの話も終わったらしく、ようやくお開きとなった。

ちなみにアリアちゃんはおじいちゃんが来るまで、この村に滞在するらしい。一度帰ると僕たちとの時間感覚を合わせられないということだ。

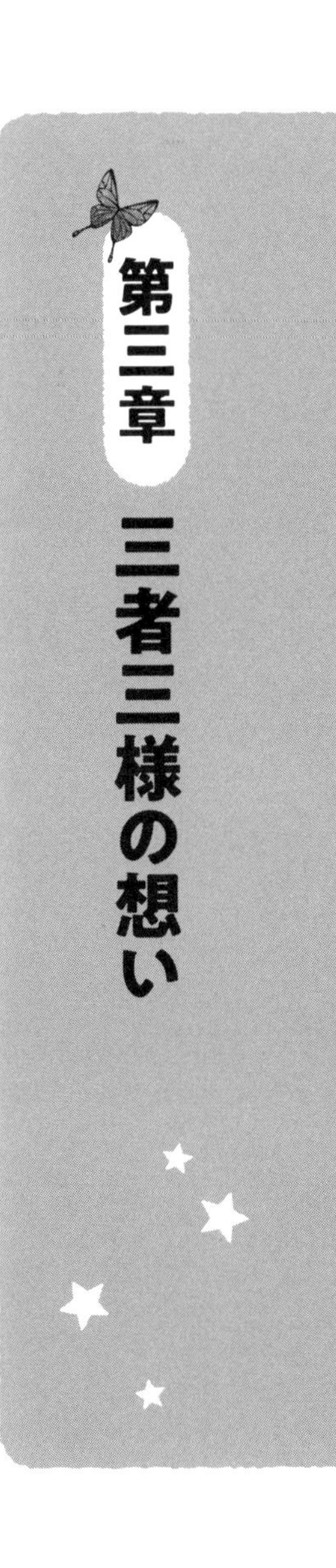

第一話　お風呂上がりの今の日常

「やっと終わったな」

「そうですね。お疲れさまでした、旦那様」

子爵家長男の葬儀も終わり、子爵家領地を抜けたので、ここからは辺境伯としてではなく辺境伯の使いだ。

俺に返事した目の前に座る女――カロリーナも、メイドから妻の立場になる。まあ嘘の立場だがな。

本来は俺の屋敷のメイド長と、まあ他にも口に出せない裏のことを色々やってる女だ。

そして、エドワードたちが住むトレイム村の村長を任せたトシュテンの妻で、巫女としているウルリーカの姉でもある銀髪のハーフエルフだ。

「次の領主候補になった弟の方はなかなかに優秀だったな。良い操兵だった、あれなら、俺の役にも立つだろう。長男は本当に駄目だったが、うまいこと処理できてよかったな」

　子爵家のことを思い出して話した俺の台詞に、カロリーナの眉がピクリとした。

「エドワードに関して、私はまだ根に持ってますからね」

「何度も言わなくても分かってる。だが俺も貴族として、エドワードが仮にも貴族相手にやったことを処罰しないといけなかったからな。そこは曲げられん」

「私もわかっています。だから許してはいますが、根にも持ってます」

　その頑固さを受けて、これだからハーフエルフは、と、口の中でつぶやいた。

「自分の孫のことを可愛いと思って、何が悪いのです。それにルカのこともあります」

「ぐっ、あの子のことは言うなよ……」

　そう、エドワードはこいつの孫だ、ルカの曾祖母になる。トシュテンより、前の夫との間に出来た娘がエドワードの母親だ。

　俺の義理の母親ということにもなり、こういう場合は強くでれない。


　ハーフエルフは普通の人間より長生きだが、夫が早くに死んだとしても、殆どが次の夫は作らないくらいこいつら（ハーフエルフ）の愛情は狭くて深い。

　しかし、今のトシュテンの姿からは想像出来ないが、渋るカロリーナを相手にそれはもう情熱的に口説き落として、再婚までなんとか辿り着いたわけだ。

「そ、その話は置いといてだ。領地に戻ってきたから早めに着替えておく。お前も耳を出しておけよ」

「はい、旦那様。ごまかされておきます」

旅の服で俺の体格が分からないようにし、他の人間と会う時は腰を曲げじじいっぽくする。魔力操作も雑にする。

領地視察時のちょっとした変装だが、これだけで俺が辺境伯だと気付く奴はいない。

そしてカロリーナはウルリーカの耳と違ってエルフの耳を持っている。耳を見せるだけで普通の人間はカロリーナをエルフかハーフエルフだと思う。

ハイエルフ？　普通ハイエルフを見る機会なんてない。こまったことに、この大陸は今ハイエルフが存在してないしな。他の六つの大陸ではそれぞれの世界樹の側にいることだろう。

話を戻すが辺境伯の使いの老夫婦、それが俺たちの仮の立場だ。

カロリーナを妻(ハーフエルフ)としているので、ますます俺を辺境伯本人だと疑う人間はいなくなる。貴族は純血を好むからな。

「ああ、そうだ。魔の森の世界樹はどうだ？　まだ、巫女は見つからないのか？」

「ええ、何度も試しては見たのですが、ハーフエルフやエルフだと、力が足りないですね。やはり、ハイエルフ様が新しく生まれないと、だめなのかもしれません」

今、この世界にある世界樹はハイエルフたちが創り出した世界樹だ。この大陸の世界樹には、ハイエルフも巫女もおらず十全に力を発揮していない。

各地に偶発的に生まれる聖木とは、力の桁が違うらしく巫女としての力もそれ相応のものでないとだめらしい。

「しかし世界樹の巫女がいないとなると、この大陸の魔素の浄化にもいつか限界が来るぞ。現に魔の森もおかしな魔物が生まれたりしていると聞くしな」

「……もし、もしですよ？　ハイエルフ様でなくてもいい可能性があるとするならば、人間から巫女が生まれるかもしれません」

「人間から？　今まで人間から巫女が生まれたことはないぞ。少なくとも俺は知らん」

「ええ、ですのであくまでも可能性の話です。万物の可能性を持つ人間ならあり得ると言うことです」

「そうか……教会に取られないと良いがな」

背に腹は代えられんが、教会に任せるのも業腹だからな。


しばらく馬車を走らせているとカロリーナが、制止の声を御者にかけた。

「馬車を止めてください、今すぐに」

「はい」と御者が言われた通りにすぐに馬車を止めた。

そして俺がカロリーナに「来たか？」と声をかけると、彼女は頷いた。

「はい、前方に賊らしき集団がいます。襲撃ですね」

「よしよし、ちゃんとやってくれたな。子爵よ褒めてやるぞ」

奴は最初俺の視察のスケジュールを知った時、賊の集団を集めそいつらを犠牲に、息子の敵として、俺に一太刀浴びせてやろうか、などと、頭の片隅にあっただろう。

だが、俺に一太刀浴びせるとなると、相当優秀な人材が必要だ。そんな人材、私怨のため浪費させるなど俺が許さない。だから、前に会った時に釘を刺したわけだ。

だが、それと同時に賊は差し向けろということも暗に言ってやった。

子爵は無駄と分かっていてもせめてもの嫌がらせのため、賊をそそのかし俺たちを襲わせるだろう。

もし、子爵が動かしたとバレても大丈夫なように、言質はわざと取らせてる。

「何人だ？　そう多くはないだろうがな」

「いえ、結構な人数がいますよ。二百といったところですね。細かい数字まで言いましょうか？」

「いらねぇ。しかし、思ったより多いな、子爵が表立って集めたか？」

「私の子飼いに調べさせましたが、その様子はありませんでしたよ」

「だろうな。だが、最初から徒党を組んでたにしては多すぎる」

馬が射られては面倒なので、カロリーナと二人で馬車から降りて、御者には馬を守って待っていろと声をかけ、話をしながら賊へ近づいていった。

前方にバラバラと賊たちが待ち構えている。

俺じゃ細かい数字は分からんが、確かにカロリーナの言った通りくらいはいるな。

だが、さっき良い操兵を見たばかりのせいか、こいつらのまとまりの無さは見るに堪えない。

全く美しくない。

一番前にいる偉そうに蛮刀を肩に担いでいるのがおそらくリーダーだろう。

「よう、待たせたな。何か用か？」

「てめぇら、馬車から降りてずいぶんと余裕だな？　なめてんのか!?」

「ああ、なめてるよ。それがどうした？」

おー、顔が真っ赤になってるな。沸点が低すぎる。

「糞が！　女と金を渡してれば素直に殺してやったのによ！　貴族のじじいがよ、こうなったら殺してくれって言ってもやめてやらねぇ」

「お？　俺が貴族っての分かって襲ってきてるのか？　度胸あるな、褒めてやるぜ」

「はっ！　貴族がなんだってんだよ！　俺様たちに権力なんて通じねぇ！　どうせ誰も帰れねぇんだ！」

なるほど、平和が続くとこういった勘違い野郎たちが生まれるわけだ。貴族が貴族たる由縁が分かっちゃいねぇ。

ちょっとレクチャーしてやるか。その体にな。

「カロリーナ、何人残ると思う？　最弱でいくから俺は十人くらいは残ると思うが」

「いえ、せいぜい三人といったところでしょう。数は多くとも質はよくありません」

「そんなに少ないか？　賊なんてやってるんだ。少しは鍛えられてるだろう？」

「いえ、見て分かりました。おそらく住処を魔物に追われて逃げてきた者たちでしょう。負け犬ですよ」

「てめぇら！　ごちゃごちゃと何を言ってやがる！」

「ああ、こういうことだよ」

その台詞のあとに俺は相手にも分かりやすいように、指をスナップさせた。

その瞬間、指先から軽いスナップ音と賊側からバチンと強い弾ける音が聞こえる。

賊の親分が弾き飛ばされた音だ。

「ぐっ、魔術ってやつか！　だが俺にはこんなもん効かねぇぞ！」

「流石、頭をはるだけはあるな、最低限はくぐり抜けたか」

「はっ、負け惜しみか？　魔術師なんてな、近づいてぶっ殺せばいいんだよ」

そう言ってこちらに駆け出そうとしてきたので、もう一度弾き飛ばす。

「おっと、焦るなよ。ちょっと後ろの手下共を見てやれよ」

俺の言葉を疑問に思いながらも、親分が後ろを向くと、さっきまで俺たちをニヤニヤと笑って見ていた奴らの動きが止まっている。

「どうしたおめぇら、全員で取り囲んでミンチにするぞ」

「まあ、そいつは無理な相談だろうな」

俺が言った次の瞬間に、賊の手下どもが血を噴き出して崩れ落ちた。親分以外は二人残ってるな。カロリーナの言った通りか。

「私の勝ちですね。旦那様」

「あーそうだな」

自慢気に言ってくるカロリーナに適当に返事する。

「て、てめぇ！　なにをしやがった！」

「なにって、お前が自分で言っただろう？　魔術だよ。お前たちの全員に瞬きも満たない時間、石の杭(ストーンパイル)を発現させただけだ。お前と後二人は魔力抵抗で弾くことが出来たが、それ以外はだめだったな」

「なっ、なんだと」

「いいか？　教えてやる。貴族の本質はな、お前が言うような権力じゃない。魔術行使による――大量殺人術だ。戦争がない今の時代はその基本を忘れてしまってる貴族もいるがな？　俺みたいな化け物が本来の貴族だよ」

そのため魔力操作を強く、多く、広く出来るかを貴族は重視する。

その魔力の手というべきものが、多ければ多いほど広がれば広がるほどその分殺せるからだ。

たかが二百人程度じゃ、俺でなくても貴族ならば出来る。出来ないといけない。

俺たち大貴族に課せられてるのは一騎当万だ。

雑魚がいくら集まったところで、貴族に一蹴される。

貴族とは領地を守るための、抑止力だ。

確かにこいつが言ったのも間違いじゃない。貴族を殺りたければエドワードのような一対一に強いものをぶつけるのが最善と言われている。

最弱で撃った魔術に弾かれるようでは、どうしようもないが。

殆どの手下が死に、それを見た親分は吹き飛ばされたまま、腰が抜けたのか、地面にへたり込んでいる。

俺はゆっくりとそいつに近づき、顔を合わせる。

「もう一度聞くぞ？　俺が貴族ってのを分かって襲ってきてるのか？」


「どうだ？　何か分かったか？」

手を拭きながら、戻ってきたカロリーナに問うと、

「魔の森から移動した二足歩行の魔物に影響を受けて他の魔獣が興奮状態に陥り、それに住処を追われた辺境伯領と子爵領の賊が、集まっていたみたいです」

「んで、人数集まって気が大きくなった奴らが、貴族からたんまり奪ってやろうと襲ってきたと……」

「旦那様の魔術を耐えた三人が、それぞれの集団のまとめ役で今日に合わせて襲撃したみたいですよ」

賊に関してはもういいだろう、住処も守れず流れ出た賊など、農民だって勝てる。農民は自分たちの畑を荒らす輩には容赦ないしな。それよりも、魔獣に影響を与える人型魔物の方が気になるな。

最初に発見されたのは十年以上前、しかし約二年前からいきなり魔の森を抜け出し、一定方向

へ進みだした、目撃情報から考えると――。

「それはやはりエドワードたちの村の方向に向かっているか……しかし、なんで討伐されていない？　兵にも冒険者にも命令と依頼は出しているのだろう？」

「それがすぐに隠れて逃げるらしいんです。しかも学習したのか、夜にしか移動しないようになったということです」

逃げる？　学習した？　賢いとはいえ、本能の塊に近い魔物が？

「予定では、街で合流した後、次の街へ出発。そこで視察が終われば、また兵を置いてエドワードのところへ向かう……だったな」

「はい」

「予定変更だ。街についたら代理を立てて、すぐにエドワードのところへ向かう。なんか嫌な予感がしやがる」

「はい、旦那様」

魔の森から出た闇に覆われた魔物か、やはり魔素の浄化が間に合ってないのか……。

「にいたん、キラキラして欲しいの」
「分かったよ、アリーチェ」
最近、アリーチェのお風呂でのお楽しみはまた変わって、今は、この間僕が創った魔力結晶で遊ぶのがアリーチェの流行りだ。

そいつに魔力を通すことで反応光が出るんだけど、あのビー玉は地水火風の属性入りらしく、魔力に属性を込めると対応した色に光る。

そして、全属性順番に流れるように流すと、まるで虹が動いているように綺麗に光る。

最近はそればかり、おねだりするようになった。

僕はこれをゲーミングビー玉とこっそり呼んでいる。

最初は端から端に属性を順番ずつ変えながら流す——これはすぐに出来た。

魔力循環を行う要領で属性を順に変えて行くだけだったからね。そこから逆方向や、玉に沿って渦を巻くように中心に流れるように光らせる、そして、その逆回転を練習していった。

魔力属性に別の属性を混ぜる割合で光の色が変わるのも分かったので、別の属性を少しずつ足す、少しずつ引くといったやり方で、単色を動かすのではなく、少しずつ色が変化していく光らせ方も出来るようになった。

ゲーミング的な光り方を完璧に再現出来るようになったと思う。

「痛っ」

「にいたん?」

「ごめん、なんでもないよ。アリーチェ」

ここ最近、胸の奥がギシリと痛む時がある。

肉体的なものではなく、あまり味わったことのない胸の奥の何かがきしむような痛みだ。

それと同時に魔力の操作、生活——いや、創造魔法の操作がスムーズになってきている気がする。

魔力が強くなって体に影響が出てきているのかな？

「にいたん、だめなの。にいたんがいたいいたいだと、あーちぇぎゅっとなるの」

アリーチェが僕の痛みを感じるような仕草を取った後、アリーチェが僕の胸をいたわるようにその小さな手でなでてくれる。僕はもうそれだけで魔力痛——今つけた——なんて吹き飛んで、元気百倍だ。

「大丈夫だぞ！　アリーチェ！　僕は元気だ！　ほら、こんなにキラキラもさせちゃうぞ！」

僕は全力でゲーミングビー玉をゲーミングさせる。お風呂に虹色の光がピカピカと反射していた。

「きゃー、にいたんまぶしい」

きゃっきゃっと笑うアリーチェを見ると僕も頬が緩む。いつものことだけど！　守りたいこの笑顔！

「アリーチェが笑ってくれると僕はいつも元気だよ」

「いたいいたいないの？」

「もちろん！」

「だったらあーちぇいつもにってするの」

「うん、そして、アリーチェの笑顔は僕が守るぞ！」

いつものことをいつものように誓う。

「だって、僕はアリーチェのおにーちゃんなんだから」

『だって、俺はお前の兄貴なんだからな』

軽い痛みと共に今度は何か聞こえた気がした。

んー？　誰かなんか言った？

「アリーチェ、今別の人の声聞こえなかった？」

「んーん、にいいいいいいたんのこえしかきこえなかった」

お風呂から上がってから、ふわふわのアリーチェの髪を、生活魔法を使い髪が傷まないよう優しくゆっくりと乾かす。しっかりと乾いたので、そのまま出ようとしたけれど、アリーチェに止められた。

「にいたんもするの」

「あ、うん。そうだね」

僕は布で適当に拭いただけだったので、まだしっとりしていた。

アリーチェがちゃんと乾けばそれで良いんだけど、アリーチェに言われたら仕方ないので、僕も髪をしっかりと乾かした。僕に使うので温度も風の勢いも効率重視で強くしたからすぐに乾いた。

「ちゃんと乾いたよ」

「むぅ、あーちぇがちぇっくするの」

そう言ってばんざいのポーズを取る、抱っこしろということだ。

僕がアリーチェの抱っこを拒むことはありえないので、即、抱っこして頭のところまで持ち上げる。

自己強化は使っているから、バランスも崩れず余裕だ。

「わしゃわしゃー」

「あ、こら。アリーチェわしゃわしゃ、しちゃだめでしょ」

アリーチェが僕の髪を、わしゃわしゃとかき混ぜるようにして、もみくちゃにした。僕も口で注意はするけれど、アリーチェがしたいようにさせていた。だってかわいいから。

しばらくの間、僕の髪で遊んだあと「むふー」と、満足したように息を吐いて手を止めた。

「どうだった、ちゃんと乾いてた？」

「ん、ごうかくなの」

「アリーチェに合格貰えれば絶対大丈夫だね」

「ん！　ぜったい！」

合格を貰えたので、アリーチェを降ろそうとしたけど、甘えたいモードに入ったらしく降りるのを嫌がったので、そのまま抱っこしてお風呂場から出た。

母さんと父さんが待つリビングにいくと僕が出した、ガラスっぽい徳利とお猪口で、魔力草で作ったというお酒を二人で飲んでいた。

母さんはあまり飲めないらしいけど、お猪口に入れた薄いけど綺麗な緑色のお酒を、ランプの

光で照らしながら、少しずつ飲んでいた。

緑色なのは草の色ではなく魔力が影響していると聞いた。

そもそも、お酒は魔力草から取れる果実で作っているらしく草は香り付け程度らしい。

上がってきた僕たちを見て、母さんが笑って「あら、なかよしさんね」と言っていた。

父さんは「アリーチェ、俺にはそこまでうれしそうにほっぺ、すりすりしてくれないのに……」と嘆いていた。

僕を睨もうとしたけど、そうするとアリーチェも一緒に睨むことになるので一人で悔しがっていた。

僕が椅子に座り、アリーチェを膝に乗せようとしたけれど、今度は母さんに甘えたくなったらしく、母さんの膝の上に収まっていた。

そこでまた、父さんが落ち込んだ顔をしたけど、アリーチェは家族全員に甘えたかったみたいで、母さんの膝の上を堪能した後は、父さんの膝の上に移動していた。

まあ、その時の父さんの顔のだらしなさといったら筆舌に尽くしがたいとはこの事を言うのだろうなと思うほど、蕩けていた。

そこで満足してれば良かったんだけど、アリーチェ可愛いが爆発したのか、アリーチェの頭をなですぎて嫌がられ、早々に膝から逃げられていた。

そして僕のところに戻ってきて、アリーチェが「にいたん、ごめんなさいなの」と言った。

僕は何を謝ってるのかわからなかったんだけど、父さんにやられてわしゃわしゃするのは、いけないことだと思ったらしく、それを謝っていたみたいだ。

「良いんだよアリーチェ、アリーチェは優しくわしゃわしゃしてくれたんだもんね。父さんのは雑でちょっと嫌だったよね」

「ん、ざつだったの」

僕の台詞をアリーチェが肯定した時、父さんはショックを受けて、倒れるようにテーブルに突っ伏した。

「ほらアリーチェ、母さんのお膝に戻ろう？」

「……んーん、にいたんがいいの」

「そっか、おねむになったら、ねていいからね」

「ん」

僕はまたばんざいポーズを取るアリーチェを抱えて膝に乗せて、満足したように笑うアリーチェを見る。

『ああ、あいつはこんなに素直じゃなかったな。でも、構ってやらなかったらわんわんと泣いて手間のかかる妹だった』

ん？　今何か違うことを考えたような気がしたな。そして、なんだかすごく懐かしい感じがした。でも、そのことはすぐに忘れて、突っ伏したまま「くそぅ、くそぅ」と嘆く父さんの機嫌を取ろうと、徳利を手にとった。

「ほら、父さん。アリーチェが、お酒注いでくれるってさ」

「なんだと！」

　現金なものでガバっと父さんが顔を上げた。

「アリーチェ、父さんにお酒、入れてあげて」

「あい！」

　アリーチェは、恐る恐る徳利に触って、父さんのお猪口にお酒を注ごうと両手で持ち上げた。

　僕はアリーチェの邪魔にならないよう、動きに合わせて徳利を支える。

　父さんはお猪口を持ったまま息を呑んで黙ってみていた。こぼすことなくお猪口にお酒がちゃんと注がれる。

「できた！」

　アリーチェがちゃんと出来たのを褒めようとしたら、父さんが一気に飲んで「くぅぅ！　アリーチェの入れてくれたのは特別うまいぜ！」と言い放った。

　父さんそういうところだぞ。

　案の定、アリーチェは空のお猪口を見て「せっかくいれたのに」と悲しそうにしていた。

「か、母さんもアリーチェに入れて欲しいわっ！」

　最後のわっ！　のところで父さんがビクリと震え、スネを押さえるような姿勢で、再びテーブルに突っ伏す。

　多分、母さんがテーブルの下で脛を蹴ったんだろうな。

　それから、アリーチェは母さんにも入れてあげ、僕と母さんはアリーチェを褒めると、アリーチェの機嫌は戻ったみたいだった。

第二話　自分と家族と他人

「ルカ、そろそろ行くぞ」

　朝ご飯を食べて父さんが開拓地へ、出発の合図をしてきた。

「うん、僕も準備は出来てるよ」

　準備と言っても、持つものは布と鍬くらいしかないけどね。あ、最近は母さんが作った昼ごはんも、持っていってる。

　生活魔法を使えると、水とか量を増やすと重くなりそうなものも、向こうで自由に飲めるから良いよね。

　何ならシャワーだって出来るぞ。シャワーは外ではやるなと、父さんに言われてるからやらないけどね。

「んじゃ、いってくるぞ。ソニア、アリーチェ」

「いってきます。母さん、アリーチェ」

「ええ、気をつけてね。エドワード、ルカ」

「……しゃい、……にぃ……とぅ」

　ちゃんと名前を呼んで、いってきますをする。

　自然とみんなのルールみたいになっている。

よしやるぞーという気分になるから不思議だ。

今日のアリーチェはもう殆ど眠ってるな、でも頑張って言おうとしてるところが愛らしい。ほぼ無意識で、僕の方を先に呼んじゃってるから、ちょっと父さんが眉をひそめた。やっぱり、自分を先に言って欲しいみたいだ。本当、親バカなんだから。

まだ誰もいない開拓地へ到着して、開拓手伝い兼魔法の練習のためのボーンを二体創り出す。

最近はボーン二体を意識もせず、自然に使えるようになってきて、あまり魔法の練習にならないから数を出したいんだけど、それは父さんに止められた。

流石に目立ち過ぎだからやめろということだ。なのでアリーチェの魔力ビー玉みたいに、鍬に魔力を通して耕す力をアップ出来ないかと模索中だ。

少しは成功してるんだけど、魔力ビー玉と違ってものすごく通りが悪い。

アリアちゃんからもらった木剣を父さんが素振りしてた時「これなら俺でも剣に魔力を通せる」と言っていたので、やはり素材によって魔力の通りが違うのだろう。

なんといえば良いのかな？　魔力の道は迷路で、通りづらさはホースに泥が詰まっているのに、吹いてる感じ？　まあ、なんとなくだけどそんなもの。

それでも、頑張って通せば地面に突き刺した時の、深さが全然違う。一箇所掘り起こすのに数十回が数回になった。

ただ、結構集中するから少し疲れちゃう。あと、ボーンの方の鍬には通せなかった。出来ないことはないと思うんだけどな、修行不足だな、うん。

それと、そろそろ魔力操作による人の動きもマスターした気がするから、今度はゴーレム型とか創ってみようかな？　あの国民的ＲＰＧのゴーレムみたいなのが良いかな？

形を創るだけならブロックを積み上げるだけで出来るけど、ドットとは違いデカく厚くなると、関節とかの可動部がどうして良いのか分からないなぁ。

そんな取り留めのないことを考えながら、作業していると、いつものメンバーが、開拓地へ現れる。

レナエルパパことロシェさんが率いる、いつもの開拓メンバー。えーと、そうだ。農作業時代の僕の世話をしてくれたヨナタンさん率いる、いつもの魔力草の農作業メンバー。

これで全員が揃ったので、いつものようなお仕事が始まる……って、あれ？　何か違和感があるな。

そんな事を考えていると、父さんとヨナタンさんが話を始めた。

「おう、ヨナタン。昨日言ってた通り、半分は農地の奴らと入れ替えだな」

「エドさん、坊もおはよう。昨日も言ったが、収穫日はまだだが、ここもまだ不安定でもう収穫しないといけないやつもあるからな。この際、向こうの奴らにも、収穫のタイミングを勉強させようと思ってな」

「おはよう、ヨナタンさん。そうなんだね」

多分、父さんにってよりも、僕に説明してくれたんだな。

「ルカ！　お前には負けねーからな！」

ヨナタンさんと軽く話をしていたら、真っ赤な髪の子供が話しかけてきた、って僕も子供だけどね。

はじめましてと挨拶しようとしたけれど、前にレナエルちゃんと遊んだ時、村の人と会ったら「はじめましてと挨拶してはだめよ」と言われた。

何故かと聞いたら「狭い村だもの、向こうは知ってるかもしれないでしょ」ということだった。

僕はなるほどと思った。僕は、あんまり人を覚えるの得意じゃないみたいだから、実はすれ違って挨拶してたりするのかもしれないからね。

だから無難に「うん、分かったよ。おはよう」とだけ返しておいた。

「おお、アダンか。ここに入れるようになったのはすごいが、無理はするなよ？」

「分かってるよ！　魔力草は魔力を吸収するから、慣れてないと自分の魔力も吸収されて、疲れやすいんだろ！」

「お、ちゃんと勉強してるな。偉いじゃねーか」

なるほど、アダンくんって言うんだ。聞き覚えは……ないから、多分はじめましてかな？

「子供はお前だけか。ヨナタンの言うことをよく聞いて、一人で行動するんじゃねーぞ？　間違っても森には近づくなよ？」

「ちぇっ、言われなくても分かってるよ」

アダンくんを中心に、父さんがリーダーとして注意事項を農作業メンバーに伝えていた。

しばらくそれを見ていたけれど、ふと、気がついた。

ああ、なんだそうか。さっき、違和感を覚えたのは、いつものメンバーがいつものメンバーじゃなかっただけか。

夜闇に隠れながらも、心の衝動のまま目的にすすむ魔物は、いつものように宿った人間の記憶を再生させる。

馬車に揺られ、俺はさっきの光景を思い出すと自然と顔のニヤケが止まらない。辺境伯領から出てずっと顰（しか）めっ面の親父に武勇伝のごとく話す。

「見たかよ親父。あのゴミの顔、今にも死にそうで最高にウケたよな！」

俺は笑いがこみ上げてきてギャハハハと笑った。

親父は返事をしなかったが、気分のいい俺は構わず続けて話す。

「ああ、そうだ。良いことを考えたぜ。あの女をボロボロになるまで犯しまくって、しょぼくれた顔で農作業みたいな底辺の仕事をしてるあいつの前で見せつけてやる。な？　楽しそうだろ？」

「辺境伯閣下の領土に勝手に入ることは許されんぞ」

せっかくいい気分だったのに親父が冷水を浴びせてくる。

「あ？　そんなもん、適当にばれないようにやればいいだろ。所詮は庶民のゴミ共しかいない場所だろ」

「そうだ、庶民しかいないのなら、どうとでもなる。だが、お前はその一線を越えた」

「は？　辺境伯の息子といえど、庶民だろ？　この次期当主様とは比べ物にならねぇ、そういう決まりだぜ」

「あの庶子だけなら、なんとでもなった。しかし、お前は辺境伯閣下が決めたことに意見を言ってしまった」

「なんだよ親父、俺は正しいことを言っただけだぜ？　あれじゃ、ゴミが逃げちまうだろ」

「――子爵の次期当主ごときが、辺境伯閣下の決定事項に意見を言った。良いか？　あれは決定事項だったのだ。子爵家ごと潰されてもおかしくはなかった」

　親父がおかしなことを言う、現に俺たちはこうして無事に帰ってるじゃないか？　俺の意見が正しかったからだろ？　だが親父は構わず続ける。

「辺境伯閣下はその強大な力ゆえに、決して貴族の掟を破らない。王国の貴族や周辺国への余計な圧力を減らすため、貴族の掟を自らの枷としているのだ。今回も儂らを潰すと権力で庶民の息子を守る形となるために、貴様などの意見を受け入れたのだ」

「だったら良いじゃねーか！　やっぱり、俺が正しいぜ！」

「やはり、お前に何を言っても無駄か――そんなではなかったら、お前を隠し通すことも出来たかもしれぬのに」

　はん！　辺境伯がなんだってんだよ。手を出せないのなら怖くもなんともないただの爺だろうが、親父も怯えすぎなんだよ。やっぱり、俺がとっとと子爵家を継がなきゃだめだな。

その時、外からノックのような音が聞こえた。

「――貴様、閣下の息子に剣を折られていたな？」

「ああ、そうだ。くそっ、思い出したら殴られた顔が痛くなってきた気がするぜ。この恨みもあの女にぶつけてやる」

「剣をよこせ。儂の剣をくれてやる」

「マジか？　親父の剣は子爵家の紋章が入っているやつだろ？　ついに俺を当主と認めるのか」

俺は折れた剣が入っている鞘ごと親父に渡す。

親父も同じように鞘ごと剣を外し、そのまま剣を抜き放った。

「こんなところで抜いたらあぶねーぞ、家紋でも見せたい――」

その台詞を言う前に、親父が素早く動いたと思ったら、俺の腹から灼熱のような熱さが生まれた。

そしてすぐに激痛が体中を巡る。

「ぎゃあああああ！　いてぇ！　あああああああ！」

「貴様はここで事故にあい崖から落ちたのだ。この剣はせめてもの餞別と思え」

「なんで、こんなことするんだよ！　いてぇいてぇえええええよおおお！」

「これが子爵家が残るための方法だからだ」

親父はいつの間にか止まっている馬車から出ていき、「落とせ」という声が聞こえた。

その後、急激な落下と衝撃でぐちゃぐちゃになりながら、意識は絶望と死の恐怖の中、消え去っていった。

そこまで宿主の記憶を再生させると、宿主が絶望と恐怖の叫びを上げる。そして、その精神の奥底から溢れる絶望の魔力を魔物は食らう。

魔物は宿主に侵入し、その体に馴染んだあとは、何度も何度も記憶の再生を繰り返してきた。その度、魔物は強い絶望の魔力を取り込むことが出来た。

魔素の淀みから生まれた、ちっぽけなスライムで、魔獣でも魔物でもなかった存在は絶望の魔力を取り込むことで、強化されていった。その力は近づくだけでも魔獣たちを脅かす、淀みの魔物として成長していた。

魔物は気付かない。自分にはそんな事が出来る知能も、手段も知りようがなかったことを、肉体に馴染み始めた十年ほど前に同じような魔素(スライム)の淀みを更に食ったことで、自然と使うようになってきたことに。

魔の森で絶望を喰らいながら強大な存在になっていく際に、ふと気がついた、どんなに強大になろうとも自分を消し去る脅威があるということを、そして必ずそれを食わねばならないという衝動が生まれる。

その衝動は生まれた魔の森を抜け出し、ただひたすら目的地へと向かう今となった。

第二話　僕の中の痛み

「おっと？　トシュテンが来たな、ちょっと慌ててるみたいだが、親父関連で何かあったか？」

開拓地での作業中、父さんが掌で目の上にひさしを作るようなポーズで、村の方向を見ていた。

確かにトシュテンさんが見えるけど、僕には詳しくは見えない。たぶん視力の強化というので見ているのだろう。

「ちょっと行ってくる。お前はいつも通りやっててくれ」

「うん、分かった」

遠ざかる父さんの背中を見ながら、別のことをやりながらでも無意識下で動いているボーン二体をよそ目に、手に持つ鍬に意識を移す。

この前から始めた鍬の強化だけど、なかなかに厄介だ。

木で出来た柄の部分、鉄で出来た鍬の部分で魔力の通し方が違うのでかなり繊細な魔力の操作が必要になっている。

ボーンが持つ鍬に魔力を通せなかったのも、ボーンに通す魔力と鍬に通す魔力の道が違いすぎるから、ボーンを通してだと強化出来なかったんだろう。

そして、それならばとボーンから鍬に送る魔力を増やして、無理やり通そうとした時、鍬の柄にビキリという音と共にヒビが入ってしまった――それを父さんに見つかって、「道具は大事に使え」と普段より強めのげんこつをもらった――その、失敗からただ強い魔力をこめればいいってわけじゃないと分かった。

そこから理解出来たのは、物には魔力に対する許容限界があるらしく、限界が来ると壊れちゃう。

ただ、僕の生活魔法で創った物で試してみたんだけど、魔力がスムーズに流れていると、いくら強く流していても許容限界は来ずに、そのまま外に放出されるみたいだった。

でも、少しでも流れが滞ってしまうと、滞った部分に魔力溜りみたいなのが発生、圧力が限界まで高まって爆発して、ヒビが入ったんだと思う。

ヒビが入る前にはやばいと思って、魔力を流すのはやめたのでヒビ程度ですんだのだけれども、流し続けていたらあの感触からいって、多分粉々に砕けたんじゃないかな？

少し気になったので、そこら辺に落ちている石を拾って、魔力を通してみる。うん、自然物も魔力が通りづらいな。

最近練習がてらに、こうやって魔力を物に通すことを試していたら、ぼんやりと物の構造が分かるようになってきた。

僕が試しただけだけど、鍬の柄の部分である木の棒より、鍬の鉄部分の方が通しづらく、石はその間くらいかな？

ただ、鉄が通しづらいと言うより、鉄の中の不純物のせいで複雑になってると思う。

生きてる人には試したことはないけど、村に生えている樹に試してみたら簡単に弾かれて通る気なんて微塵もしなかったな。

今はこうやって物体の中に通してるけれど、以前の僕や、今、父さんたちがやってるみたいに、物に魔力を纏わせるのはそう難しいことじゃない、こういった拾ったものでも、すぐに出来る。

ただ、魔力を纏わせるだけと流すのでは難しさがぜんぜん違う、中に通す時には針の穴に糸を通すような繊細さがいる。

それから、外に魔力が漏れないよう石に魔力を遮断してから、魔力を通して強めていった。

魔力を強くすると、やはりうまく流れないような感触がある。

強化ならもっと操作して綺麗に流すことを練習しないといけないんだけど、今回はそれが目的じゃないから、そのまま気にせずに魔力を強めていく。

ただ単に魔力を纏わせるのとは違い、その内部にある道みたいなものに、魔力を流すことで物質との一体化みたいなことが起き、存在強度がグンと上がる。

これが自己強化を行うと僕たちの力が強くなったり、体が頑丈になったりするということなんだろう。

そんなことを考えながらも、ふと石を見てみると限界が近いらしく圧力が高まっている感じがする。

あ、あれ？　この感じ、このまま限界超えるとまずくない？　そういえば鍬の柄もヒビ入った時結構な音と衝撃があったような。

破裂した後のこと考えてなかった。って、やばい！　もう限界をほぼ超えて、ヒビが入る寸前だ。限界まで込めると、どうなるか気になったから軽い気持ちで実験しただけなのに、いきなり身の危険が降って湧いたぞ！　全部自業自得だけど！

「あわわ、どうしよう」

手放したいけど、最大まで溜めたらどうなるのかも見てみたい。あ、そうだ。自己強化をかけて防御しよう。

今、思いついた。いつもの自己強化プラス魔力を掌に覆うタイプでの強化だ。

覆うやつは効率が悪いと言っても、効果がないわけじゃない。ダブルでやって少しでも防御力をあげよう。

これを二重強化と名付け……いや、名付けはやめておこう。

自己強化をかけた上で魔力を覆わせたら少し魔力が暴れたけど、制御して落ち着かせる。

ガチりと噛み合ったようで、僕の腕に何があっても大丈夫という安心感が宿る。

手はこれでいいとして、後は音が出ないように僕の周辺を風魔法で防音して、破片が飛び散らないように大きめの水の玉を作って、その中に突っ込んだ。

そして、魔力を込め続けた石がバガン！　と激しい音を立てて砕け散った。

遠くにいる父さんたちの方をちらりと見たけど、こちらには気付いた様子もないので外には漏れてないだろう。でも、なんか焦ってる感じ？　いや、とりあえずはこっちの証拠隠滅しとかなきゃ。

石の破片も、水の抵抗によって勢いを殺された後、大きな塊は重力に従い水の玉を抜け下に落ち、小さな物は水に浮いていた。特に被害がないことを確認した後、水の玉を地面に落下させ吸い込ませ、風魔法の防音も解いた。

「危なかったー。こんなことバレたら、また父さんにげんこつを食らうところだった。でも、魔力を込め続けるとこうなるのか、結構危ないな」

手や腕を見てみるけど、掌の上で破裂したのにかすり傷一つない。そんなに威力はなかったのかな？　これなら自己強化だけで足りたかな？

「うん、怪我はないみたい」

魔力だけで、破壊出来たけどこれ効率悪いな。

腕の強化で試しとばかりに、落ちている石をもう一つ拾って握りしめてみると、バキリと簡単に砕ける。うん、簡単。

さっき見た時父さんが焦っている様子だったから、もう一度そちらを見てみると、トシュテンさんと一緒に村に戻っていく後ろ姿が見えた。

やっぱり何かあったのかな？　ちょっと聞きに行ってみようかな？

——この時僕が思ったのは、そんな本当に軽い気持ちだった。

だけど、仕事をやめて村に戻ろうと一歩踏み出そうとした時、胸の奥から今までとは比べ物にならないくらいの激痛が走った。

「ぐぅっ！」

あまりの痛みのために、唸り声が漏れる。

そして、体の自由が失われ、体に纏った魔力も霧散する、体が硬直したせいでバランスを崩し、僕は地面に向かって倒れ込んでいく。

その先にはさっき砕いて先の尖った石があって、僕は自分の顔にそれが近づいていくのをスローモーションのように、ゆっくりと見ていた。

ぶつかる前になんとか眼をつぶることができ、訪れる痛みに耐えれるように歯を食いしばった。

そして、ガツンと体に衝撃が走る……が、痛みは訪れない。

僕の体が地面に落ちる前に誰かに左右から支えられていた。衝撃は支えられた時に起きたものだった。

つぶっていた目を開けると、開いた先にはぶつかろうとした石があり、ちょうど僕の目の辺りだった。

そのことを認識して僕はぶわりと冷や汗をかいた。

「あ、ありがとうございます」

僕は支えてくれた人たちにお礼を言って、ようやく自由の戻った体で顔を上げた。

だけど、僕の目に入ったのは人ではなく、目も鼻も口もない茶色い丸い顔、肉も皮もない胴体、骨のような手足を持った二体の物体だった。

――そう、僕が創り出したボーン二体だった。

体の自由が戻ると同時に魔力も操れるようになったので、助けてくれたとはいえ、勝手に動いたボーンたちが少し怖くて、操ってみた。右手を挙げさせて、下ろす。足踏みもさせてみたけど、なんの問題もなく僕の意思通りに動かせる。

　無理やり、説明をつけるとすれば、最近はほぼ無意識下で動かしていたから、僕自身が無意識下で操作した？　でもあの時は、体どころか魔力も操れなかったような気もしたけど……危ないと察知して動かしていたのかな？

　僕が色々考えていると、遠くの村の門から父さんたちが少し急いで戻ってきた。

　更にその後ろから母さんと母さんに抱かれたアリーチェもいる、こっちに来るのは珍しい。

　あれ？　アリーチェは母さんに抱きついてるけれど、あれはぐずってる時のアリーチェだな。

　アリーチェのことなら離れていてもよく分かる。

　早くアリーチェを慰めようと僕からも駆け寄ろうとしたんだけど、何故か先程の激痛が頭を襲い足が止まった。

　気を取り直して動こうとしたけれど、さっきのことがまた起きたように体が動かない。

「あ、あれ？　おかしいな。アリーチェが泣いているかもしれないんだ、側にいてやりたいのに」

　そんな僕の思いとは真逆で、体は動かない。

　胸の痛みといつの間にか大量にかいていた冷や汗で、体の感覚があるのは分かる。けれど、どう動かそうとしても足から根が生えたように、ここから動くことを許してはくれない。

　僕の内からここから動くなと命令されているようだ。

　それでも無理やり体を動かし、アリーチェの下に行こうとした時、また胸の激痛と共に意識が飛びかけ足から力が抜けて、ぺたんと尻餅をついてしまった。

尻餅をついて、座り込んだ形になったところで痛みが消えて、そこで気が抜けたのか少しボーっとしてしまった。

「おいルカ！　大丈夫か！」

少し呆けた頭だったけど、その声に顔を上げると父さんがその声の通り焦った顔で、僕を覗き込んでいた。

それからすぐに、座り込んだ僕の体に温かいぬくもりがギュッと抱きついて来た。

――ああ、このぬくもりは、アリーチェだな。

分かってはいるけれど、ぬくもりの正体を見るために父さんから顔を下げると、やっぱりアリーチェで、つむじが僕の目の前にあった。

そのつむじは僕の胸に顔をこすりつけるようにしているので左右に揺れていた。

抱きついているアリーチェを抱きしめ返しながら、その頭越しに、まだ遠くに母さんとトシュテンさんが駆け寄ってくるのが見えるので、父さんはアリーチェを連れてここまで急いできてくれたようだ。

「トシュテンの家の近くで会ってから、ずっとお前のところに行くとアリーチェがぐずるんでな、一緒につれてきた。ここにも俺が抱えてな」

僕の母さんたちを視る視線に気付いた父さんが、軽く経緯を説明してくれた。

「それよりも、お前大丈夫か？　つらそうな顔して座り込んでたぞ」

「うん、ちょっと疲れちゃったかな？　そっちに行こうとしたら力が抜けて座り込んじゃった」

心配掛けないためと思い、体が動かなかったことと、痛みが走ったことを隠して父さんに話していたら、アリーチェが、がばっと顔を上げて、大きな声で怒った。

「めーーーー！　にいたん、うそついちゃだめなの！　にいたん、いたいいたいだったの！」

「ア、アリーチェ？」

「いたいいたいめーなの！」

アリーチェは怒りながらも僕の胸を小さな手で心配そうになでたあとに、その場所におでこを当ててまたこすりつけるように抱きついてきた。

僕は初めてアリーチェに怒られたことと同時に、アリーチェが僕の状態まで見えていたことに、二重にびっくりし硬直してしまった。

その僕に父さんがこわばった顔で問いかけてくる。

「ルカ、アリーチェの言ったことは本当か？」

「う、うん、ごめん。でも、ちょっとだけだよ、少し痛いくらい――」

そう言おうとしたらアリーチェが、ぽかぽかと僕の胸を叩き始めたのでまた言い直す。

「――結構痛かったけど、今はなんともないよ。急に痛くなって、それで体動かなかったからびっくりしただけだよ」

「本当か？　後で神父様に見てもらうが今は大丈夫なんだな？　本当だな？」

「うん、本当だよ。今は痛かったことも、分からないくらいなんともないよ」

そう言いながら、立とうと腰を上げたけれど、それを父さんが僕の肩に手を置いて静止させた。

「――もう少し休んでろ、ソニアも、すぐに来る。俺は急用で他の奴らを集めなきゃならん」

「うん、いってらっしゃい」

「アリーチェもルカを頼んだぞ」

「あい！」

僕に抱きついたままアリーチェは片手だけ上げて、元気よく父さんに返事をしていた。それに頷きながら父さんは他の作業場に走っていった。

父さんの後ろ姿を見つつその先を見てみると、この騒ぎは、他の人たちには気付かれていなかったみたいで、遠目に作業しているのが見えた。

父さんが行った後すぐに母さんとトシュテンさんが駆け寄ってきて、母さんにはそのままアリーチェごと抱きしめられた。

父さんがみんなを集めて来たので、もう大丈夫と立ったんだけど、母さんは僕を後ろから支えてくれて、アリーチェは抱っこを我慢して腰に抱きついていた。

母さんに後ろから抱きしめられてる格好になってるから、少し恥ずかしいけど離れようとするとギュッと力を込められるので、そのままになっている。

「作業中にすまないが、急用が出来た」

「エドさん、何か起きたので？」

集められたみんなの前で発言した父さんに、聞き返したのはレナエル父ことロジェさんだった。

「ああ、予定より大分早くなったが、辺境伯様の使いであるカリスト殿が、視察に参られた」

父さんの発言に開拓者メンバーが全員ざわついている。

辺境伯様の使いのカリストって人は父さんのお父さん、つまりは僕とアリーチェのおじいちゃんのことだ。

おじいちゃん相手なのに硬い話し方なのは、向こうがお偉いさんだから村のみんなに示しをつけるためなのかな？

父さんの発言を疑問に思ったロジェさんが質問をする。

「初めてじゃないですかい？　予定を早めて来るなんて。まさか、うちの村に抜き打ちで検査をしに来たとか？」

「そうじゃない、前にも話したと思うが、魔物が移動しているせいで魔獣が暴走している。そのことを心配されたカリスト殿が予定を繰り上げて来てくださったんだ。カリスト殿は、まあなんだ、つえーからな」

身内自慢になるからか、最後の台詞だけは少し言いよどみながら、雑に説明していた。

その台詞を受けて苦笑みたいな笑い声が、何人からか聞こえてきた。

「まあ、それは分かったぜ。でも、あのカリスト様が予定を崩してまで来るということは、かなり切迫（せっぱく）しているということですかい？」

「そうだ。ここに来るまでに情報収集してこられた結果だと、かなりの確率でこの村まで到達するだろうとのことだ」

「……そうか、で？　規模はどのくらいなんです？」

「兵士や冒険者が駆逐はしているが、三十くらいの狼系の魔獣が移動しているのを発見したらしい」

「三十か、多いな……」

狼系の魔獣がここに来ているのか……、僕が見た時はすでに死体だったけどあの時の魔獣の大きさを思い出して身震いをした。

「それで、カリスト殿が滞在中は監視と調査に重点を置いて、開拓作業は中断、中断した分は魔力草の税から差し引いて良いとのことだ」

「もうすぐ収穫分の魔力草はどうする？」

これはロジェさんではなく、魔力草の農作業班リーダーのヨナタンさんが質問をした。

「一応、村の奥の森にも注意をして、ロジェたちの班を分けて警戒につかせるから、気をつけて収穫を行ってくれ。今回新しく作業にあたっていたものには悪いが、慣れている連中だけでやってもらう」

「えー！　俺だって自己強化を覚えたんだぜ？　任せてくれよ」

父さんの言葉に不満げな声を上げたのは、今朝会ったアダンくんだった。そして、アダンくんは自己強化をどうだとばかりに使っていた。

制御は甘いけれどちゃんと出来てるな。このくらいの歳から出来るようになるのか。僕はちょっと早めだったのかな。

「アダン、今回は我慢してくれ。お前に実力もやる気もあるのは分かるがな」

「でもよ……」

アダンくんは僕の方をジッと見てきた。なんだろ？　別に思い当たることはないんだけど。

「むー」

あ、アリーチェ、ほっぺ膨らませて睨み返したらだめだよ。アリーチェのほっぺを指で押すとぷすーと空気が抜けた。

「あー、ルカ。お前、前に魔獣が出た時どうしたっけ？」

「え？　とっとと逃げたよ？　父さんに言われて神父様も呼びに行ったけど」

そりゃそうだ、十歳の子供があんなでかい獣相手には何も出来ないからね。

「なんだよ！　ルカお前逃げたのかよ、レナエルちゃんがお前が活躍したって言ってたから、すげーことしたと思ってたのによ！」

「いや、逃げただけで何もしてないよ？」

あ、矢と石は作ったか、逃げる僕の魔力より戦うみんなの魔力をとっておかないとって思ったからね。

「しかたねーな、じゃあ俺も今回は我慢してやるよ！」

「そうか、えらいぞ」

「へへ」

アダンくんは父さんに褒められて照れていたが、なんで農作業に出たかったんだろ？　魔獣が出たら危ないのに。まあ、出ないことに納得したんならいいか。

「それじゃ、ロジェとヨナタンは村長宅(トシュテン)でこれからの打ち合わせをする。さっきも言ったがカリスト殿はもう到着されている。少しでいいから汚れを落として来てくれ」

「へい」

「分かった」

「他のみんなは今日は帰っていいぞ。明日には役割を決めておく」

「おう」とか「へーい」とか集まったみんながそれぞれの返事をして、解散になってみんな後片付けをしに戻っていった。僕はどうしたらいいんだろ？

「ルカ、お前も今日は終わりだ。帰るぞ」

「う、うん。分かった」

「にいたん、だいじょうぶ。あーちぇがいっしょにいくの」

僕が、よく分からない不安を感じていたらアリーチェがギュッとその小さな手で僕の手をつないでくれた。そのぬくもりだけで不安は消えていた。

「ありがとう、アリーチェ。うん、一緒に帰ろう」

その後、母さんが僕の逆の手をとって、寂しそうにしていた父さんだったけど、アリーチェに指を握られて上機嫌になって、みんなで手をつないで家へと帰った。

上機嫌になって家に帰ってしまった父さんが、慌ててトシュテンさん家に走っていったことは家族だけの内緒だ。

第四話　おじいちゃんとおばあちゃんと僕たち

「かあたん、ごはんいっぱーい」

「そうよ、いっぱーいよ。おじいさまとおばあさまが来るからね」

父さんが、トシュテンさんのところに行っている間に、母さんは食事を作っていたのだけど、その量がすごい。

いつもは大体シチューとサラダとパンで済ませている食事が、今日はそれに加えミートパイや鳥の丸焼きなども準備されている。

「母さん、このお肉どうしたの？」

「おじいさまが持ってきてくださったのよ」

そっかおじいちゃんが持ってきたのか。

テーブルに並んでいるごちそうを見ているとお腹が鳴った。なんか初めてご飯が待ち遠しくなっちゃった。

「にいたん、おなかなったー」

「うん、鳴っちゃった。おいしそうだね、アリーチェ」

「あい！　かあたんすごいの！」

「――お腹すいたのね、ルカ。少し食べる？」

「まだいいよ。みんなで食べたい」

　僕の返事に母さんは、僕を抱きしめて「少しくらいならいいのよ？」と言ってくれたけれど、食べるのはやっぱりみんな一緒がいいともう一度言うと、「分かったわ」とだけ言って、僕とアリーチェの頭をなでてから、食事の準備に戻っていった。

　それから、父さんたちが帰ってくるまで暇なので準備が終わった母さんと三人で一緒に遊んで父さんの帰りを待った。

「今帰ったぞー、親父とカロいてぇ、——お、お袋も一緒だぞ。迎えはそこでいいから待っていてくれ」

　玄関から父さんの帰ってきた声がしたけど、途中で父さんに何かあったのか痛がっていた。平気そうだからドア枠に小指でも軽くぶつけたかな？

「分かったわ」と母さんが、返事をして椅子から立ち上がった。

　僕にも立つように促して、アリーチェを抱っこして迎え入れる準備をした。

「お邪魔するぞ、ソニアちゃん。ルカもアリーチェもひさしぶりだな、おじいちゃんだぞ。覚えているか？」

　そう言いながら、父さんの髪色と同じで、父さんが歳を取るとこうなるのかな？　って顔をしたおじいちゃんが入ってきた。

「お久しぶりですね。エドワード、ソニアさん」

　そして、その後ろから母さんの姉と言っていいくらいの見た目の、妙齢の女性が入ってくる。

うん、この人がおばあちゃんのはずだ。でも、見た目からはとてもじゃないけどおばあちゃんには見えない。

って、あれ？　よく見るとおばあちゃん、髪の色は銀髪だけど、顔はシスターに似てるな。

「いらっしゃいませ、お父様、お母様」

少しおばあちゃんの顔を見ていたけど、母さんの挨拶にハッとして僕も続けた。

「いらっしゃい、おじいちゃん、おばあちゃん」

「いらっしゃいなの、じいじ、ばあば」

挨拶の後、僕は「覚えてるよ」と話し、アリーチェも「あーちぇも！」と母さんに抱かれたまま元気よく腕を上げていた。

二人のことを僕が覚えているのはおかしくはないけど、まだ幼いアリーチェがちゃんと覚えているなんて、すごいよね。前に会った時は確か、アリーチェがなんとか単語で話すくらいの時だったのに。

「ほう！　アリーチェはすごいな、まだこーんなに小さい頃だったのにな」と、指で小ささを表して、おじいちゃんがアリーチェに笑いかけていた。

アリーチェは「そんなにちいさくないの！」と、ほっぺたを膨らませていた。

いつものようにほっぺを指でつついて、ぷすーとしようとしたら、母さんに先を取られてぷすーを奪われた。ざんねん。

「――ルカも、よく覚えていてくれたな。おじいちゃんは嬉しいぞ」

なんか見た目と話し方に違和感を覚えるな、少し腰が曲がったおじいちゃんなのに、父さんと同じような喋り方だ。

おじいちゃんが、僕の脇を抱えて持ち上げた。

僕を持ち上げるおじいちゃんは腰が曲がってるとは思えないくらい、軽々と僕を持ち上げている。その腕も服に隠れているけれど鍛え抜かれているみたいだ。

魔力をわざと乱してるのは制御の練習か、何かかな？

「エドワードもソニアちゃんもよく頑張ったな」

「何言ってんだよ、親父。俺もソニアも普通にやってきただけだぜ」

「そうか……そうだな」

僕を抱っこしたままおじいちゃんと、父さんが話をしていると、おばあちゃんが私も抱っこしたいですと言い、そのまま僕を抱っこして、おじいちゃんは代わりにアリーチェを抱っこし始めた。

僕とアリーチェが代わる代わるおじいちゃんとおばあちゃんに抱っこされた後、満足した二人と僕たちで、母さんの料理をみんなで食べた。おじいちゃんもおばあちゃんも母さんの料理をべた褒めだったな。

食事が終わり、父さんが魔力草のお酒を持ち出してきた。

「親父でもこいつは好きには飲めないだろ？」

「そうだな、それに魔力草の酒は生産地で飲まないと魔力が抜けて、本当の旨さは出ないからな」

「だろ？　まあ一杯やってくれよ。おっと、ルカ、おじいちゃんにあれを使わせてもいいよな？」

「僕はもちろんいいよ。それは母さんのだし、母さんはいいの？」

「母さんもいいのよ」

父さんはガラスの徳利とお猪口を取り出して、徳利にお酒を移してからおじいちゃんの前に置いたお猪口に注いだ。

その様子をおじいちゃんは真剣な顔と眼で見ていた。

「うまい……だが、エドワード、こいつはどうした？　こんな物この村で手に入るようなもんじゃねぇぞ」

「なんだよ親父、こわい顔してよ。こいつはルカが創ってくれたんだよ。魔術なら簡単に出来るもんだろ？」

「――出来るわけ無いだろう。ガラスで出来ているこいつは、魔術で出来ないのは当たり前だが、職人でも、これだけの造形の物を作るのにどれだけの腕がいると思っている」

『当たり前だろ、誕生日プレゼントにそいつを手に入れるのにどれだけ苦労したことか』

あ、あれ？　また何か聞こえたような？　少し周りを見てみたけど隣に座っているアリーチェが僕を見ていただけだった。

「ルカ？　どうやってこれを創った？　こいつには魔力は感じないから魔術では確実にないぞ」

おじいちゃんが、僕に聞いてくるけどそれは僕が一番知りたい。多分創造魔法か何かだとは思うけど。

「実はよく分からなくて、なんか父さんがジョッキで飲みづらそうだなーと思ったらポロリと出てきた？」

そうとしか僕には分からない。

「そんな適当なことで、こいつを創り上げたのか……」

「僕にも分からないいんだけどね」

それを言ったら、おじいちゃんは真剣な顔をして考え込んだ。そして顔を上げて、僕に掌を向けた。

「ルカ、これは出来るか？」

「親父、一体何なんだ？」

「ちょっと試すだけだ、少しだけだから黙ってろ」

父さんが止めようとするけど、そう言っておじいちゃんは人差し指の先に２㎝くらいの綺麗な玉を水の生活魔法で創った。

「これでいい？」

その真剣な表情に気圧されながらも、おじいちゃんと同じように掌を出して、人差し指の先に水の玉を生活魔法で創る。

「歪みすらなく創り上げるとはな、どのくらい維持出来る？」

「どのくらいって魔力を通してればいつまでも出来るけど？」

「……そうか、じゃあこれはどうだ？」

そう言って一度、水をジョッキに落とした後、水魔法と土魔法で玉を指の先に交互に創り出したので、僕も水を消した後、同じように創り出した。

「……なんだと」

僕がすぐに同じことをやったのを驚いたと思ったらそうじゃなかった。

「生活魔法で創ったものを、魔力に戻しただと？　こいつはとんでもねーな」

ええ？　普通に出来ないの？　そういや、神父様も水を創った時は、瓶か何かに落としたようだな。

おじいちゃんが真剣な顔をした後、父さんの背中を叩いてお前の息子は大したもんだと大笑いし始めた。

「いいぞルカ、お前には才能があるみたいだな」

笑いながらそう言った後はもう僕の魔法のことには触れずに、父さんとおじいちゃんはお酒を飲みながら、明日からのことを話し始めたので、僕たちはおばあちゃんとお話をしながら夜は更けていった。

父さんとおじいちゃんの飲み会も終わり、実は村長宅というよりは、辺境伯様の使いの滞在用として作られていたトシュテンさん家に、ご機嫌で帰っていったおじいちゃんたちだけど、次の日の朝、血相を変えて僕たちの家へと訪ねてきた。

「おい！　エドワード！　何故昨日言わんのだ！」

「なんだよ、親父。いきなりなんのことだ？　少しは落ち着けよ」

「これが落ち着いてられるか！　今日の朝にウルリーカが訪ねてきて、今、ハイエルフ殿が村に来ていると言うではないか」

「あーそうだった。この間急に現れてよ」

「そうだったじゃないわ！　心の臓が止まるかと思ったぞ」

玄関口でギャーギャーと言い争っていたから、僕とアリーチェも気になって覗き込んで挨拶をした。

「おじいちゃん。おはよう」

「じいじ、おはよう」

僕とアリーチェがおはようと言うと、おじいちゃんはすぐに笑顔になってこちらを向いた。

「おうおう、ふたりともちゃんと挨拶ができて偉いな」

「じいじ、おはようっていったら、おはようっていわないとだめなの」

「おっと、これは一本取られたな、おはようルカ、アリーチェ」

「あい！」

元気よく頷くアリーチェのおかげでこの場は収まり、おじいちゃんを家へ迎え入れた。

「親父もあんまり一人で、出歩くなよ。村人が怯えるから」

「分かってるが今は緊急事態だ。ハイエルフ殿が来ているならな」

「で、そのハイエルフ様はどうしたんだ？　シスターと一緒に来てたんじゃないか？」

「今朝来たのはウルリーカだけだ。ハイエルフ殿は俺の本来の予定に合わせて、起きるつもりだったらしく、今はエルフの眠りについているらしい」

エルフの眠り？　と思っていたら父さんも知らないみたいで聞いていた。

「エルフの眠りとは、俺たちとエルフの時間感覚が合わない理由の一つと言われる眠りのことだ」

おじいちゃんが説明してくれたけど、なんでも、魔力を世界と同調させるようにして微睡むように眠ることらしい。

エルフならそのまま数ヶ月や数年、ハイエルフならそれこそ何十年と平気で微睡んでいるらしい。

ただ、意識はあるらしく呼びかけることが出来る人なら、起こせるみたいでその役目をシスターが受け持っていた。

今は起きる予定よりずれているせいか、呼びかけても弾かれたとのことだ。

本来の予定は後一ヶ月くらいだから起きてればよかったのに。父さんもそう思ったみたいで同じようなことを聞いていた。

「それがな、俺と交渉する予定だった、あのよく分からん水晶玉が楽しみすぎて、見るだけになったとしても、その時まで我慢した方が見た時の感動がすごいことになりそうだから、交渉の時まで我慢するために眠ると言っていたと、ウルリーカから聞いたぞ」

ハイエルフ殿が何故そう思ったかは、俺には分からんとおじいちゃんが首を傾げながら言っていたが、多分ここにいる全員が分からないと思う。

「まあいい。俺はとりあえずハイエルフ殿の下まで行って、挨拶をしてくる」

「あれ？　眠りから起きないんじゃ？」

僕が疑問に思って聞いてみたら、「挨拶をしたという事実が必要なんだ」と教えてくれた。たぶん礼儀的なことなんだろう。

「だったら、なんで、わざわざ俺の家に寄ったんだ？」

「文句を言うために決まってるだろ！」

……確かに、アリアちゃんがいることは緊急事態だったのかもしれないけど、家まで来た理由はすごくどうでもいい理由だった。

それからは、父さんとロジェさんを中心に監視体制が組み上げられて、視界の強化が出来る開拓メンバーが交代で、昼夜を問わず村の物見櫓で監視をしていた。前に父さんが言った通り完全に開拓作業はストップしてしまった。

僕なら一人でも開拓作業は出来ると言ったけれど、父さんとおじいちゃんにだめだと怒られたので、家でおとなしく過ごすことになった。

僕が一日家で過ごすことにアリーチェはすごく喜んでずっとべったりになった。レナエルちゃんも僕の家に手伝いに来ているので、暇な時は三人で遊ぶようになった。その時は僕の魔法でする劇もたまに見せていた。

音など入れて全力でやった時はレナエルちゃんは目を白黒させて、感動よりも驚く方が強かったみたいだった。

少しずつ増やしていったアリーチェとは違って、急に色々見せすぎて情報が多すぎちゃったかな？

もちろん、家の手伝いで家用の小麦の脱穀とか製粉とかも色々やってるんだけど、脱穀機のこぎ歯みたいに調整した土魔法や風魔法を駆使していたらすぐに終わった。

でも、その様子をどうやらおじいちゃんが見てたらしく、村の連中には絶対ばれるなよと、窘(たしな)められてしまった。

レナエルちゃんは僕の家に来てるからバレているんだけど、と言ったらロジェの娘なら大丈夫だが口止めだけはしておけと言われた。

おじいちゃんは父さんに一人で出歩くなと言われたけど、あまり気にせずにこうやってちょこちょこと、こちらに来ては僕たちにかまってくれる。

おばあちゃんはあまり出歩かずに、トシュテンさん家でゆっくりしているらしい。たまに一緒に来るけどね。

その時に僕に魔法のことを教えてくれたりもするんだけど、どうも神父様が言っていることと呼び名が違っている。

おじいちゃんが言うには種族や宗教、国などで色々な呼び方があるから教える者によって違う。名前なんかに拘らず本質を理解しろと、十歳に言うにはかなり難しいことを言っていた。

十歳であって十歳じゃない、僕にはなんとなく分かったけど。

こんな風に、父さんたちは警備で大変だっただろうけど、僕にとっては退屈で暇で平和な日々が続いていた。

だけどそれは、警鐘が村中に響き渡るまでの短い時間だった。

魔物はおとなしくなった魔獣の頭から手を離した、これで群れの魔獣を全て支配下に置けた。

魔物は自分にこんな事が出来るなど、魔獣を支配下に置いた今ですら分からなかった。

何故か出来るとだけ、分かったのだ。

そして、魔物は自分の敵に向かう前に、いつものように宿った人間から絶望の感情と魔力を吸収しようとした。

——が、干渉出来ない。それどころか宿ってから今までうめき声しか上げてこなかった人間が言葉を話し始めた。

「あ？　ここは何処だ？　ああ、あの村に魔獣を仕掛けて、俺様はその隙に村に入るのか、分かったぜ」

人間が発した言葉の意味は、魔物には理解出来なかったので、誰かと会話しているように喋っているのも分からなかった。

だが、人間が自分の意思を持って動き出したのだけは理解出来た。

それと同時に魔物は人間の体を動かしにくくなっていった。

魔物でも人間でもないそれ以外の何かが、主導権を勝手に切り替えたように。

僕は村中に響く、警鐘の音に慌ててアリーチェを抱っこしてから、母さんとレナエルちゃんを引き連れて、村の広場に集まる。

あらかじめ鐘が鳴ったらここに集まるという話をされていた。

戦えるものはいち早く村の門をくぐり、農地の端にある柵のところまで弓を持って走っていった。

今は夕方だ。一番姿が見えにくいと言われている、いわゆる逢魔ヶ時（おうまがとき）で、村には暗い影が落ち、空はオレンジ色に照らし出されている。

迎撃のリーダーとして柵へと行ったのはロジェさん。この場の混乱を抑えるために残ったのが、父さんとおじいちゃんだ。

トシュテンさんもいるけれど、多分ここに残る村の人たちのリーダーをやるのだろう。

「みんな、初めてのことで混乱しているだろうが、落ち着いてくれ」

戦えない人たちが不安そうにうるさいくらいに騒いでいるなか、そう話し始めたのは父さんだ。

おじいちゃんは後ろに控えている、妙な圧力を出しながら。

父さんの言葉に耳を傾け始めたためか、おじいちゃんの圧力に負けたからか、少し話し声がする程度までは落ち着いてきた。

「いいか？　魔獣は確かに恐ろしいだろう。だがそれはいきなり襲われた場合だ。村の内部に入り込まれて暴れられるのが一番恐ろしい」

その時を想像したのか、主婦みたいな人たちが自分の体を抱くようにして震えていた。

「だが！　カリスト殿が辺境伯様の決めた予定に逆らってまで、こうやって危険を知らせに来てくださった！」

父さんが大げさなくらいの手振りで、おじいちゃんに視線を集中させる。おじいちゃんは鷹揚に頷いていた。

「魔獣対策は出来ている！　俺たちが決して村には一歩たりとも踏み入れさせん！　更に！　カリスト殿も戦いに出てくれるとおっしゃってくれた！」

そういや、おじいちゃんは強いんだったっけ？　どんなふうに強いんだろ、と思っていたら父さんが説明してくれた。

「みなも知っての通り、カリスト殿は魔術師だ。それも辺境伯様に認められたほどのだ。更にカリスト殿は弓も人数分以上に用意してくださった。もちろん矢も大量にある！　これで負ける要素など何処にある！　もちろん！　俺も出るぞ！」

そう言って父さんはアリアちゃんにもらった木剣を抜き放ち、掲げた。

そんな木剣で大丈夫か？　と村の人は思っただろう。

でも、次の瞬間その木剣から、ものすごい圧力を感じるほどの魔力がほとばしった。

その圧力に少し気圧された後、集まった人たちの中から「そうだ！」という声が、数人から上がった。それをきっかけに村の人たちの感情は恐怖から一転して、「そうだそうだ」とか「カリスト様バンザイ」とかの歓喜の声へと変わっていった。

最初に声を上げた人は煽動臭いなと思ったが、もちろんそれは黙っていた。

「ここに集まった者たちは、交代で炊き出しを行ってくれ。長期戦にはならないと思うが念の為だ。もし怪我などしても安心してくれ、神父様とシスターも来てくれている」

僕は、父さんが指し示す方へ顔を向けるとシスターと神父様、その横におばあちゃんが立っていた。

並ばれると、シスターとおばあちゃんは本当によく似ている。おばあちゃんもシスターみたいなヴェールを頭に被っているせいもあるのかな？

その間に父さんは細かい指示を終わらせたらしく、おじいちゃんと一緒に僕たちのところへやってきた。

先程の演説をしていた父さんはすごかった。ちゃんとしたリーダーとしてみんなの前に立っていた。

「どうだ、アリーチェ。さっきの俺はかっこよかっただろう？」

「あい！」

僕からアリーチェを奪って父さんは抱っこし始めた。さっきの父さんの勇姿でアリーチェは喜

んでいるが、せっかくカッコいいと思ったのに戻ってきて早々、アリーチェにドヤ顔で自慢し始めて、その落差に僕はがっかりだった。

一緒に来たおじいちゃんは少し渋い顔をしている。

「どうしたの？　おじいちゃん？」

「あ、ああ。なんでも……は、なくないな。エドワードその木剣どうした？　そんな異様なほどの魔力の通り良さ、見たことないぞ」

だけど、父さんはアリーチェに夢中になっていて、まったく聞いていなかったので、僕が手に入れた経緯をおじいちゃんに説明した。

「ハイエルフ殿が作った木剣だと……エドワード！　ってやっぱり聞いてねぇ」

「あぁ、おじいちゃんもうすぐだからちょっと待ってて」

「ちょっとって、なんのことだ？」

多分もうすぐアリーチェが……ほら。

「やー！　とうたんやー！」

可愛がりすぎて、扱いが雑になってきた父さんにアリーチェが嫌がって、両手でいっぱい突っ張って父さんを押しのけようとしていた。

僕が近づくとアリーチェが僕に向かって一生懸命に手を伸ばしてきたので、そのまま抱っこする。

嫌がられたショックでへこんでる父さんに、おじいちゃんが軽く小突く。

「いてっ、何だよ親父」

「こんな時に馬鹿なことやってるんじゃない、それよりもお前が持つ木剣だ。ルカから説明は聞いた」

「ああ、これか。俺みたいな魔力操作が苦手な奴でも、魔力を通して強化出来るとは、すごいよな」

「――そうだ、お前は分かってないかもしれないが、本来はありえんのだぞ」

「？　どういうことだ？　あっさり創って渡してくれたぞ」

「それがありえんのだ。……今はいい。だがな？　そいつは軽々しく見せるものではないぞ。これからは心に留めておけ」

「よく分からんが、分かった」

父さんとおじいちゃんはそこで会話を終わらせて、母さんとアリーチェ、レナエルちゃんに向き合った。

「ソニア、お前はアリーチェとレナエルを連れて、家で待機だ」

「私も炊き出しの手伝いをするわよ？」

「いや、最初は子供の世話をしなくてもいい連中に任せてある。それ以外は戦いに出る奴の子供の面倒を見てくれ。ソニアはレナエルだ」

「ええ、分かったわ、レナエルちゃん、いつものようによろしくね」

「うん、ソニアおばさん。あれ？　おじさん、ルカはどうするの？」

そういえばそうだ。父さんは僕の名前は呼んでいない。

「……ルカは」

「エドワード、俺から言おう。ルカは俺たちと一緒だ」

「お父様⁉　エドワードどういうこと？　なんでルカが！」

僕が魔獣と戦うのか、どうしよう戦ったことないから分からないけど、言われたなら仕方ないのかな。

「落ち着いてくれソニア、親父それじゃ、誤解するだろ。ルカは俺たちと一緒に行くが、後方で矢を創ってもらうことにしたんだ」

「準備はしているのでしょう？　ルカが行かなくてもいいじゃない」

「準備はしている、しているが、大量に持ち運ぶよりルカにその場で作ってもらった方が、圧倒的に効率がいい。それにこいつの生成速度は他のやつの比にならん」

開拓作業を中止している時、戦闘の準備のために矢を創ってくれと言われて、出していたら途中で止められたあれか。

「でも、エドワード。ルカはまだ十歳なのよ」

「ソニアちゃん、俺たちも分かっている。だがこれも村のためだ、俺たちは最善の手を打たねばならん」

「お父様……」

村のため……、父さんとおじいちゃんが言うのなら仕方がない。

「いいよ母さん、僕行くから。村のためなら行かなきゃ」

「ルカ？」

「それにこんなことで、時間とってる場合じゃないでしょ？　早く行かなきゃ」

そうだ、こんなとこにいる場合じゃない。早く行って、早く解決しないと開拓作業がいつまでも停まったままになるじゃないか。


少し無駄な時間を使ってしまったので、走りながら向かう父さんとおじいちゃんの後をついていって、前線といえばいいのかな？　柵の前で弓を構えている集団が見えるところまで来た。

「よし、まだここまで来てはいないな。ロジェが見張り担当の時で良かったぜ、あいつは遠見が得意だからな」

遠見？　視力の強化のことかな？　多分そうだろうなと思っていたら、僕たちが駆け寄ってくるのが見えたのかこちらにロジェさんが近づいてきた。そしてビシッとした敬礼をした。

「ここで敬礼はいらん。どうしたロジェ」

「はい、カリスト様、エドさん。どうも様子が変です」

「なに？　ロジェよ。説明しろ」

おじいちゃんの喋り方が僕たちといる時と違って、すごく堅い話し方になっている。

ロジェさんもいつもの変な敬語混じりじゃなくて、普通の敬語を話していてそんな風にも喋れるんだと思った。

「はい、発見しました魔獣の群れですが、ある一定まで近づいたら停止しまして、様子をうかがっていると別の群れが合流、その総数は四十五体まで増加しました」

「多いな、リーダーを失った他の群れが合流したのか？　しかし、魔獣が他の魔獣を待つとは確かにおかしいな」

「いいえ、カリスト様。おかしいのはそれだけではありません。二つ目の群れもリーダーと思しき魔獣の存在を確認しております」

「リーダーがいる群れが争わず合流だと？　そんなこと聞いたことないぞ……別の原因があるのか？　他にも何かあるかもしれん、警戒は今まで以上にしておけよ」

「了解いたしました」

そう言ってからロジェさんは持ち場に戻るため走っていった。

まるで別人のようだったから、少しおどろいた、それを見た父さんが少しだけ説明してくれた。

「ルカ、おどろいたみたいだな」

「うん、別の人かと思った」

「昔の経験ってやつだ。あいつも優秀な兵士だったんだぞ」

「へー、普段は全然分からないのに」

「まあ、あいつも色々あったんだよ」

詳しいことは話す気はないみたい、そりゃそうか子供に話してどうするんだってことだよね。

「ルカ、すまんが、早速やってくれるか？」

「矢を創るんだね。分かったよ、おじいちゃん」

「……ルカ、すまんが、外ではおじいちゃんじゃなくてカリスト様と呼んでくれ、他に示しがつかんのでな」

「あ、ごめんなさい。分かりました、カリスト様。これでいいですか？」

そう言うと、おじいちゃんはつらそうな顔をして目頭を揉んだあと、父さんに小声で話し始めた。

「エドワード、可愛い孫に他人行儀で話されるとこんなにつらいとは思わんかった」

「自分で言っといて、何言ってんだよ。だったら呼び名だけで敬語をやめさせればいいだろ？　子供なんだし誰も変には思わねーよ」

父さんも他の人に聞こえないように小声で返していた。

「それだ。ルカ――」

「全部聞こえてたよ。こんな風でいいよね？　カリスト様」

「ああ！　それでいい！　気を取り直してやるか！」

元気を取り戻したおじいちゃんに、父さんは少し呆れたようにため息を吐いて、「そうだな」とだけ返していた。

まだ、魔獣は動いていないので僕は持ち場に就いている人の近くによって、矢を創り出そうとしたけど、これ一人頭いくつ創ればいいんだろう？　うーん、四十五匹って言ってたよね。とりあえず、千でいいか、足りなくなったらまた創ればいいや。

一応、声かけて創るか。

「矢を創りに来ましたー」

「お、ルカか。あの時創ってくれた矢はいい出来だったぞ。今回もよろしく頼むな」

向こうは僕のことを知っているみたい。僕は顔を見てもピンとこなかったから知らない人かな？　って思ったけど、話した内容からあの時森から出てきた狼を倒した時にいた人っぽいな。

「はい、今回も頑張ってください」と、話を合わせてごまかすように返事をしてから、矢を創り始めた。

「お、おい。全員分ここに出されても困るぞ。他のとこで創ってくれ」

「？　いえ、一人分なので後から他の人のとこにもちゃんと行きますよ？」

一気に創り出して崩れても困るので、数十本単位でうまく積み上げるように創っていたら、焦ったように声をかけられた。

「は、はぁ？　すでにこの前と同じくらいだが、お前大丈夫か？」

「ええ、このくらいならまだ大丈夫ですよ？」

その人は僕の返事でぽかんとしていたけれど、他の人のところにもいかないと行けないので、さっさと創り終わって「頑張ってください」とだけ声をかけて、次に行った。

あ、前と違って先を尖らせるだけじゃなく矢羽っぽいのも創れたので、そのせいで魔力を余計に使うと思って心配してくれたのかな。

そして、他の人たちの所に創りに行ったけど、大体同じような反応をされた。

魔力は外から集めれば自分の魔力なんてあんまり使わないから、このくらいなら平気なはずなのに、子供だから心配された？　うーん、まあ、べつにどうでもいいか。


「動いた！　来るぞ！」

僕が矢を創り終えたくらいで父さんがよく通る声で、注意を促した。

「いいか！　矢は惜しむな！　当たらなくてもいい、奴らの動きを制限するだけでも効果がある。撃ち漏らして抜かれても焦るな、それは俺とカリスト殿が処分する。前だけを向いて打ち続けろ！」

父さんの掛け声と共に自分たちを奮い立たせるためか、全員で発した「おおおお！」という、叫び声が響き渡った。

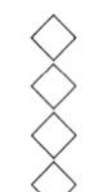

「馬鹿共が、やはり俺様には気付かないみたいだな。所詮無能な平民ではこの程度か」
魔物は狼の魔獣をけしかけてすぐに、村に侵入していた。
男の声で喋るようになった魔物は、体をヘドロみたいな物に変え、地面に溶け込みながら移動して誰の眼にも止まらずに入り込んだ。
男の本来の感覚ならば、自分の体がこんな風に変化するのは異常すぎる出来事なのに、それにも全く気付きもしなかった、むしろこれこそが正しいとすら感じていた。

魔物が弓を撃っている村人たちから遠く離れた横を通り過ぎていた時、魔物の視界が勝手に動き、一人の子供の姿を捉えていた。

「なんだ？　俺様はなんでクソガキなんか見ているんだ？　あ？　気にするな？　分かった、気にしねぇ」

またもや誰かに答えるように、返事をすると衝動のまま、村の中を進んでいった。

そして、誰にも見つからないまま、あっさりと目的地に辿り着く。

魔物の目には一つの家の外にいる女が一人、女子が一人、幼女が一人、目に入った。

幼女を見た瞬間、体が空腹を訴え始め、体も食欲に反応するようにうごめき始めた。

だが、そんな体のことよりも、魔物は女の姿に眼がいっていた。

女を見ていると、体の奥から怒りと愉悦と性欲が湧き出てくる。

魔物がそれらを感じた時、ヘドロのような体から人へと戻っていた。

いきなり現れた不気味な男に、女たちは驚いている。

「女！　見覚えがあるぞ！　俺様を殴った奴の女だな？　そうだ、思い出したぞ。貴様をあのゴミの前でズタボロになるまで、いたぶってやると決めていたんだ。あいつは何処にいる？　そこまで連れて行け」

「だ、誰？　あなたなんて知ら……あぁ、その顔は……」

魔物が一歩足を踏み出した時、女は真っ青になって後ずさりをしようとしたが、子供二人のことを見て、前に出てきた。

「おお、俺様のとこに来る気になったのか？　いいだろう、可愛がってやるぜ」

「あなたのところなんていくわけないでしょう！　気持ち悪いこと言わないで！」

「あ？　なんだと？　優しくしていればつけあがりやがって」

魔物はまた一歩、足を踏み出し女たちに近づいていく。

高速で動く狼の魔獣たちだったけど、大量の弓矢には敵わないようで攻めあぐねていた。

僕は戦闘が始まったらすぐに父さんに連れて行かれた後方から見ていた。

「このままなら、俺たちの出番もなさそうですな、カリスト殿」

「そうだな、だが油断は禁物だぞ」

「分かっていますよ」

後方に待機しているけど近くには人がいるので父さんも敬語っぽい話し方になっている。

大丈夫そうなのか、良かったなと思った時、前に魔獣を見つけた時の予感みたいな感じがした。

いや、そんなもの比べ物にならないくらい嫌な予感だ。

戻らなくては、母さんとアリーチェの所に行かなくてはと、恐怖に近い焦りが心の奥底から湧き上がってくる。

ここからすぐに行かなくてはと、繰り返し僕の心に訴えかけてくる。その訴えに従い僕は踵を返し、走り出そうとした瞬間、またあの痛みと体の自由が失われる。

だけど、今回はそんなことには負けてなんていられない。魔力も消えそうになるが体内の魔力を最大に励起させて抵抗する。

よし、なんとか動く。これならいける。――と、思った時、おじいちゃんが口を開いた。

「何をやっているルカ、お前の仕事はまだあるかもしれないんだぞ。ちゃんとここにいろ」

おじいちゃんからの命令に近い言葉をうけて、僕の体は先程の比ではないほどの激痛を受け、更には完全に硬直してしまった。

動かない！　さっきは無理やりだけど動いたのに、なんで動かないんだよ！

心の奥底から、今行かないと後悔するというのを痛いほど告げて来ているのに。そして、それが本当のことだと分かっているのに、僕の体がきしみを上げても、僕の体が別の誰かのものになったかのようにいうことを聞いてくれない。

僕の体、いや、それだけじゃない。精神も魔力も行くなと告げてきている。その奥底にあるものが、僕に制御をかけてくる。

「おい、ルカ！　何をしているんだ！　こっちに戻ってこい、そうすれば大丈夫だ！」

父さんは僕の奥底にあるものが何か知っているのか、僕に戻ってこいと声をかけてくる。

でも、父さんだめだ。行かないと、今すぐ行って僕が家族を守らないと、僕がここまで生きてきた意味がなくなるじゃないか。

――でも、体は動かない、だけど、先程励起させたおかげか、なんとか自分の体の中なら魔力が操作出来た。

普段とは違い、水が泥にでもなったような感覚だけど、なんとか動く。

何かの抵抗により動かす度に、体に激痛が走るがなんとか動かせる。

痛みなんて、どうでもいいことは放っておいて、僕は目をつぶり、魔力の感覚を研ぎ澄ませる。

自分の中の違和感を、この状態を起こしている原因を探り出すために。

「契約魔法が肉体に直接影響をあたえるだと？　そんなことはありえん、一体どうなってる」

「そんなことは知らねぇよ、だが、この前のこともあるし、今、ルカが苦しんでるじゃねーか！」

おじいちゃんと父さんが何か言い争っていたが、僕はそれを無視して更に集中する。

深く精神と魔力に潜っていくとふいに理解した。たまに、シスターが僕の額に額を合わせて来たり、手を置いてくるのは、僕の中にあるこいつと僕の様子を見てくれていたということが。

その時に流れてくる暖かなものがシスターの魔力だったんだろう。

その暖かなものの流れを真似るように、自分の内側を探るように、魔力を操作する。

魔力を操作し、僕の精神の深いところまで潜っていく、僕が一番良く知っている自分の体のことだ。魔力による精査もこの今の状態でも問題なく出来た。

――そして、この状態だからか初めて認識出来た。僕の精神と魔力に張り付くように構成された何かが、今までは気にも留めていなかった確かな違和感がそこにはあった。そいつは僕から魔力を奪いながら、動いているみたいだった。

これが何故僕の中にあって、これが何なのかは僕には詳しくは分からない。でもこいつが今、アリーチェたちの所に戻ることを阻害してることだけは、はっきりと分かる。

これは僕以外の誰かの魔力で作られた魔法だ。

最近やってきたように構造を調べるようにすると、こいつの魔法構造と全体像が見えてきた。

その構造体の外側に魔力遮断をいつもより繊細に薄く、魔法と僕の魔力の間をまるで外科手術みたいに、分けるようにかけていく。

ただそれだけで、痛みが少しずつ引いていき、完全に分けてしまうと嘘のように痛みは何処かに消えてしまった。

外した魔法はその構造体の内部に魔力を流し込むと、薄皮の程度の抵抗があったが、すぐに魔力は内部に入り込んで内部に流した途端、ボロボロと崩れていった。

魔力を強く内部に留まらせるように流すことによって、あの時試した石のように破壊しようとしたんだけど、そこまでしなくても簡単に破壊出来た。

破壊した途端、効力を失い魔力の粒に変わり、僕の魔力に弾き飛ばされ体外へと排出されて、きらりとした魔力の光だけを残して消えてしまった。

――ただ、その消える際に『覚悟を決めろ』と聞こえた気がした。


僕の中から魔法が消えた時、僕は全能感に包まれた。

魔力への感覚が恐ろしく鋭敏になっている。

呼吸をするように自然な魔力の操作を心掛けていたが、今は呼吸より更に自然に動かせる。

内側と外側の二重自己強化をかけ、爆発するようにその場からアリーチェたちのところへと駆け出す。

「ルカ！　おい、ルカ！」

後ろから父さんの声が聞こえてくるので、「母さんとアリーチェが危ない！　一緒に来て！」と足を止めずに声をかけた。

僕の言葉を聞いて、疑いもせず父さんはすぐに「親父！」と言うと、おじいちゃんも「ここは任せておけ」とすぐに了承して、僕の後を追うことを許してくれた。

スピードを上げて農地を抜け、村の門をくぐる、自分で思った以上のスピードが出てバランスを崩すが、なんとか立て直した。

場所は何処だ？　と思った時、僕の感覚にまた予感がよぎり、それが家の方だと分かった。

そのままスピードを更に上げて、高速で背景が流れるなか家へと走る。

村の広場の脇を通った時炊き出しをしている人たちが驚いた顔でこちらを見たが、心のなかで謝ってそのまま通り抜ける。

この速度なら広場をすぎれば、すぐに家が見えてくる。

思った通りに家が見えて来て、その時僕の目に映ったのは、黒い靄に包まれた人型の何かが、母さんとアリーチェ、そしてその二人をかばおうとしているレナエルちゃんに襲いかかろうとしている姿だった。

僕はその光景を見ただけで、怒りで頭に血が上りそうになりながらも、それを抑え更にスピー

ドを上げて突っ込む。

思い切り横から飛び蹴りを入れて、三人から離そうとしたけれど蹴り込む瞬間、嫌な予感がして靴の裏に土魔法でブロックを創り、それごと蹴り込んだ。

その体にずぶりとブロックが埋まった。

その場から数メートルは飛ばしたが、蹴り込んだ力をかなり吸収されたらしく、思ったよりは動かなかった。三人から大分離せたので良しとしておく。

「ルカ、足が！」

僕に向かって叫ぶレナエルちゃんの声で、足を見てみると先程蹴り込んだ際に靴の裏に相手の体が少し触れたらしく、そこに黒い粘液みたいな物が付着し腐敗したように靴が崩壊していた。

慌てて靴を脱ぐが足の裏にも付いいたらしく、僕の魔力を侵食するかのようにせめぎ合っている。

それに恐怖を感じ、急いで魔力を強化すると弾き飛ぶように消滅していたので、なんとかなったようだ。

改めて敵に向き合うと、僕が蹴り込んで体に埋まったブロックを侵食せずそのままの形で排出していた。

ブロックにも魔力を込めていたから侵食出来なかったのか？

だけど、それよりもちゃんと向き合って分かった。

全体が靄で覆われ、頭の半分と左足が、黒い肉みたいなので出来ているが、それ以外は人間の姿をしている。

人間なのは姿だけかとも思ったけど、それも違うようだ。

ここに来た瞬間だけ見たけど、あの母さんを見ていたおぞましい眼は生きている人間の眼だ。

「何だ、クソガキ。俺様は貴族だぞ。貴様みたいな平民が触れていい存在じゃないんだ」

「そんなこと知らないよ。僕の家族に手を出すな」

「平民は貴族のおもちゃだぞ？　俺様が好きに使って何が悪い」

だめだ、こういった奴に何を言っても、通じないだろうな。

「死ねよ、クソガキ」そう言って離れた場所から右手を振りかぶった。

僕は嫌な予感がして相手の後ろにボーンを生み出して、足を払った。うまく倒せはしなかったけどバランスを崩せた。

奴が振り下ろした右手はものすごいスピードで伸びてきたけど、バランスを崩せたおかげで僕より大分前の地面を抉っただけで終わった。

――どうしよう。勢いよく来たのはいいけど、僕は戦うすべを知らない。今のを防げたのも、偶然と言っていい。

また振りかぶろうとした時に後ろから父さんの声が聞こえてくる。

「ルカ！　そのまま動かずにいろよ！」

父さんの言う通り動かずにいたら、僕のすぐ横を何かがものすごい勢いで横切っていった。

相手が動こうとしたのでボーンでとっさに足を掴むと、横切ったそれは男の胸に突き刺さり、男は掴んだ足を軸に地面に叩きつけられた。倒れた男の胸には木剣が突き刺さっていた。

父さんは走り込んできた勢いのまま、男に近づいて木剣を抜き更に切りつけようとしたけれど、人間ではありえない格好でボーンを振りほどき、背中がうごめき横にスライドして避けた。

「ちっ、気持ち悪い動きをしやがって、俺の家族に手を出そうとしたんだ、覚悟をしろ」

「く、くそがっ。何だこの痛みはこんなはずじゃないだろう！　聞いてんのかよ！」

僕たちじゃない何かに話しかけているような男の胸からは黒い湯気のようなものが立ち上っていた。

「何をわけの分からねぇこと言ってやがる。——貴様、その顔は」

起き上がってきた男の顔を見て、父さんの顔色と声質が変わった。すごく怖い顔をしている。

それから魔力がこもった木剣を男に向けながら後ろを振り返り、母さんを見た。

「ソニア！　大丈夫か！」

「え、ええ。私は、私たちはなんともないわ。大丈夫、私はもう大丈夫よ、エドワード」

「そうか、だったらこれは俺の恨みだ。お前は死んだと聞いている。だから何してもいいよな？糞貴族」

「誰が死んだだって？　——貴様は辺境伯の息子か！　こんなところに押しやられてかわいそうによ。あんまりかわいそうだから俺が遊んでやろうと思ったんだよ。もちろんお前とその女でな！」

辺境伯の息子？　父さんが？　おじいちゃんは辺境伯様の使いだって言っていたのにどういうことだ？　いや、それは後回しだ。今はこいつをなんとかしないと。

でも、僕は手を出せなくて、目の前で父さんと男が戦っているのを見ているしか出来ない。

男は先程のように手を伸縮させ振り回して、父さんに攻撃をする。父さんはそれを全て避け、避けながら斬っていた。斬ったところからは先程と同じように黒い湯気みたいなのが上がるが、大して効果はないようだった。

「あーいてぇな、おとなしく殴られて食われろよ」

「誰が、そんなことさせるかよ」

浅い傷じゃ少し経つと黒い湯気も収まり、傷も治っている。このままじゃ、ジリ貧なんじゃないのか？

僕は一つ案を思いついた。次動きが止まったら仕掛ける。もちろん安全圏から。

先程と同じように父さんと男が切り結ぶ。

そして、一旦距離をおいた。――今だ！　僕はボーンを生み出し腰にタックルを仕掛けた。

「はっ！　こんなもの足止めにもならんわ」

男がそう言って振りほどこうとしたけど、もちろんこれで終わりなんかじゃない。一体でだめなのは分かっていた、でも、一体でだめなら数十体出せばいいじゃない。

大中小、数々のボーンを生み出し首から下はボーンで埋め尽くされるほど取り付かせる。最初の一体は一瞬動きを止めるためだけのものだった。

「な、なにっ！　糞が！　離せ！」

「よし、でかしたぞルカ！　ソニア、アリーチェとレナエルの眼を隠せ！　こっちを見せるなよ」

「分かったわ！」

父さんが男に駆け寄りながら、母さんに言って今から起きることを二人に見せないようにしていた。

父さんの持つ木剣から、今まで以上に魔力が溢れだした。

「おおっらぁ！」

男の首は気合いを入れたその一撃で、切り落とされ地面に転がった。

「まだだ、ルカこいつらをどかせ」

父さんに言われた通り、ボーンたちを離れさせる。

ボーンたちが離れた瞬間父さんは残った体を切りつけ、僕の眼には止まらない速さで剣を動かしていた。

そして気付いた時には、体はばらばらになり体も黒い靄も空気に解けるように消えていった。

少しグロかったけど内臓も何もなく、ゲームの敵を倒した時のエフェクトのような消え方だったので、そこまででもなかった。

でも、残った頭はグロいからあんまりそっちを見たくはなかった。

父さんは気にせず近寄り、「よし、ちゃんと死んでるな。頭はあったら親父の役に立つかもしれんしな」とつぶやいた。

戦いが終わり、アリーチェの顔を見ると、まだ不安そうな顔をしている。怖いのは僕と父さんがやっつけたからね。大体父さんがやったけど、もう平気だよ。

アリーチェと母さん、あとレナエルちゃんの下に歩き出した。

みんなの顔が近くなっていく。

まだ、不安そうなアリーチェの顔を見ると、僕は心の底から愛しさと、抱きしめて安心させてやらなきゃという気持ちが溢れ出てきた。


――僕は、この時致命的な見落としをした。


何故、僕が記憶を持って転生したということを。もう、思い出せるはずだったのに。

思い出していたなら決して家族の下へとは、近寄らずそのまま姿を消せていた。

だが、僕は容易に近寄ってしまった。

――『その心は反転する』

ドクンと心臓が鳴ったような感じがして、僕は愛しさ（殺意）という感情をいだき、それから抱き（殺さ）しめなきゃという行動を、至極当然のように行った。

僕の体とその意識は恐ろしいまでの殺意をもって、アリーチェたちに腕を向けその先から、ショットガンから放たれたような土の散弾を、躊躇いもなく撃ち出した。

「ルカ！　お前何を！」

父さんの叫びが聞こえ、僕は我に返る。

僕は、いま、なにを。

――人を殺すには十分以上の力を持ったそれは、アリーチェたちには向かわず大きく外れ、空に撃ち出していた。

ボーンが僕の腕をかち上げ、軌道をそらしたからだ。

そして、つぎつぎとボーンたちが僕に押し寄せ、関節を極めながら地面に引きずり倒し、上に乗って僕を動けなくしてくれた。

その間、僕は茫然自失だった、何が起こったか理解したくない。――でも、理解してしまった。

僕が、アリーチェを、殺そうとした。

殺意を持って殺そうとしたのだ。

絶望と恐怖で目の前が暗くなる。

「あぁ、ああ。なんておいしさなの、おかげで頭の中がはっきりしたわ」

僕が絶望で、心が割れそうになっている時、頭だけになったその男の口から発せられたのは、どう聞いても女の声だった。

「なんだと貴様は死んでいたはず、なんで生きてやがる」

「うん、ちゃんと死んだみたいよ？　一緒にスライムちゃんもね」

僕が起こしたことに父さんも混乱していたが、喋りだしたそいつが敵だということは分かったらしく、木剣を構えた。

「てめぇがルカに何かしやがったのか」

「いいえ、私じゃないわ。――いえ、私かしら？　ねぇ、坊や。どうかしら私だと思う？」

その女の声の存在は僕に話しかけてくる、この声を聞いていると気持ち悪くなってくる。

「………」

気持ち悪いが僕は喋る気力さえ残っておらず、黙っていることしか出来なかった。

「あら、答えてくれないのね。悲しいわ。坊やから感じるのは確かに私の力なのに、私は何も覚えてないの。どうも生まれ変わる時に、記憶を落としたみたいね」

記憶を落としたというその声は、そんなことはどうでもいいというような響きを持っていた。

「坊やは、ルカくんていうのね。――るーくんって呼んでいいかしら？　あら？　ものすごくしっくり来るわね。そうね、これからはるーくんって呼ぶわね」

「てめぇ何を言ってるんだ」

勝手に僕にあだ名を付けて勝手に納得しているそいつに父さんが困惑したような声を出す。

「なにって、呼び名は大切でしょう？　どうやら私が唾を付けている子みたいだし、その子の感情はものすごくおいしかったわ。この貴族くんの感情なんて比べるのもおこがましいくらいだわ。ねぇ、るーくん？」

さっきからだ。さっきからこいつが僕のことをるーくんと呼ぶ度、気持ち悪さと同時に頭の奥がうずくような頭痛がする。

「お話ししてくれないのね。私たちはあなたたちに呼ばれてここまで来たのよ？　せっかく来たんだから、もっとお話ししてくれてもいいのに」

「――呼んでなんかいない」

僕は絞り出すようにそれだけ答えた。それだけこいつが僕たちに呼ばれたという台詞が不快だったからだ。

「いいえ、呼ばれたのよ。始まりはこの体――貴族くんだったの、彼が死にそうになった時、スライムちゃんに取り込まれて、一つになったみたいね。その後私がスライムちゃんと同じような姿で生まれて、食べられちゃったの。そのくらいでは私は死なないけれど、力を戻さないと遊べないから、スライムちゃんに貴族くんの死ぬ間際の記憶を再生させて、あんまり美味しくはなかったけど仕方なく感情を食べていたのよね」

いきなり、女の声がべらべらと話し始める。これも僕に不快さを与えてくる。

「そこの女の子が生まれた時、それに気付いたスライムちゃんがどうしてもその子を食べなきゃって言うから、私もお手伝いしながらここまで来たのよ。スライムちゃんは単純にそのまま村に入ろうとしたから、貴族くんに手伝ってうまく忍び込んだのに、貴族くんはそこの女の人に欲情して時間を使うから、邪魔されちゃったわ。でもね、ここまで来て分かったの、るーくんに埋められた私の残滓を感じたのよ。これは運命じゃないかしら」

この声、この喋り方を聞いていると、どんどん頭の奥のうずきが強くなっていく。

「それでね、あなたたちにやられて私も消えようとした時、たぶん私が生まれ変わる前に掛けた魔法が発動して、るーくんが私に絶望の感情という美味しいご飯をくれたおかげで、力が少し戻ったのよ。るーくん、あなたは私の命の恩人だわ」

「もうだまれ！」と、父さんがそいつの言うことに我慢の限界が来たのか木剣で頭を串刺しにして、今度こそとどめを刺した。

僕はそれを見ながら、頭のうずきが限界まで来て、その痛みとともに意識は記憶の泉の中に沈んでいった。

第五話　俺は魔法に遊ばれる

僕はまっくらになった意識の中、記憶が再生されていくのが分かる。そうだ、この記憶は僕の前世の記憶だ――僕がまだ俺だった頃、両親と妹の誕生日祝いのために帰ってきた日の記憶だ。

「久しぶりに帰ってきたけど、何も変わってないな」

強い日差しのなか俺は、門の前で家を見上げるが何も変わっていない。

まあ、たまに帰らないと妹が不機嫌になるので、久しぶりと言っても行事ごとには帰ってくるから、離れたとしても半年くらいなんだけどな。

鍵は持っているが、一応インターホンを鳴らす。……が、誰も出ない。

「……誰もいないわけないよな？」

両親の車は停まってるし、俺が今日帰ることも伝えている。「しょうがないか」とつぶやいて、家の鍵を取り出して玄関の扉を開けた。

今日は両親と妹の誕生日だ。両親は誕生日が同じことをきっかけに仲良くなって、冗談混じりで同じ誕生日を狙って生もうとして見事同じ日に生まれたのが妹だ。俺？　俺は普通に生まれた。誕生日だって夏と冬で真逆だ。

両親と妹への誕生日プレゼントを忘れてないことを確認して、玄関の扉をくぐると、リビングから聞き覚えのある話し声が聞こえてくる。

「何だやっぱりいるじゃないか。まだ耳が遠くなる歳でもないぞ」

そう思ったが玄関を見ると、見慣れない靴が一足あった。客が来ているのか、客が来ててもインターホンくらいでろよと思いながら、リビングに向かう。

リビングに続く扉の前まで来ると、両親が俺の話をしているのが聞こえ、足を止めた。

少し聞いてみるとどうも俺の思い出話をしているらしく、中学生の頃の話をしていた。

誰と話しているのか分からないが、俺は自分の過去話に恥ずかしさを覚えて、話の腰を折ろうとノックしてから扉を開けた。

「ただいま、父さん母さん。あ、お客さんですか？」

俺は分かっていながらとぼけて、リビングのソファに並んで座る両親の後ろ姿に挨拶をして話を止めようとした。

テーブルを挟んで、正面に座るこちらを見ているお客さんにも挨拶をしようと、顔を向けるが……。

「もしかして、お隣の？」

「ええ、お久しぶりね。るーくん」

俺にるーくんと呼びかけたのは、黒髪ストレートでおしとやかで柔らかい印象だと近所では評判な、隣に住むお姉さんだった。

「……はい、お久しぶりです。今日は何故うちに？」

「ご両親と妹さんの誕生日にるーくんも帰ってくると聞いて、お呼ばれしたのよ」

「そうですか」

「あら？　そんな嫌そうな顔をしてどうしたのかしら？」

「いえ、そんなことは……」

そんなことはあった。俺はこの人が苦手だ。

最初に会った時から、何を考えているか分からない、その目が苦手だった。気持ち悪いと言っても過言ではない。

少し冷えた空気が流れたが、目の前の人はいつも通りニコニコとして吐き気がする。

そしてこの空気を気にしないのがもうひとりいた。

「それでね？　あの子ったら中学生の時でも今と変わらず――」

「母さん？　何を？」

母さんはこの空気にも――というより、俺が帰ってきて挨拶をしたのにそれにも気付かず、こちらを向かず、ただ、目の前の人に話しかけている。その異様さに背筋が寒くなった。

「あ、もういいですわ、おばさま。お話ありがとう。るーくんのこと聞けて楽しかったわ」

その言葉で母さんはカクンと頭を落とすように下げ、黙り込んだ。

「母さん⁉」

俺はその不気味な行動に、慌てて母さんに近寄った。

母さんは、虚ろな目をしてうつむいていて、話しかけても揺さぶっても反応がない。

よく見ると、母さんの隣に座っている父さんも同じだ。

「大丈夫よ、るーくん。まだ何もしてないわ。ただ意識がないだけよ」

「お前！　一体何をした！」

「だから、何もしてないわ、まだね」

「ふざけるな！　変な薬でも盛りやがったのか！」

そこで、不意に気付いた。今日は三人の誕生日なんだ、妹も一緒にいるはずだ。

「智絵里はどうした！　一緒にいるはずだ」

「ちーちゃんね。そこら辺で寝転がってるわ」

俺からはテーブルの陰になっていてよく見えなかったが、言われてよく見ると確かに足のようなものが見えたので、慌てて近寄った。

「智絵里、大丈夫か、智絵里！」

「魔法が効きづらかったから、少し強めにかけたけど大丈夫よ」

「魔法？　馬鹿を言ってないで何をしたか言え！」

「本当に魔法なのよ」

智絵里の様子を見ていたら後ろから声が聞こえ、そいつの指が俺の頭に触れてきた。

「とりあえず、体だけ自由を奪ったわ、あ、喋れるようにはしてるから、まだお話ししましょう」

「何を馬鹿な――なんだと」

こいつが言っている通り本当に動かない、口は動くが、体は指一本動かなくなっている。

「これで少しは信じてもらえたかしら」

「……俺たちをどうするつもりだ」

「どうって、もちろん。食べるのよ」

「――俺だけにしろ」

こいつの言うことが理解出来なかった。だがこのままでは家族に被害が及ぶと思ったら、つい口からそんな言葉が出てきていた。

「ああ、それよ。やっぱりるーくんの味は素敵だわ」

「何を言っている」

「ああ、食べると言っても、お肉をいただくわけじゃないわ、私たち悪魔は感情を食べるの、怒りとか愛情とか色々のね」

「だったら、愛情だけ食ってればいいだろ。その顔だ、男なんてとっかえひっかえ出来るだろう」

こいつの口から悪魔というありえない言葉が出てきたけれど、俺はその言葉にすごくしっくりと来た。そうだ、こいつは悪魔で間違いない。

「うーん、しようと思えば出来るけれど、その味はあまり私好きじゃないの。それに私はグルメなの、色々な味を試したいのよ」

「くそっ、こんな奴がいるなんて、警察は何しているんだ」

警察に八つ当たりをするように愚痴をこぼす。

「おまわりさんのせいじゃないわよ、この世界に悪魔は私しかいないと思うし」

「何？」

こいつ、この世界と言ったぞ。まるで別世界から来たみたいな言い草だな。

「うん、別世界から来たのよ」

俺の心を読んだかのように、返事をしてきた。

「ちょっとお話しするわね、私たち悪魔は精神を操る魔法が得意な種族だったの、食事も感情を食べて生きてるのね。だから色々頑張っていたのよ。向こうではハイエルフって呼ばれる化け物みたいな強さの種族がいるの」

「お前も十分化け物だよ」

「あらそう？　ありがとう。それでね、普通は私たちの魔法なんて効かないんだけど、私たちも努力と根性で魔法を鍛えて見つけたの。同族を九割ほど生贄に捧げればハイエルフに魔法を通せるって」

俺の嫌味なんて嫌味としてすら取っておらず、ニコニコと話を続ける。

「狙ったのは人間の強さが好きなハイエルフだったわ。少し精神の方向性を変えてあげたの。人間の強さのきらめきを最大限に活かすには、ギリギリまで追い詰めてやればいいって、『愛するが故に殺す』っていう呪いをかけてあげたの。そうしたら人間の追い詰められた強さを求めるため、大虐殺を始めてくれたわ。だからその時に起こる感情をいただくために、私たちも魔王と呼ばれ始めた彼の下に全員集まったわ」

　そこまで話してから、ため息を吐いてまた話し始めた。

「せっかく私たちは魔王くんの下で、阿鼻叫喚の感情を食べて楽しくやっていたのに、裏切られちゃったの。おなかいっぱいで油断してたところを一網打尽よ『お前たちは害悪である、一利の価値すらない』だって、ひどいと思わない？」

「……思わない」

「うん、私もひどいと思わないわ。こんな存在が側にいたら私だって、早くいなくなって欲しいもの。迷惑だわ」

「だったら、いなくなってくれよ」

「残念だけど、それは出来ないわ。あなたたちが迷惑でも私は楽しいもの」

「なんで、そんな害悪がこの世界にいるんだよ」

「魔王くんにやられて消滅しかけてる仲間たちの魂と精神を使って、なんとか転生出来たのよ。尊い犠牲だったわ、まさか違う世界に来るとは思わなかったけど。そうね、いわゆる異世界転生ってやつね。るーくんも好きでしょう？　強い力を持って生まれて、好き勝手する。創作物でよく見る展開だわ。だから私も好き勝手やってるの。こういうのがテンプレっていうんでしょ？」

「なんでこんな話をべらべらとする」

「私はお話しするの大好きなの。それにほら、冥土の土産というのかしら？　るーくんたちはこれから食べられた後は死んじゃうかもしれないわ。知りたいことを残したまま死んでしまったら、かわいそうだもの」

　それじゃ、楽しませてね。そう言って俺の額に指を当てる。当てたまま話を再開する。

「最初はどうしようかしらと悩んでいたのよ。ちーちゃんを男に犯させて、それをるーくんに見てもらおうと思ったんだけど、それじゃ単純で面白くないから却下したの。それでちーちゃんを調べて考えようと思ったら、面白いことが分かったのね」

「やめろ」

「うん、やめない。ちーちゃんはね、るーくんが好きなのよ。それも兄としてじゃなくて男としてね。抱かれたいとすら思っているみたいね」

「やめろ！」

「るーくんはそれを知っていたのね。だから高校を卒業したら遠くの大学へ行って家を出た。時間と距離を置けば、ちーちゃんも落ち着いてくれると思ったのね。でも家族が大事だからこういったお祝い事とかにすぐ帰ってきちゃうのよね。そして、貴方も異様よ？　貴方の家は貴方以外が誕生日が一緒、祝うのも一緒。だからものすごく豪勢にやってるわね。貴方の誕生日はそれに比べたら、大分質素なのにね？」

「だからどうした！」

「子供の頃からそうだったんでしょ？　でも貴方はそれで良かった。家族さえ幸せそうに笑ってくれるなら自分も幸せだった。そんな子供、異様と言うしかないでしょ？　ちょっとした疎外感だけでひどく傷つくのが子供よ？　でも貴方は心の底から幸せだった。私はそれを覗いた時からそんな貴方に夢中なの。こうやって美味しそうに育つのを待つくらいには夢中なの。とてもとても、美味しそうに育ってくれて私は嬉しいわ」

本当に気持ちが悪い。何だこの生き物は。

「話を戻すけれど、ちーちゃんを覗いた私はいいことを思いついたわ。ちーちゃんの夢を叶えてやることにしたの、貴方にちーちゃんを抱かせるの。その時、貴方はどんな気持ちを抱くのかしら？　ちーちゃんは喜ぶと思うけど、貴方は本当に分からないわ。喜ぶのかしら？　それとも絶望？　嫌悪？　もしかしてるーくんにも愛情が芽生えちゃうかも、楽しみだわ」

俺の額から指が離れると、リビングに身動き取れず横たわっている智絵里に、俺の体は勝手に近づいていく。

「……頼む、やめてくれ」

「うん、私もおねがいするわ、やらせてちょうだい」

心の底から楽しそうにニコニコとして、聞く耳なんて持つ気がない。

智絵里の服に手をかけたところで、唯一動く口で思い切り唇を噛みちぎった。

「ぐ、ぐぅ」

唇から燃えるような激痛が走るがその痛みで、体の自由が戻った。

口の中の血と肉片を吐き捨て、悪魔に殴りかかる。

ガツリとした手応えを拳に感じ、悪魔とはいうがその女の体は並の力しかないのか、殴り飛ばされていた。

「ああ、いいわ。その怒りと憎しみ。とても美味しいわ。それに痛み程度で私の魔法を解くなんて、ちーちゃん同様耐性が高いのかしら」

いる。

殴り飛ばされ倒れたが、何事もなかったように立ち上がり、こちらを見つめ舌なめずりをしている。

「どうしようかしら、すごく楽しくなってきたわ。どう？　その怒りのまま私を抱いてくれないかしら。この体はまだ純潔よ。るーくんも楽しめると思うけど」

「ふ、ふざけるな！」

「あらあら？　だめなのね。だったら、これはどうかしら？　まずはおじさまを私みたいに殴り飛ばしてくれないかしら？」

「は？」

何を訳の分からないことを、何故俺が父さんを殴らないといけないんだ、馬鹿か、こいつは。

ソファにうなだれて座る父さんの姿を見る。

その瞬間、ドクンと心臓が脈打ったような感覚が走り、俺は次の瞬間、父さんを憎しみを込めて殴り飛ばしていた。

「……は？」

今起こったことが分からず、俺の頭では理解出来なかった。

「ああ、これなのね。あなたに合う呪いを見つけちゃった。『その心は反転する』わ。るーくんの愛情が強ければ強いほど、反対の感情へ変化する魔法よ。それは一瞬の効果だけれど、一瞬だからこそ耐えられないでしょう？　好きの反対は無関心って言葉があったわよね。私はそれは間違っていると思うわ。強い感情の反対はやっぱり強い感情なのよ。無関心は遥か彼岸にあるような一番遠い場所なの」

「……いやだ、こんなのはいやだ」

「ああ、絶望するのね。そうよね、貴方にとって家族は一番大切なもの。ちーちゃんを抱かせるなんて生ぬるいことを考えてごめんなさい。やっぱりその手で、憎しみを持って殺したあと、愛情を取り戻さないとね」

　俺は心が折れそうになっていた。いや、殆ど折れていた。

　父さんを見ると胸が動いている。良かった生きている。俺のプレゼントが父さんの下敷きになっているのが見えた。せっかく苦労して見つけてきた酒器セットが、潰れて割れていた。

　どうして、ただ、誕生日を祝ってまた普通の日々に戻るだけのはずだったのに、どうしてこんなことに。

「あら？　誕生日プレゼント割れちゃったのね。ごめんなさい、もうちょっと考えて殴らせてあげればよかったわね」

「それもこれも貴様が！」

「その感情は嬉しいけど、今は私よりもちーちゃんを見て頂戴」

　悪魔のその言葉に反応してしまい、つい智絵里を見てしまった。

　──『その心は反転する』

俺は智絵里に飛びかかり、首を思い切り締め上げる——前に、腕を止めることが出来た。

その時、ビキリと体の奥で何かが砕けた音が響いた。

「すごい！　なんの力を持たない人間が呪いを耐えたわ！　素敵よ、るーくん。本当に素敵！」

心から感心している声が上がり、俺はその声に向かってもう一度拳を振り上げた。

だが、振り下ろした手はまるで力が入らず、胸のあたりにペチリと当たるだけだった。

「あら？　抱きしめて欲しいのかしら。いいわよ？　ほら」

両手を広げ気持ち悪いことを言い出す悪魔だったが、その俺が殴ったあたりにキラリと光る爪楊枝みたいなものが刺さっていた。

なんだろうかと思いよく見ようとすると、悪魔が膝から崩れ落ちた。

「あ、あら？　力が入らないわね。——ああ、なるほど、これは小さいけど聖剣ね。るーくん聖剣を創り出したのよ。その顔は何も分かってないみたいだけどすごいことなのよ。私たちみたいな魔力に存在の比重を置く者なら効率的に殺せるわ。今なら魔王くんの気持ちが少しわかるわね。これが人間が追い詰められた時の力ね」

悪魔が何か言っているが、俺の意識はさっきから少しずつ遠くなっていっている。

「うん、だめみたいね。こっちでは私も脆弱なのよね。この程度で死んじゃうの。でも、ここでお別れなんて寂しいわ、だから私も全力を尽くすわね」

悪魔の声が近くに聞こえ、そして、俺の意識も闇に落ちた。

——光が閉じたまぶたを透かして、眼に当たる。

生きている？　あの時、俺の中で大切な何かが壊れた感触が確かにあったのに……、あの時？

あの時ってなんだ？　自分で考えといてよくわからんな。

眩しさが辛いので腕で影を作ろうと、右腕を上げた時に違和感を覚える。

その違和感を確かめるため、もう片方の腕で触ってみると、ものすごくすべすべして、更にぷにぷにだった。

触った感触に驚き目を開けて、起き上がろうとしたけど横にコロンと転がっただけで起き上がれなかった。

「あら？　ルカ。起きちゃった？　眩しかったのね」

誰だ？　聞き覚えのない声だ。その顔も見覚えがない。その落ち着いた声の持ち主は、成人男性である俺の身体を軽く持ち上げた。

きょ、巨人？　俺はますます混乱するばかりだ。

「あ、よだれついてるわ。ふきふきしましょうねー」

女性は綺麗な布を取り出すと『水よ』と、つぶやいた。

言葉と同時に、布が濡れて水滴が滴り落ちていた。

「あ、あら？　調整失敗したかしら。ちょっとまっててね。ルカ」

女性は俺の額にキスをして先程寝ていた場所に戻した。

キスされた時「何を」と言いたかったが、口から出たのは「あうあ」という、言葉にもならない声だった。

それで、改めて自分の体を見てみるとどう見ても赤子の体だ。

まさか、転生したとでも？　まさかとは思うが、俺の体は縮んでしまっているし、喋れもしない。

何より先程の女性が水よと言っただけで、水がいきなり現れた。

魔法が使える世界に転生してしまったのか……。

俺が死んでしまったことは悲しいことだけど、俺の命で両親と妹を守れた気がする。

何故転生したのかは、小説や漫画みたいな神様からの説明がなかったから分からないが、してしまったものは仕方がない。

俺は先程の光景が気になって俺も『水よ』と、唱えてみた。すると、湿ったような感触が掌に生まれ、少しだけど魔法が使えたことに感動した。

それからすぐに布を絞った女性が戻ってきて俺の口と「あら？　ルカの手にもこぼしちゃったかしら」と言って、掌を拭いてくれた。その前にオムツを触れたのは、粗相したのを触ったのだと思われたからだろう。

流石に記憶があると、恥ずかしいな。

それから、俺は女性、ソニアという母親とエドワードという父親の間に生まれたルカという名前の子供だと分かった。名前は前世の頃と似ているな。

父親の方は何故か俺を疑いの眼差しで見ることがあったが、その原因は俺の髪が前世のような黒髪だったからだ。

　両親のどちらとも違う色だ。自らが産んだわけではない男親なら、確かに疑うことだ。

　俺は母さんが「エドワードにも私にも髪の色も目の色も似なかったわね。魔力のせいかしら？」と、俺と二人きりの時に俺の頭をなでながら話していたので、二人の子供だと確信している。

　そんなことがありつつも平和な日々をときどき魔法をこっそり使いながら送り、時間が過ぎていった。

　そんな平穏な日々も突如として終りを迎える。


　いつものように俺をあやす母さんと、恥ずかしさを感じながらもその無償の愛を嬉しく思っているその時だった。

　――『その心は反転する』

　変な胸の鼓動を感じたと思った時には、俺の指は母さんの眼に向かっていた。

　その時は母さんが避けて、「だめよルカ」と優しく叱って何事もなく終わったが俺の心は違っていた。

　赤子が何も分からず眼に指をやることはよくあることだ。だけど、俺の意識は赤子のものではないし、なにより明確な殺意を持っていた。

　そして、その時にふいに死んだ日の記憶が蘇った。

『るーくん、この呪いが初めて発動した時に、前世の記憶が戻るようにしてあげたわ。新鮮な感情を楽しんでね』

あの女の最後の台詞だ。

これは愛情を理解した時に初めて発動する呪いだったんだ。体が成長して愛情が反転すれば、その時は目の前にいる人を殺す、そして記憶が戻る。そういった仕掛けだったんだろう。

何故かは分からないが、呪いがうまく発動せず最初から記憶があったおかげで、赤子のまま理解し発動して、いたずらみたいなことだけで終わった。

だけど、まだ呪いは残っているということは分かる。

その日からどうにかして呪いを解除出来ないかと試行錯誤を繰り返したが、手がかりさえ見つからなかった。

まだこの呪いの存在を知らなかった時、暇な時に魔力を使い切って回復させれば魔力が増えるか？　と考えて試していたけど全く増えなかったことを思い出した。

その時は体感で残り五％ほどになった時に体が自動的に魔力の放出を止めて、体の内に鈍痛のようなものを感じた。

残り五％で止めず、魔力を全部使ってしまえば、この呪いも一緒になくなってしまわないかと考え、体の中の魔力を放出し始めた。

やはり残り魔力が五％ほどになった時に体が自動的に魔力の放出を止める。

それでも絞り出すように魔力を放出し続け残りの魔力が一％になった時に体中に激痛が走り、

死が見えた。

すぐ側まで死に近づいたせいか、俺の意識はブツリと途絶えた。

結果は失敗だった。

俺の魔力が減ったことはどうでもいいことだが、やはり呪いは健在だった。

そこから俺は色々と試してみた。あまりにも手掛かりがないため前世の記憶のファンタジー的なことも試してみたけれど、効果があるのは見つからなかった。

色々試すうちに、チャクラと呼ばれている場所に魔力を集中してみた時に初めて手応えがあった。

チャクラを一箇所に集中しては次の日、別の一箇所に集中しては次の日を繰り返した。

それから、七箇所同時に集中すると世界と自分が広がった感じがした。

恐ろしいまでの全能感を感じ、どこまでも自分が広がっていき、魔力と精神が世界に溶けていくのが分かる。

このままいけば俺は死んでしまうかもしれないが、父と母に危害を加えることはなくなる。

二人を悲しませてしまうが、中世みたいな世界だ、子供が亡くなることなんて珍しいことではないだろう。立ち直ってくれるはずだ。そう信じたい。

――どんどんと意識が拡散する中、俺はふいに残酷な光景を見せられた。

見えた光景は二つ。

たぶん開拓作業中か？　狼に似たでかい生き物が村に近づいていたのに気付くのが遅れ、村に侵入されて母と妹が襲われそうになる。それを身を挺して父が助け、父は大怪我を負っていた。

次はよく分からないゲル状の物体に、母と妹、その二人が無残に殺され——食われているシーンだ。

その光景が現実にしか感じ取れなかった俺は発狂しそうになりながら父と母を、妹を助けろと叫んだが、ここで死んだであろう俺の姿は見当たらなかった。

ああ、なんて理不尽なんだ、俺はここでおとなしく死ぬことすら出来ないのか。

この状態だから分かった。いや、この状態だからこそ見てしまった。あの光景は未来の光景だ。見てしまったからには見過ごすなんて、とてもじゃないが出来ない。

だけど、どうやって戻る？　意識は世界に拡散されようとしている。

今まで抵抗せずに身を任せていたが、抵抗しようと思えば出来る。出来るが拡散は時間の問題だろう。

そして戻ったとしてどうする？　俺の呪いはいつ爆発するか分からない時限爆弾のようなものだ。しかも何度でも爆発する。

瞬間で抵抗し、無限に抵抗し続けなければならない。

そんなことが出来るのか？　止めてくれる何かが必要ではないのか？

考えていると、感覚はないというのに俺の手をにぎってくる人の感触を何故か感じる。

この魔力は母さんか？　父さんのも感じる。

俺を取り戻そうとする、二人の魔力に引きずられ拡散していた意識がもとに戻っていく。

とりあえずはこれで戻れる。これからはどうしようかと考えながら、魔力の流れに身を任せようとした時、父さんの魔力の奥の方に何か力を感じる。

これもまた世界の魔力と一つになっている状態だから分かったんだろう、これは契約の魔法。呪いと同系統の力だ。

契約の内容は、この村の開拓か、それとそれに関する罰則。

――そうだ。似た力でなら対抗出来ないか？　そんなことを思った。

すぐに父さんの魔力を自ら取り込み、契約魔法の力を奪う。……奪ったと思ったが、父さんの契約魔法は変わらずその契約のコピーと力の一部を奪った感じになったようだ。自分の下へ時た契約魔法を視るが……弱い。

これはただの約束事だ、強制力なんてない。これじゃ呪いの力には太刀打ち出来ない。もし、こいつで呪いに対抗しようとしても、突き抜けてくるだろう。

だが、細い糸だが今はこれしか解決方法がない。このまま戻っては俺が成長した時に、母や父、生まれてくるであろう妹を殺すことになる。

――また、悪魔の最後の台詞が脳裏に蘇る。『私の精神と魂を代償にして、あなたにかけた呪いを強くしたわ。これで私の残滓（ざんし）がいつまでもるーくんと一緒よ』と。……そうか、精神と魂を代償に。

だけど、魂はだめだ。ここで死んだら意味がない。

精神はいい。だが、前世の記憶は残さないとだめだ。ただの子供になってしまっては力を育てられない。

――だったら、俺の人格を代償にこれを強化する。

その前に俺の魂にやるべきこと、やらないといけないことを刻み込む。人格が消えても無意識下の指針とするために。もちろん、予知のシーンも深く刻み込む。

覚悟は決め、俺は契約魔法を強化し始める。

お前は、無関心は一番離れた場所で反対の言葉じゃないと言ったな。だったら俺にかける契約はこいつに刻まれた村の開拓だけに関心を向け、それ以外の全てを無関心で塗りつぶしてやる。家族やそれ以外の人にも危害が加わらないよう無関心で塗りつぶす。人との関わりを持たずに、いや持てないようにして生きていく。

完璧に出来るか分からない。だけどやるしかない。

母と妹を守るその時まで全てをなげうって力をつけていくために。

この契約魔法は。その時は覚悟を決めろ。その下から出てくる呪いがやぶれないのなら、家族から離れろ。離れて野垂れ死にでもしろ。

取り込んだ契約魔法が強化されていき、呪いの域まで達したせいか、罰則も直接俺にかかるようになってしまったがそれでもいいだろう、そいつが俺に巣食う呪いに纏わりつき、同化するように覆われていく。

そして、代償に使った俺としての人格と記憶が少しずつ薄れ始める。

俺は最後に思う、生まれてここまで少ない時間だったが、優しい母さんと、ぶっきらぼうの父さんに感謝を、そして、まだ見ぬ妹を守ると心に誓いながら。

——転生に浮かれて、馬鹿なことをしでかした子供として、赤子の間の記憶を塗り替えた。

最終話 めでたしめでたし？

蘇った最後の記憶の旅から帰ってきて、全て理解した。

僕が転生して記憶があった理由は、魂と精神が呪われていたからだと。

悪魔の呪いにより魂と精神が強固に結びつき、精神に焼き付いた記憶が転生した後に記憶を蘇らせたからだ。

僕はふと、母さんに抱かれたアリーチェを見る。ああ、そんなに泣きそうになって、ごめんね怖かっただろう。僕がやったことなのに抱きしめてやりたいと思ってしまった。それは僕には二度とかなわない夢なのだろう。

呪いは今は発動していない。いないが、今の僕には手にとるように分かる。

この呪いは正常な状態と呪いのかかった状態を繰り返す。

完全に狂ってしまえば、悪魔が好む新鮮な感情にはならないからだ。

ふとした日常、愛情を強く感じたり、与えられたりした時になんの違和感もなく反転する呪いだ。

だから僕が正常なうちに、誰にも危害を加えていない今、僕は自らの命を絶たないといけない。

もうボーンを使ってはだめだ。さっきは無意識のおかげで正常な部分がうまく働いて、妨害してくれたけれど、次はアリーチェたちに向かうかもしれない。

僕の上に大量に乗っているボーンたちの、魔力を抜いてただの重しにする。

その重みで骨にヒビが入るような痛みが走るが、もうどうでもいいことだ。

あとはやることは一つだ。魔力を外へと漏らさず僕の魔法で内側、魔力構造を破壊してしまえばいい。前世であの悪魔にやったことを僕の内部で発生させてやるだけだ。

物理的と魔力的に、破壊してくれるだろう。

感情も何もかも自分に向けてしまえば、家族に向かうこの呪いは発動しないはず。

魔力を暴走させて破壊することも考えたけど、そうすると体は防御反応により制御してしまい失敗するかもしれない。

だから、完璧に制御して僕を壊そう。


覚悟を決めた時、ふと、アリーチェの笑顔が頭によぎり、顔を見たいという衝動に駆られる。

――が、それはだめだ。顔を見てしまうと呪いで感情が反転するかもしれない。

奥歯が砕けそうになるくらいに噛み締めて耐え、気をそらすため、頭だけになり木剣で串刺しになっている悪魔を、憎しみと殺意を込めて睨みつける。この感情ですら生きていたら悪魔にとっては食事に感じるのだろうが、睨まずにはいられなかった。

そして、もう、考えてすらいけないのだろうけど、最後だからこれだけは想わせてください。

父さん、母さん、愛してくれてありがとう。アリーチェ、愛させてくれてありがとう。

ずっと、ずっと、一緒にいたかった。

——ああ、これが最後の挨拶になるなんて嫌だなぁ、でも。

さようなら。

アリーチェは、ずっと見ていた。自分の大好きな兄を。

その幼い心ではまだ理解出来ないものの、兄が何かを抱えていることを感じていた。

アリーチェは生まれてからずっと、見ていることしか出来なかった。だけど、見ていることが幸せでもあった。

ある日、見ていた兄が突然消えたように感じた時、自分も消えたように思えた。

兄が胸に痛みを感じた時、その痛みをなんとかしてやりたいと、母や父に無理を言って兄のところまで連れて行ってもらった。

結局何も出来なかったけど、それでも兄は優しく笑いかけてくれた。

今も母と姉と自分が危ない時に、駆けつけてくれて助けてくれた。

ただ、ただ、兄が好きだった。

その兄が今目の前で消えようとしている。この前の消えたように思えた時とは違って、今度は本当に二度と会えないと分かる。

「やぁぁぁぁ！　にいたん！　にいたん！」

アリーチェは泣き叫ぶけれど、なにも出来ない。

アリーチェは兄といるだけで他に何もいらないのに、それが消え去ろうとしている。

兄自らの意思で、兄自らの力で。

アリーチェはそれがたまらなく悲しく、泣き叫ぶ。泣き叫び世界が揺れる。

『うるさいなぁ、あまり干渉してこないで欲しいな。幼子よ』

アリーチェは不意に聞こえた声――アリーチェには分からなかったが恐ろしく冷たい声――にすがるように頼み込んだ。

兄を助けて欲しいと、ただそれだけを願った。

『ルカくんがピンチだって⁉　――おおっと、これは、すぐに行かないといけないな。まあ、まかせたまえよ！　君にも手伝ってもらうけどね』

アリーチェが兄と言うだけで、ただそれだけでその声にはぬくもりが生まれていた。

◇◇◇◇

ああ、アリーチェの泣き声が聞こえる。馬鹿な兄だからアリーチェを悲しませてしまった。ごめんねアリーチェ。

僕は、体の内部で魔力を結晶化させ――

「ルカくん、待ちたまえよ」

その声が聞こえた瞬間、地面から木の根っこのようなものが複数飛び出し、僕の体に乗っていたボーンたちを全て吹き飛ばし、僕の体に巻き付いて地面に固定させた。

もう覚悟は出来てきたんだ。止めても無駄だと僕は構わず魔力を使おうとしたけれど、魔力は全て木の根っこに吸い込まれていく。

「君に死なれると僕が困る」

「ア、アリアちゃん！　お願いだ、僕は家族を傷つけたくない！」

「分かっているとも、君の状況は理解した。まさかあの契約魔法の下に悪魔の呪いがあるとはね、僕にも隠すなんてそれをなした者に称賛を贈りたいよ」

やったのは僕だ、俺だった時の僕がやったことだ。記憶は戻ったが人格は代価として消え去ってしまったけど、確実に僕がやったことだ。

「なるほどね、まあそれは君の事情だ。詳しくは聞かないよ」

「だったら！」

「だから、待ちたまえと言っているんだよ。いいかい、その呪いは解ける」

「え？」

呪いが解けるだって……もう、諦めていたけどみんなといることが出来るのか？

「ほ、本当に？」

「ああ、もちろん。どんな奇跡かは分からないけれど、解ける条件は揃っている。僕がいて、君に近しい魔力の持ち主、そしてその持ち主が世界樹の契約者になれば、悪魔が魂を掛けた呪いだとしても解けるさ」

「世界樹の契約者なんてここにはいない！」

僕は期待した分、さらなる絶望を感じた。

「いいや、いるさ。こっちにおいで幼子」

「にいたん……いなくなっちゃいやなの」

「アリーチェ⁉　やめろ！　アリーチェを僕から離してくれ！」

ああ、アリーチェの顔を見てしまった。

――『その心は反転する』

ドクンと体の奥が脈打ち、また一瞬だけ感情が真逆に振れる。

魔法を発動しようとしたけど、僕を縛る根っこに吸い取られ発動しなかった。

――発動しなかっただけだ、またアリーチェに殺意を向けた事実に、僕の心にひびが入る。

「やめてくれ、アリーチェにこんな感情を抱くのはもう耐えられない」

「そうだろうね。幼子よ。だから一刻も早く、君がルカくんを助けるんだ」

「うん、にいたんをたすける、どうするの？」

「ルカくん、知っているかい？　この大陸に契約がされていない世界樹が一つあることを、その契約にはハイエルフ並みの力がいることを」

「な、なにを言って……」

「そして、この幼子はずっとこの村にある君たちが聖木と呼ぶあの子の力を利用して、ずっと君を見ていたんだよ。契約者がいる聖木の力を無意識で使うことなんて、それこそハイエルフ並みの力が必要なんだ。泣き叫ぶだけで僕の眠りにも干渉出来るほどの力だ」

確かに前にアリーチェはずっと僕を見ていると言っていた。アリーチェが聖木の力を使っていた？

「分かるね。彼女が世界樹の契約者だ」

「でも、ここには世界樹は……」

「そうここにはない、だから僕が手を貸そう。離れた場所にある世界樹と幼子の契約、ルカくんの呪いの浄化の手伝いもやってやろう」

「なんでそこまで？」

アリアちゃんが僕にここまでしてくれる理由が見当たらない。

「うーんそうだね、率直に言えば僕は君が欲しい」

「えっ？」

「二重に呪いがかかった上で、あれ程、繊細に魔力を扱っていたんだ。それが解けた時、君はどんなに魔力を扱えるようになるんだろうね。僕はそれが見たいし欲しい。——だけど今は君の呪いを解くのが優先だね。なに、助けたことを理由に無理やり、なんてしないさ」

告白のような台詞に僕は混乱したけれど、それには構わずアリアちゃんはアリーチェの手を取り、額同士を合わせた。

「いいかい？　君はただルカくんを助けることだけを願うんだ」

「にいたんをたすける」

「そうだ、それ以外は僕がやってあげよう」

アリアちゃんから魔力が立ち上ったと思ったら、アリーチェからも呼応するように弱々しいが魔力が上がる。

そして、それが地面に吸い込まれていった。

ほんの一瞬後にアリアちゃんが額を離す。

「うん、契約完了だ」

すぐに終わったので僕は拍子抜けだった。

「もっと時間がかかると思ったのかい？　世界樹だって契約者が欲しいんだ。そしてその契約出来る者が純粋な幼子だ。むしろ向こうの方からお願いされたくらいさ。そんなことより、さっさと君の呪いも解くとしよう」

「アリーチェは大丈夫なんだよね？」

「もちろん、簡単に説明すると世界樹の役割は魔力のもっと基礎である、魔素の純化だ。まあ汚れをとってるとでも考えてくれていいよ。それで、ルカくんの魔力を幼子の魔力と同調させて、世界樹の力により君の魔素を純化。つまり、呪いの力を分離させるわけだ。契約者とその近親者だからこそ出来る秘技だね」

今度は僕とアリーチェの額を合わせようとしてきたので、一旦止めてもらう。

僕が何も出来ないように目隠しと猿轡をしてもらい、首も前を向けた角度で固定させた。

「ル、ルカくんは徹底的にやるんだね。まあ、安全に越したことはないか」

改めてアリーチェが額を当ててきて、アリアちゃんは僕とアリーチェの背中に手を添える。

「いくよ。すぐ終わるけどね」

「うん、にいたんはずっといっしょにいるの」

アリーチェから温かい魔力が流れてくる、ぬるま湯に使っているような柔らかな感触に包まれていく。

それが全身に回り、全てが溶け出していく感触だ。

僕の中の呪いが、解かれていくのを感じる。解かれて少しずつ消えていく。

触れ合った額からアリーチェの純粋な愛情を感じる。そして僕もアリーチェにだ。

それでも感情は反転しない。ただただ、アリーチェが愛しい。

僕は目隠しの端から自然に出ていた涙があふれるのを感じると、もう止められなかった。

体を縛る根っこを消して「さあ、もう大丈夫だ」と言うアリアちゃんの台詞も耳に入らずに、アリーチェに抱きつき僕は泣き続けた。

「にいたん、もうだいじょうぶなの」そう言って、アリーチェは僕の頭をなで続けてくれた。

父さんと母さんもこの状況にはついていてこれなくとも、いつの間にかに側にいてくれた。

「あああああ！　すごい！　すごいわ、るーくん！　なんて感情の波かしら！　怒涛のようだったわ！　怒りに！　憎しみに！　絶望に！　希望に！　そして愛情に！」

そんな穏やかな空気を破ったのは首だけになって串刺しになったはずの悪魔だった。

いつの間にか、前世で見た姿に変わっていて、自らの身体を抱きしめ恍惚の表情を浮かべている。

「てめぇ！　まだ死んでなかったのか！」

父さんが魔力の通った木剣で、斬りかかるが先程とは違い、それはあっさりと手で受け止められた。

「お父さま、今はおとなしくしてください」

そう言って、指を父さんの額に向けると父さんは崩れ落ちた。

「父さん！」

「エドワード！」

僕と母さんが叫ぶけど、目の前の悪魔は前に見たようにニコニコとしている。

「安心して。少し眠らせただけよ。私は今ので分かったの。もう、るーくんの感情しか愛せないわ。るーくん以外はもういらないの。呪いが解けちゃったのは残念だけれど、これも私たちに課せられた乗り越えるべき試練ってやつかしら」

僕を見つめるその目の愛情と食欲が混ざった感じをうけて、背筋が寒くなった。

「るーくんが、私に美味しいごちそうをいっぱい食べさせてくれたから、体も復活出来たわ。やっぱり、女の体じゃないとるーくんと愛し合えないものね？」

やはり、こいつを見ていると吐き気がする。

「こいつはここで！」

魔力を操り杭型の魔力結晶を生み出す。

前世では爪楊枝程度の大きさを命と引きかえに創り出した杭型の魔力結晶だったけれど、今は自然に手の中でしっかりと握れるくらいの大きさを創り出せた。

「でもね、るーくんごめんなさい。すぐにでも愛し合いたいのだけど、この体はまだ作りたてで安定してないの。だから、私が戻ってくるまで待っていてね」

「待て！」

投げキッスをしてくる悪魔に、僕は杭を突き立てようと、飛びかかったがその前に悪魔の体は溶けるように崩れて、地面に吸い込まれていった。

「くそっ！」

地面に杭を突き立てるが、土を抉った感触しかしなかった。

僕に掛かっていた二重の呪いは解け、自由になり、あの時見た父さんの怪我と、母さんとアリーチェの死は覆すことが出来た。

魔獣たちも打って出たおじいちゃんを中心に全滅させることが出来て、みんな怪我もなく無事に帰ってきた。

めでたしめでたしで終わる話だ。

だけど、悪魔を逃したことだけは心に棘が刺さったかのような、嫌な感じがいつまでも残っていた。

エピローグ　そして

あれから、何事もなく。時間が過ぎていった。

おじいちゃんは僕の中から契約魔法が消えて影響がなくなったと分かったら、すぐに父さんの契約も満了させた。僕が取り込んだ契約魔法がなんとかなるまで、あえて満了させていなかったと聞いた時は、僕は父さんに守られていたんだなと思った。

もうこの村にいる必要もないと、おじいちゃんに言われた。

それに、僕とアリーチェをこの村に置いておくわけにいかない、ということも言われた。この村というか、「手元に置いとかないと、他の貴族にバレた時どんな手を使っても奪われる」とおじいちゃんが言っていた。

その時、おじいちゃんが自分の本当の身分も教えてくれた。辺境伯の使いではなく、辺境伯そのものだ、ということだ。

仮の名前と仮の身分でいるのは、自分のためでなく他の者を守るためだとも教えてくれた。

例えば、何も知らない子供が辺境伯にいたずらでも仕掛けようものなら、その親まで罰則がいく。だけど、仮の立場の場合ならいくらでもごまかしが効くとのことだ。

おばあちゃんもおばあちゃんではなくて、更におじいちゃんとも夫婦ではなくて、父さんの母親の母親、つまり、僕からはひいおばあちゃんでひいおじいちゃんは亡くなっていて、二人目の旦那さんがトシュテンさんで、ロジェさんのお母さんで、シスターのお姉さんだった。つまりはレナエルちゃんは僕とアリーチェの叔母さん——正確には叔従母（いとこおば）というのかな？ ——で、父さんのいとこ。

なんてごちゃごちゃでわかりにくいんだろう。

長寿でいつまでも若いと、こういうめんどくさい血の繋がりが出来たりするのか。

アリアちゃんはおじいちゃんから僕を助けてくれたお礼ということで、アリアちゃんが来た要因となった魔力結晶を受け取って、飛び跳ねて喜び、ものすごい勢いで語り始めて、おじいちゃんの眼を白黒させていた。

アリアちゃんの話に半日つきあわされた後、おじいちゃんはアリアちゃんと、何か話し込んでいたけれど、この時話していたことは後々に分かることになった。


そして何事も起こらず二年が経ち、僕は十二歳に、アリーチェは四歳になった時、僕たち一家はこの村を離れることになる。

おじいちゃんの保護下に行くことになったからだ。

おじいちゃんが用意した馬車に揺られ、都会の中にあるのだろうと思う目的地と、初めて村以外を視る風景と共に心が弾んでいた。
数日の馬車の旅の後、目的地に到着する。
僕は周りをゆっくりと見渡した。

木、木、木すなわち森！　そして殆ど整備されていない大地！　そこにでっかく建つ校舎！
その前で腕を組んで待つアリアちゃん！

そう、僕は辺境の農村から、辺境の学校に来た！

あとがき

この本を手に取ってくださり、ありがとうございます。読んでくださった読者様に感謝を。

自分のあとがき代わりに、後々出てきにくい主人公の設定と前世の家族のエピローグを少しだけ。


ネタバレですので本文が終わってからお読みください。

○ルカ
前世で呪われたせいで魂の輪廻の時に記憶を持って生まれた主人公《運命改変能力者》。

なぜ、前世の自分に関する記憶だけが消えていたのか。なぜ、しっかりとした自我が有り効くはずもない契約魔法の強迫観念に動かされていたのか。なぜ、父親とは違い肉体にまで影響が出たのかは、呪いに対抗するため自らを代償にして契約魔法を呪いの域まで強化したため。

感情が爆発して出来ないことが出来たのは、激しい感情の波によって契約魔法を突き抜けて、本来の力を発揮したため。その後記憶が消えていたのは、呪いまで出てこないようにするための自己防衛本能。

本来、家族も含め全員に無関心で行くはずだったが、妹のかわいさのあまり枷が緩んだ。

前世の死亡原因は呪いを破った、聖剣を創り出したということも原因の一つだが、一番の原因は、聖剣が自分の生命力や魔力の全てを悪魔に流し込んだため。

未来が見えて、それを回避できたのは主人公としての力。

厄介な女性に惚れられる運命。厄介ハーレムができるかも。

キャラのコンセプトは正常な異常者。

○前世の家族
主人公が悪魔と同士討ちになった後、無事に目を覚ますが、リビングで折り重なるように兄と隣人が死んでいたのを発見する。

二人共心臓発作ということになったが、侵入していた隣人を疑っていた。だが、全員記憶が曖昧で無理やり侵入した形跡もなく、目立った外傷も無かったため、事故として処理され真実は分からずじまいだった。

いつの間にか負っていた父親の怪我は、拳に傷があった兄に、疑いが行かないように転んだ事としてごまかした。

妹はしばらく抜け殻のようだったが、家族や心配する友人たちの手を借りて、兄の死を乗り越え幸せに暮らす。

本書に対するご意見、ご感想をお寄せください。

あて先

〒162-8540 東京都新宿区東五軒町3-28
双葉社　モンスター文庫編集部
「よねちょ先生」係／「雪島もも先生」係
もしくは monster@futabasha.co.jp まで

辺境の農村で僕は魔法で遊ぶ

2021年12月29日　第1刷発行

著　者　よねちょ

発行者　島野浩二

発行所　株式会社双葉社

〒162-8540　東京都新宿区東五軒町3番28号

[電話] 03-5261-4818（営業）　03-5261-4851（編集）

http://www.futabasha.co.jp/（双葉社の書籍・コミック・ムックが買えます）

印刷・製本所　三晃印刷株式会社

[電話] 03-5261-4822（製作部）

ISBN 978-4-575-24478-6 C0093